插图本中国古典文学丛书

乐府

陈虎／主编
王一娟／著

河北出版传媒集团
河北教育出版社

图书在版编目（CIP）数据

乐府 / 王一娟著 ；陈虎主编 . -- 石家庄 ：河北教育出版社，2022.3
（插图本中国古典文学丛书）
ISBN 978-7-5545-6944-3

Ⅰ . ①乐… Ⅱ . ①王… ②陈… Ⅲ . ①乐府诗－诗歌研究－中国－古代 Ⅳ . ① I207.22

中国版本图书馆 CIP 数据核字 (2022) 第 022383 号

书　　名 乐　府
YUEFU
主　　编 陈　虎
作　　者 王一娟

策　　划 刘贵廷　王书华
责任编辑 郝建东　杨　乐
装帧设计 郝　旭
出　　版 河北出版传媒集团
河北教育出版社　http://www.hbep.com
（石家庄市联盟路705号，050061）
印　　制 保定华升印刷有限公司
开　　本 880毫米×1230毫米　1/32
印　　张 11.375
字　　数 220千字
版　　次 2022年3月第1版
印　　次 2022年3月第1次印刷
书　　号 ISBN 978-7-5545-6944-3
定　　价 60.00元

总　序

汉字是世界上最古老、最悠久的一种语言文字，也是世界文明园地中表现力最丰富的一种交流工具。用这种最富表现力的工具作为载体的中国古代文学，也就必然具有与世界其他文学样式所不同的思想、艺术特征。由于中国社会是带着强烈的人文、理性色彩进入阶级社会的，所以在此土壤中生长出来的各种文化因素都无一例外地带有其鲜明的本质特征。中国的古代文学也不例外，她作为世界上最悠久的文学样式之一，带着鲜明的人文色彩和理性精神，经历了三千多年的持续发展历程，以其辉煌的成就，已成为中国传统文化中一支散发着奇异馨香的奇葩，成为全人类文化遗产中的艺术瑰宝。

产生于浓厚人文、理性色彩这一肥沃土壤中的中国古代文学，极为重视文学作品的思想性，强调文以载道的教化作用，所以在内容上偏重于政治和伦理道德主题。将文学视为政治的附庸和说教，一直被当作一种无可非议的价值倾向。所以，君臣的遇合、民生的苦乐、宦海的浮沉、战争的胜败、国家的兴亡、人生的聚散、纲常的序乱、伦理的向背等，一直是中国古代文学的主旋律，无论是诗歌、散文、小说还是戏曲，大都如此。这一方面使得中国古代文学蕴涵着浓郁的政治热情、进取精神和社会使命感，另一方面又强烈地抑制了古代文人自我情欲的释放、自由个性的迸发以及自我意识的开掘，尤其是“存天理、灭人欲”的社会观念的束缚，使中国古代文学完全被笼罩在了理性主义的烟霭之中。从春秋战国时期如处子、名媛般的《诗经》《楚辞》，汉魏六朝的丰碑巨制，唐诗、宋词的不朽咏唱，悲怆倾诉的元曲，一直到明清时期的人生画卷，无不表现了先哲先贤们对社会、对国家、对民族的激越情怀，以及对宇宙世界的无限期待，从中透露着千古风流人物的奋斗历程，以生动而具象的形式体现了中国文化的基本精神和中华民族的文化心理特征，广泛而深刻地反映着中国传统文化其他部分的内容，使人们深切地领略到了中华民族文化的博大久远。这是我们中华民族的骄傲，更是我们民族赖以凝聚、发展、强盛的巨大能源所在。

作为中国传统文化中最重要、最具活力的组成部分，中国古代文学又生动而深刻地体现着中国文化的基本精神，对现代中国乃至世界文明的发展都产生了广泛而深远的影响。唐诗、宋词中的名篇警句至今脍炙人口，元杂剧、明清小说中的故事、人物至今家喻户晓，其中所蕴涵的审美功能和认识功能历久弥新。因此，中国古代文学作为中国传统文化中最容易为现代人理解、接受的一种文化形态，是现代人与传统文化之间实现沟通的最直接的桥梁，也是世界其他文化背景下的人们了解中国文化的最佳窗口。

在科学技术迅猛发展的当代社会，人们的生活、观念正发生着巨大而深刻的变革，面对纷至沓来的现代科技和汹涌而至的各种思潮，人们仍能深切地感受到中国传统文化无所不在的巨大力量。人们渴望了解这种无形的力源，于是，绚丽多姿的中国古代文学就成了人们首要的注目之所。但由于各种原因所致，以往有关中国古代文学的诸多著作物，基本上都是写给那些从事专业研究者的，其中承载了过于厚重的道德和伦理内涵，因而理论性太强，显得生硬枯燥，将文学史上生动活泼、充满人间喜怒哀乐的鲜活笼罩在了黑厚的布幕之下。通过这些厚重的学术著作，人们根本无法了解鲜活、丰润的中国古代文学。而那些林林总总的古代诗、文选译本，又显得过于割裂和琐碎，读者很难从中领略中国古代文学活脱的发展脉络。因此可以说，目前社会上很难找到适合于普通读者需要的有关中国古代文学的趣味性读物，于是我们策划了这套《插图本中国古典文学丛书》。丛书共十本，是面向具有中等以上文化程度的读者介绍中国古代文学基本知识的图文并茂的大众普及性读物，主要内容包括按照历史发展线索，介绍中国古代文学体裁方面的基本知识，以及相关作家、作品对其产生的影响等，基本涵盖了传统学术话语里中国古代文学中最精彩、最具吸引力而又最为人们喜闻乐见的内容。

陈虎

2021年6月

目 录

壹

乐府

——诗歌文学之总称

作为一种能够歌唱的作品，乐府先天性地与音乐有着密不可分的关系，正因为如此，乐府的吟唱在中国古代历史中一度成为流行风尚。无论是在高高的庙堂，还是在辽阔的乡野；无论是在北风卷地的沙场，还是在情思绮靡的闺房，都回荡着乐府的音响。

乐府作为文学发展历史上不可或缺的一种文学样式，如同不择地而生却又顾盼有致的蔷薇花，在文学史册中散发着独特而持久的芬芳。乐府又像一脉奔涌前行的清泉，承继着上古《诗经》文化思想的光辉，裹挟着时代历史风云的呼啸，书写着华夏民族心灵的喜怒哀乐、爱恨情仇。它流过秦朝富丽的宫殿，跨过汉代无际的阡陌，穿过魏晋南北朝动荡的岁月，经过盛唐丰美的原野，绕过两宋的小楼风雨，最终在元明清时期转入了一个新的发展里程。

乐府这一文学样式今天已经不复兴盛，然而它给我们留下了许多永恒的回忆和思念。离我们已有千百年、早成陈迹的乐府文学，仍然感染着、激动着今天和后世的人们。个中原因何在？因为文学表现的是民族的精神、思想、感情、性格，用鲁迅先生的话说就是："文艺是国民精神所发的火花。"乐府文学中所表达的人类在年少时期的情愫，作为一种有意味的形式，已经积淀在中华民族的文化血脉里。越过岁月的风尘，今天我们依然能够从中找寻到民族精神的鲜活印记；在苍茫而辽远的文学长河里，我们也仍然能够看到乐府的清流。

（一）乐府的定义

乐府的含义有广义和狭义之分。就狭义的乐府而言，是指入乐的歌诗，也就是有曲谱能歌唱的诗，相当于今天所说的歌曲。刘勰在《文心雕龙·乐府篇》里说："乐府者，声依永，律和声也"，说的就是狭义的乐府。这是一种站在音乐角度的看法。

广义的乐府则除了能入乐的歌诗之外，那些虽不入乐但在形式上仍具有乐府的特点，以及直接或间接地模仿乐府的作品，都可称之为乐府。仅就诗歌与音乐的关系而言，《诗经》可以称作汉朝以前的乐府。因为《诗经》三百篇，"孔子皆弦歌之"，都是可以入乐歌唱的。虽然二者在语言、形式、技巧和精神实质上由于时代的不同而有所不同，但其与音乐的关系，几无区别。如要找出其不同之处，那么它们很明显的区别是《诗经》没有乐歌题名，而乐府有。《诗经》以每首诗的前二三字为题名的取名之法，并不能反映诗歌的音乐内容和歌辞内容。而乐府则不一样，乐府诗的题名，不仅反映音乐内容，也反映歌辞内容。明代学者胡应麟即从合乐可歌的角度出发，提出"诗即乐府，乐府即诗"，又说"乐府之体，古今凡三变：汉魏古词，一变也；唐人绝句，一变也；宋元词曲，一变也"（《诗薮·内编》卷一）。就此种广义乐府而言，乐府可

◎ 汉武帝

谓我国歌诗文学之总称。

胡应麟的观点被有的学者指为“过分宽泛”，因为如此一来，就混淆了乐府和宋词及元曲的区别。现在一般所说的乐府诗，是指汉代兴起的那种入乐可歌的歌诗，以及后代文人模拟乐府旧题或自创新题的作品。

1. 乐府本是官府机构名称

中国古代思想家对于音乐的社会作用，一直非常重视。早在先秦时期，就产生了一部著名的音乐方面的总结性著作——《乐记》。《乐记》最突出的特点，就是强调音乐和政治的关系，一方面强调“天地之序”，也就是要维持社会的秩序，另一方面强调得民心，保持整个社会的和谐，从而达到“天人合一”。

正因为如此，秦朝时的中央政府专门设立了掌管音乐的官府机构，名字就叫乐府，这便是乐府的最初含义。1977年秦始皇陵墓附近出土的秦代编钟上，刻有“乐府”二字，这是秦朝有乐府机构存在的确凿物证。汉魏两晋南北朝时期，当时的中央政府十分重视音乐和歌曲，进一步扩大了乐府的规模，选派大批有才华的音乐家和诗人充实到乐府机构中。西汉初期的庙堂宫廷音乐大体承袭秦代，从汉高祖到文帝、景帝年代，庙堂宫廷歌舞“大抵皆因秦旧事”。但由于“高祖乐楚声”，因而也汲取了楚地民歌乐曲，并有创新。到汉武帝时，“定郊祀之礼”，在太乐之外，“立乐府，采诗夜诵，有赵、代、秦、楚之讴”，为乐府艺术奠定了基础，同时也标志着赵（山西）、代（河北）、秦（陕西）、楚（湖北、湖南）等地的地方民歌转化为与汉代的娱乐音乐紧密结合的一种民歌。

汉武帝罢黜百家，独尊儒术，“乃崇礼官，考文章，内设金马石渠之署，外兴乐府协律之事”（班固《两都赋序》），建立乐府官署是他整顿改革礼乐的一项重要措施，缘起于“作《十九章》”，即《汉郊祀歌十九章》。郊祀天地是秦、汉的传统祭礼，原来就有古乐和歌辞，但歌辞“多尔雅之文”，不易通晓，于是专门请来通晓“五经之士”研读。其乐曲也需要整理，因而武帝乃“令侍中李延年次序其声，拜为协律都尉”（《史记·乐书》）。武帝立乐府的目的是在崇祀的名义下，用新声改编雅乐，以创作的歌诗取代传统的古辞。为此，乐府官署的任务便是采民歌俗曲以创设新声曲调，以及训练乐工、女乐进行新作的排练和演出。

到了汉哀帝下令裁减乐府人员时，朝廷乐府已成为一个极为庞大的艺术机构。不仅如此，乐府艺术此时已由朝廷广泛传播到民间市井巷陌之中、豪富吏民之家。所以《汉书·礼乐志》说虽然哀帝大量裁减乐府人员，罢郑卫之声，“然百姓渐渍日久，又不制雅乐有以相变，豪富吏民湛沔自若”。这说明，乐府由朝廷的娱乐艺术弥漫为市井的娱乐艺术。不仅乐府诗是这样，东汉的文人诗如辛延年《羽林郎》、张衡《同声歌》乃至无名氏的《古诗十九首》，也都是在市井新声的氛围中产生的。

乐府歌舞的歌颂对象很广泛，演出地点也随需变动，所辖乐工、女乐众多，据史书记载，成帝时“女乐近千人”，哀帝时编制为829人。东汉民间歌谣异常活跃、丰富，与汉光武帝采取采风察政的政策有密切关系。

后来，汉代人把当时由乐府机构所编录和演奏的诗篇称为“歌诗”，魏晋六朝时人们才开始称这些歌诗为“乐府”或“乐府诗”。

应当指出的是，汉代是一个娱乐文化十分发达的时代，乐府所谓“乐”，并非单指今天所说的音乐，它还包括舞蹈、歌唱、表演等多种娱乐形式。《乐记》中有这样一段话：“歌之为言也，长言之也。说之故言之，言之不足故长言之，长言之不足故嗟叹之，嗟叹之不足，故不知手之舞之，足之蹈之也。”

意思是说，“歌”是一种长言，是一种有唱腔的语言。因为喜悦和高兴，情不自禁地要发出声音，一般的语言不能充分表达，就要用长言和嗟叹来表达。嗟叹仍然不能表达，就要用动作来表现，不知不觉中手舞起来了，脚下也跳起来了，于是舞蹈就产生了。《毛诗序》里也说明了音乐与舞蹈之间的关系："情动于中而形于言，言之不足故嗟叹之，嗟叹之不足故永歌之，永歌之不足，不知手之舞之，足之蹈之也。"

◎ 李延年

汉代乐府官员中最著名的当属李延年了。李延年何许人也？他的官职是协律都尉，即乐府机构的总负责人。汉朝的历史书《汉书·外戚列传》中说：

> 初，（李）夫人兄延年性知音，善歌舞，武帝爱之。每为新声变曲，闻者莫不感动。延年侍上起舞，歌曰："北方有佳人，绝世而独立。一顾倾人城，再顾倾人国。宁不知倾城与倾国，佳人难再得！"上叹息曰："善！世岂有此人乎？"平阳主因言延年有女弟。上乃召见之，实妙丽善舞。由是得幸。

李延年不仅是位音乐家，还能歌善舞，皇帝非常喜欢他。他经常创作新的乐府歌诗，凡是听到他歌唱的，无人不受感动。他最著名的作品是这首《李延年歌》：

北方有佳人，绝世而独立。
一顾倾人城，再顾倾人国。
宁不知倾城与倾国，佳人难再得！

在生活中，你会如何去赞美一个美丽的女人呢？李延年是这样说的：

辽阔的北方有许多美丽的人儿，可是这位佳人却与众不同。她远远地站在那里，超俗而脱众，孤傲而又冷艳。为了能够让她看一眼，有人愿意放弃一座城市；有人为了得到她的垂青，宁愿把王位放弃。可是啊，即使你愿意放弃城市和国家，也不见得能得到这样一位美人呢！

李延年把对女人的赞美提升到了一个极致。他的歌唱首先打动了一个人——汉朝最高统治者汉武帝。具有良好的文学和音乐素养的武帝听得心荡神摇，立时生出一见伊人的向往之情，发出一声感叹："去哪里找这样的人哪！"平阳主于是乘机向皇帝推荐：李延年有个妹妹与这位佳人有一比。武帝大喜，立即召见，果然美艳。于是李延年的妹妹就成了皇帝的爱妃李夫人。借助自己的才情和乐府这一文学形式，李延年成功地将自己的妹妹进行"包装"，并使之具有了倾国倾城的价值。

直到今天，人们仍然用"倾国倾城"来比喻一个女人的美貌以及她的可望而不可得。汉乐府的魅力于此可见一斑。难怪孔子曾说“不学诗，无以言”，是说一个人如果学不好《诗经》，连话都说不好。

汉代乐府机构的主要任务是编制乐曲、训练乐工和收集歌诗。这些从各地收集来的歌诗“皆感于哀乐，缘事而发”（《汉书·艺文志》），“可以观风俗，知厚薄”，也就是说，中央政府可以从这些歌诗中了解到各地不同的风俗习惯，知道推行的政策在各地的反映以及人民生活的苦乐，从而提供执政借鉴。

采诗是古代政府了解民情民意的一个传统方法，周代就有采诗制度，周王朝及各诸侯国的乐官到民间采集诗歌，借以了解民情。两汉时期诗学的重要文献《毛诗序》中有这样一段话：“情发于声，声成文谓之音。治世之音安以乐，其政和；乱世之音怨以怒，其政乖；亡国之音哀以思，其民困。故正得失，动天地，感鬼神，莫近于诗。先王以是经夫妇，成孝敬，厚人伦，美教化，移风俗。”可见，采诗已成为治国理政的一种重要方法。

《诗经》中《国风》的大部分就是通过采诗的途径汇集起来的。采诗的活动在客观上收集和保存了大量民歌，这在文学史上具有重要意义。《诗三百》都可以配乐歌唱，还可以借诗言志、美刺，《论语·阳货》载，“子曰：小子何莫学夫《诗》？《诗》，可以兴，可以观，可以群，可以怨。迩之事父，远之事君；多识于鸟兽草木之名。”

这里孔子所说的“兴”“观”“群”“怨”，概括了《诗经》的感染、认识、教育和讽刺作用。其中特别强调诗的实用价值，政治目的十分明显。

◎ 汉高祖

汉代以后，魏晋时代仍有乐府机关的设置。

汉代不仅涌现出了一批像李延年这样的音乐家，就连皇帝也喜欢吟唱乐府。如开国帝王汉高祖刘邦，就作有《大风歌》，并令儿童传唱。据《史记·高祖本纪》记载：“高祖还归，过沛，留。置酒沛宫，悉召故人父老子弟纵酒，发沛中儿得百二十人，教之歌。酒酣，高祖击筑，自为歌诗曰：‘大风起兮云飞扬，威加海内兮归故乡，安得猛士兮守四方！’令儿皆和习之。高祖乃起舞，慷慨伤怀，泣数行下。”

刘邦在位的最后一年，回到他的老家沛县，召集父老乡亲一起饮酒庆祝胜利。喝到动情时，刘邦打着节拍，即兴唱了这首《大风歌》。众人边唱边和，刘邦于是随歌起舞，回想以往的南北征战，展望前路的不可预测，不禁心潮起伏，泪下数行。战争取胜，这当然使他兴奋、欢乐、踌躇满志，但在内心深处却隐藏着莫名的恐惧和悲哀。这首《大风歌》就生动地流露出他的矛盾的心情。

汉武帝刘彻也有乐府作品《秋风辞》传世：

秋风起兮白云飞，草木黄落兮雁南归。
兰有秀兮菊有芳，怀佳人兮不能忘。
泛楼船兮济汾河，横中流兮扬素波。
箫鼓鸣兮发棹歌，欢乐极兮哀情多。
少壮几时兮奈老何！

虽然同为一国之君，由于个人阅历不同，一个是在马上打天下，一个是在宫中守城池，气势和心态截然不同，“言为心声”的作品也就必然有差距。

现存乐府诗数量众多，其中有不少采自民间歌谣，更多的是文人作品。汉乐府机关收集民歌的范围极其广泛。据《汉书·艺文志》记载，有江苏、湖北、山西、陕西、河北、山东等，几乎遍及当时的全国。民歌以其清新活泼的曲调，朴实浑厚的内容，博得了上至皇帝下至百官的称誉。

汉乐府诗都是入乐能唱的歌诗，因此，在结构上常常依据音乐乐章的要求，分为若干段落，每一个段落称为“解”。一解，就是音乐的一个乐章。诗的内容，也大致依据“解”来划分段落。如《陌上桑》分为三解，《善哉行》分为六解。

汉乐府诗的曲调有的除了正曲以外，还有所谓“艳”“趋”“乱”等部分。所谓“艳”，一般放在正曲之前，歌者随音乐翩翩起舞，这一部分可能是没有歌辞的，相当于今天的前奏。所谓“趋”，一般放在正曲之后，音乐节奏突然加快，紧张热烈，达到高潮。所谓“乱”，由楚辞体流传而来，是音乐的结尾部分。

汉乐府诗常常用歌、行、曲、吟、引等作为题目，如《大风歌》《短歌行》《白头吟》等。所谓歌、行、曲、吟、引，可能与乐曲的性质有关。

2. 乐府变身为诗

乐府诗原是配合音乐的，但后来许多文人作品只是借用乐府的格式来写作，如同旧瓶装新酒，并不一定要谱上曲子。六朝时人们把曾在乐府里合过乐能够歌唱的诗（相当于今天所说的歌词）也称为乐府，于是“乐府”一词便由一种音乐机构的名称变为一种诗体，实现了从歌曲到诗作的华丽转身，从此，乐府便成为一种新的体裁登上了文学的殿堂。

六朝人把乐府看作一种诗体，还比较看重其音乐形式，到了唐代，更注重诗的内容实质。唐代的乐府诗多是文人案头创作，大致可分为两大类。一是古题乐府，根据鼓吹、相和、清商、杂曲等旧的曲调体式进行写作。这类作品数量颇多，其中一部分冲破了旧曲的题材限制，自出机杼，艺术上也富有创新意味，因而达到很高水平，成绩远远超过南朝许多文人的乐府古题。像高适的《燕歌行》、李白的《将进酒》《蜀道难》、杜甫的《前出塞》《后出塞》、李贺的《雁门太守行》等，都可称为范例。

◎（清）苏六朋《太白醉酒图轴》

另一类便是新乐府，是根据内容自制新题的歌辞。这类歌辞唐初已有，到盛唐渐成规模，如王维的《桃源行》、李白的《横江词》等。一代诗人杜甫继承汉乐府民歌和建安文人乐府反映社会现实的传统，写了《悲陈陶》《兵车行》等篇，更为新乐府创作开辟了一条新的道路。中唐诗人白居易、元稹倡导的新乐府写作，把一种有强烈社会政治内容，在形式上不受格律限制的讽喻诗叫作乐府。其中白居易的《新乐府》五十首达到了这类作品的高峰。这类着重反映时弊和民生痛苦、意在讽喻的新乐府，确是新乐府辞中最光辉的部分。

3. 诗与乐再度携手

唐之后，历史再次出现似曾相识的一面，乐府的含义发生了变化。由于唐、五代出现了“词”，元、明出现了“曲”，词、曲都是合乐的作品，于是汉朝人的乐府观点再度回潮，诗与音乐再度携手，人们把合乐能唱的词和散曲也叫作乐府。如宋代苏轼的词集称《东坡乐府》，杨万里的词集称《诚斋乐府》，张可久的散曲集称《小山乐府》，马致远的散曲叫《东篱乐府》等。这无疑是对“乐府”做了十分广义的理解。金朝诗人元好问有作品集《遗山乐府》，他在《遗山自题乐府引》中说：“乐府以来，东坡第一。以后便到辛稼轩，此论亦然。”这里所说的“乐府”，指的都是词。

◎（明）张路《苏轼回翰林院图》

这说明乐府一词的含义是不断变化的。就一定意义而言，称乐府为我国诗歌文学之总称，是恰当的。

（二）乐府的分类

历史上有许多人对乐府诗进行分类，有的根据音乐的曲调分类，有的从功用上分类，也有的根据题材内容分类，标准很不一致。最早对乐府诗进行分类的是东汉末年的蔡邕，而影响最大的人，当数郭茂倩。

1. 郭氏分类法

要了解乐府诗的分类及内容，就不能不提到一个人——郭茂倩。对于这个有着秀气名字的人，我们无从通过史书知晓他的生平、事迹、性格，只知道他是宋朝人，出生于山东东平县。尽管如此，每一个想要研读乐府的人，都不能不提到他，

◎ 汉朝的乐舞欣赏图（陕西西安西汉壁画墓出土）

因为他编纂了流芳万世的一部书——《乐府诗集》。这是一部总括宋朝以前历代乐府歌词的名著，是研究乐府最重要的经典书籍。这部书不仅提供了丰富的乐府体诗歌作品，而且对每类乐府诗还写了题解，是研究乐府诗歌的来源、类别和流变的重要著作。如果没有郭茂倩的《乐府诗集》，我们就无从读到这么多优秀的诗歌作品。

前人对《乐府诗集》也给予了很高的评价。宋人陈振孙说此书“凡古今号称乐府者皆在焉”；明毛晋称之“可谓抗行周雅、长揖楚辞，当与三百篇并垂不朽”；《四库提要》盛誉其“解题征引浩博，援据精审，宋以来考乐府者无能出其范围”，又称其“诚乐府中第一善本”；近人傅增湘则赞之为“振古之伟业，传世之鸿编”。

《乐府诗集》共100卷，收录作品5389首，上起上古，下至五代。这是一部按音乐品种来划分类属的总集，在文学研究、音乐研究，尤其是在音乐文学研究中具有非常重要的地位。

郭茂倩根据乐府诗的性质、用途、音乐形式、时代特点等，将作品分为12类：

一、郊庙歌辞：12卷，804首。是古代帝王祭祀天地、神祇和祖先所用的乐歌。古代帝皇在郊区祭天地，在宗庙祭祖宗，郊庙歌辞便是郊祭、庙祭时歌颂天地、祖宗的乐章。汉代有《郊祀歌》十九首用于郊祭，《安世房中歌》十七首用于歌颂祖宗。这类郊庙乐章历朝不绝，现存数量颇多。根据所用场合不同，可分为五类：祀天地、太庙、明堂、籍田（古代天子名义上亲自耕种的田地）、社稷。这些庙堂文字，多属赞美祝颂之词。

二、燕射歌辞：3卷，161首。是古代统治者宴会时所用的乐歌。因其所用对象不同，可分为三类：一是用于天子的《食举乐》；二是用于射礼中的“大射”；三是用于天子大会群臣、宾客时的“燕飨”。这些乐章，古辞都已亡佚，《乐府诗集》所收皆为晋宋以后的作品。

三、鼓吹曲辞：5卷，255首。鼓吹曲原是军乐。其乐器主要有鼓、箫和笳，鼓吹就是击鼓吹箫笳的意思。汉代，鼓吹曲还用于朝廷节日大会和帝皇出行道路等场合，借军乐以壮声威。今存古辞《铙歌》18篇，其中有叙战阵，有表武功，也有关涉男女私情的；有文人制作，也有民间歌谣。如《战城南》《巫山高》《上邪》都是历代传诵的乐府名作。

四、横吹曲辞：5卷，302首。横吹曲在汉武帝时由西域传入，它以鼓、角作乐器伴奏，在马上横吹，于行军时使用，故后来又叫鼓角横吹曲。《乐府诗集》未见汉代曲辞，现存歌辞大部分是魏晋以来的文人作品。南北朝时，又有一种新兴的鼓角横吹曲产生，因在梁代被采入乐府，故又名《梁鼓角横吹曲》，歌辞现存《企喻歌》《琅琊王歌》等60多首，大多数是北朝民歌。除《木兰诗》外，篇幅都较短小，其中还有用鲜卑等少数民族语言创作而后译成汉语的作品。这些作品大都清新刚健，雄浑奔放，表现了北方民族豪放粗犷的风格。

五、相和歌辞：18卷，826首。其名取“丝竹更相和，执节者歌”（《宋书·乐志三》）之意。原是民间歌谣，汉代设立乐府，取以入乐。后来文人拟作的很多，其中包括《相和曲》《吟叹曲》《四弦曲》《平调曲》《清调曲》《瑟调曲》《楚

◎ 汉朝的百戏（彩绘女舞俑）

调曲》；现存汉乐府民歌的优秀作品，大部分都保存在这一类中。如《陌上桑》《东门行》《孤儿行》等，都是“感于哀乐，缘事而发”的现实主义杰作。

六、清商曲辞：8卷，707首。《乐府诗集》所收录的几乎都是南朝民歌，分《吴声歌》《神弦歌》《西曲歌》三部分。它们几乎全是情歌，其中不少作品有较高的思想性，风格婉媚，清艳动人，对后来的文人作品影响很深。如《子夜歌》《莫愁乐》《那呵滩》，表现了封建社会制度的不合理和人们追求美好生活的愿望，是不可多得的艺术珍品。

七、舞曲歌辞：5卷，179首。是配舞的乐歌，分雅舞、杂舞。雅舞用于郊庙、朝飨，杂舞用于宴会。

八、琴曲歌辞：4卷，187首。是与古琴曲调相配的乐歌。所收作品上起上古，下迄隋唐，但大多数是后人伪托。

九、杂曲歌辞：18卷，830首。内容有写心志、抒情思、叙宴游、发怨愤、言征战行役等。其中有不少优秀的民间作品，与《相和歌辞》同为乐府诗中的精华部分。如《驱车上东门》《焦仲卿妻》等。

十、近代曲辞：4卷，337首。也是杂曲，因是隋唐的作品，与郭茂倩所处宋朝比较近，故称“近代曲辞”。这类曲辞，是唐五代词的先驱。

十一、杂歌谣辞：7卷，372首。是从上古时期直到隋唐之际的徒歌（无伴奏音乐的清唱）、谣、谶、谚语之类。

◎（清）王时敏《杜甫诗意图·松云绝壁》

十二、新乐府辞：11卷，429首。是唐代新诗。或根据古题写新意，或根据事实给篇目重新命名，不再依赖前人的题目，都是属于不合乐的文人作品。前者如李白的《静夜思》，后者如杜甫的《悲陈陶》《悲青坂》、元稹的《上阳白发人》、白居易的《卖炭翁》等。

《乐府诗集》通行的有影印汲古阁本、影印宋本。中华书局1979年出版了新的排印本。它以文学古籍刊行社的宋本影印本为底本，用汲古阁本参校，改正了不少脱误。书后附有《作者姓名篇名索引》《乐府诗集篇名索引》，寻检方便，是目前国内最好的本子。

2. 现代学者的三分法

郭茂倩是一个对文学颇有见地的勤奋的资料收集者，《乐府诗集》的一个重大特色就是搜罗广博，兼收并载。他几乎汇集了当时所能见到的全部乐府诗，为我们提供了一部相当完备的资料总集。有许多古籍如《古今乐录》今已失传，借由《乐府诗集》的征引而得以部分保存。可以说，他为后代研究乐府者提供了极大的便利。

郭茂倩在对《乐府诗集》的编排体制上也颇下了一番苦心。每类歌辞都是古辞在前，模拟作品在后，将合乐的和不合乐的、民间的和文人的作品排列在一起。这使得乐府诗的定义变得十分宽泛，有助于我们全面地对乐府文学的发展历程、演变规律进行梳理。

也有一些研究者指出了他的缺点，如《乐府诗集》有不少误收重复的诗。在分类方面，没有统一的标准，有根据使用场合分的，如郊庙歌辞、燕射曲辞；有根据音乐形式分的，如鼓吹曲辞、横吹曲辞、相和歌辞、清商曲辞；有根据时代分的，如近代曲辞、新乐府辞。而且有些类目的分合也有可商之处，如琴曲歌辞，多半都是伪托；舞曲歌辞，可以分别归类于郊庙、燕射、清商曲诸类等。

有鉴于此，现代学者、山东大学著名教授陆侃如、冯沅君在其专著《中国诗史》中，在郭茂倩十二类的基础上，删去伪托的琴曲歌辞与杂曲歌辞、重复的近代曲辞、不入乐的杂歌谣辞和新乐府辞，将乐府诗归为八类。然后根据其性质将这八类分为三组。

第一组是贵族制作的乐府，包括《郊庙歌》《燕射歌》及《舞曲》。第二组是外国或边疆少数民族地区输入的乐府，包括《鼓吹曲》及《横吹曲》。第三组是民间采来的乐府，包括《相和歌》《清商曲》及《杂曲》。这样的分类法简明扼要，颇有新意，便于对乐府诗从总体上了解和把握。

在贵族乐府中，《安世房中歌》最为著名，作者是汉高祖的爱姬唐山夫人。汉高祖喜欢楚地（今湖北）的音乐，所以《安世房中歌》是楚音的风格。因为作者是一位姓唐山的女子，诗名又叫“房中歌”，容易使人联想到黄帝的《房中术》，

◎ 山东沂南出土的乐舞百戏图

后人便产生了误解，以为是写男女之事的作品。“房”，这里是指供奉祖宗的祠堂，《安世房中歌》是皇帝在太庙祠堂里祭祀祖先的乐歌。

《安世房中歌》共十七章，是迄今所能见到的最早可歌的汉诗，它在汉开国之初强调孝道，颂扬祖先的至善之德，体现了儒家思想的风貌，是汉代郊庙歌诗的典范之作。

如第一章：

大孝备矣，休德昭清。高张四县，乐充宫廷。
芬树羽林，云景杳冥。金支秀华，庶旄翠旌。

此章为迎神之曲。前四句写天子的孝心明明白白、清清楚楚，为了迎接祖先，在宫廷里四面悬挂钟磬之类的乐器，怀念祖先的音乐萦绕其间。后四句是写祖先的神灵前来享宴，仪仗繁盛，声势不凡。神灵从云影杳冥的天上降临，车上装饰着金枝秀华，旗上缀着翠绿的羽毛。字句间充满着对祖先的崇敬之情。清人沈德潜在《古诗源》里评论说："首云大孝备矣，以下反反复复，屡称孝德，汉朝数百年家法，自此开出。"认为

◎ 受祭图

《安世房中歌》开了汉朝几百年间以“孝”作为最重要的道德标准的先河。而汉武帝“罢黜百家，独尊儒术”，或许就是由唐山夫人开始的。可见唐山夫人不仅有文采，而且有思想。

历代评论者都对汉乐府民歌给予了很高评价，明代胡应麟在《诗薮》中称赞说：“周之国风，汉之乐府，皆天地原声。运数适逢，假人以泄之。体制既备，百世之下，莫能违也。”许学夷在《诗源辨体》卷三中说：“汉人乐府五言，如《相逢行》《羽林郎》《陌上桑》等，古色内含而华藻外见，可为绝唱！”看来，原生态特色的作品历来都受追捧。

由于汉乐府音乐已经失传，对于非专业人士来说，很难依托音乐去解读乐府。其实，我们只要通过这些留传下来的文字作品，去了解那个时代的民族精神、了解那个时代人们的喜怒哀乐、了解民族心灵的成长历史，并从中得到感悟、受到启发，也是一种收获。

贰

感于哀乐，缘事而发

——汉乐府（上）

两汉文学在儒家言志教化的统治下，与铺张华丽的汉赋相比，文人的诗歌创作稍显荒凉，倒是民间的创作在四百余年的历史长河中，流传下了汉乐府“饥者歌其食，劳者歌其事”的精彩篇章。曲滢生在《汉代乐府笺注》中说：“一代有一代之文学，汉则以乐府著。盖其曲调清新，辞藻古朴，《郊祀》曲外，多出自民间之手，情真语挚，出乎自然，诚文学中之杰著也。”

今存两汉乐府歌辞中最有价值的作品是五十余首民歌、部分谣谚和文人诗歌，主要保存在“相和”“鼓吹”“杂曲”三

◎ 汉画像石中的宴饮图

类中，以相和歌中最多。这些民歌歌辞的写作时期，多数难以确定。在音乐上，这三类民歌也各有特色，相和是一种演唱方式，含有“丝竹更相和”与“人声相和”两种意思；鼓吹曲是武帝时吸收的北方民族的新声，当时主要用作军乐；杂曲则是一种声调失传的杂牌曲子。乐府民歌虽数量不多，但思想内容丰富深刻，相当广泛地反映了汉代社会的现实生活，表达了当时各阶层人民的情绪和意愿，揭露了封建制度和封建统治阶级的冷酷。

两汉乐府继承了先秦民歌“饥者歌其食，劳者歌其事”的传统，较之《诗经·国风》，两汉乐府多叙事诗，即使是抒情之作也常常带有叙事成分。从长篇《孔雀东南飞》到小诗《公无渡河》的许多叙事诗，大都以事为主，相当明确地表达出主题思想。《白头吟》《怨歌行》及《饮马长城窟行》等抒情作品，也多采用第一人称自述的手法，“若秀才对朋友说家常话”（谢榛《四溟诗话》）。著名的《饮马长城窟行》《上山采蘼芜》《双白鹄》《十五从军征》《陌上桑》等不仅在内容上反映了多方面的社会生活，体现了“感于哀乐，缘事而发”的精神，而且在艺术上也颇具光彩。具体表现为在叙述故事、描写人物上取得了很大进步，如《陌上桑》运用多种手法，从多种角度描写罗敷的美丽动人，又通过人物语言来刻画她的勇敢机智。另外，在比兴的运用上也很有特色，给人以耳目一新之感，如《枯鱼过河泣》：“枯鱼过河泣，何时悔复及。作书与鲂鱮，相教慎出入。”全篇皆用比喻，巧妙新颖，沈德潜评论说“汉人每有此种奇想”。

能够充分体现汉代文人五言诗水平的，还应推“古诗”。这是一批无名氏作品，共有四五十首。其中有十九首被萧统收入《文选》，因称《古诗十九首》。它们同一般乐府五言民歌有很大的差异。首先，乐府民歌多重叙事，而“十九首”则是清一色的抒情性作品。其次，“十九首”虽然保有民歌的风格，但在遣词造句、巧妙地运用比兴来表现和烘托情绪上，又比乐府民歌更加细腻圆熟，它们写出了自然深婉的意境和清雅感人的气氛。刘勰说它们“婉转附物，怊怅切情”，钟嵘说它们“文温以丽，意悲而远”，甚至“一字千金”。

中国古代的叙事诗，是在汉乐府民歌的基础上发展起来的，后代的叙事诗，在分类上一般都归属于乐府体。许多名篇直接以“歌”“行”为名，如唐代白居易的《长恨歌》《琵琶行》。这是表示对乐府民歌传统的继承，因为“歌”“行”原来是乐府诗专用的名称。在写作手法上，无论短篇和长篇，也都受到汉乐府民歌的影响。

（一）孔雀东南飞，五里一徘徊——乐府民歌

班固说汉乐府民歌“感于哀乐，缘事而发”（《汉书·艺文志》），所谓“哀乐”就是指人们心中的喜怒哀乐等各种情

感，“事”就是他们的各种生活经历。这两者融合在一起，通过朴实无华的语言表现出来，从而产生了深刻而动人的艺术魅力。

阅读汉乐府民歌，我们能看到徐徐走来的采桑女子，听到痴情女儿火辣辣的爱情表白；也能闻到古战场上弥漫着的硝烟，看到“十五从军征，八十始得归”的老兵，以及在生活中苦苦挣扎的孤儿和病妇。它就像一幅多彩的汉代世俗生活的巨幅画卷，生动地再现了那时劳动者的生活场景。这些诗既是现实生活的真实写照，又是作者主观感情的真挚流露。诗中所写的事，有些并非作者本人的经历，然而其描述却十分生动而富有感情，使人有身临其境之感。

汉乐府民歌的主要内容，大致可分为以下几类。

1. 描述家庭生活的苦与乐

从《诗经》到汉乐府，诗歌经过七八百年的发展，其所反映的人类生活及人的精神、心理、情感、观念等都出现了巨大的变化。《诗经》面对的是一个广阔的大千世界，是一个松散的社会表层，所表现的是个体的人在社会中的活动，而汉代民歌则聚焦在家庭问题上，所表现的是一个家庭或作为家庭成员的人的生活或际遇。这说明家庭生活在人们的生活中已经占据了十分重要的地位，而个体的自由被置于次要地位。

《妇病行》写一个平凡的农人或小市民家庭的不幸遭遇。

◎《诗经·蒹葭》诗意图

这是最普通人的最普通的生活，又是充满苦难与艰辛的生活。诗中那位母亲临终之际对自己的孩儿死不瞑目的牵挂，催人泪下：

妇病连年累岁，传呼丈人前一言。当言未及得言，不知泪下一何翩翩。

“属累君两三孤子，莫我儿饥且寒，
有过慎莫笪笞，行当折摇，思复念之！”

乱曰：抱时无衣，襦复无里。
闭门塞牖，舍孤儿到市。
道逢亲交，泣坐不能起。
从乞求与孤儿买饵，对交啼泣，泪不可止：
“我欲不伤悲不能已。”
探怀中钱持授交。
入门见孤儿，啼索其母抱。
徘徊空舍中，“行复尔耳！弃置勿复道”。

这首乐府古诗属《相和歌辞·瑟调曲》。诗中通过一个病妇的家庭悲剧，描绘了汉代劳动人民挣扎于死亡边缘的生活惨象。病妇久病不愈，自知将不久于人世，所以她把丈夫叫到床前，留下临终遗言。病妇死后，家人饥寒交迫，父亲欲抱孩子上市觅食，却找不到御寒的衣服。末句突然一转，向苍天发出“行复尔耳，弃置勿复道”的绝望呼叫，结束全文。此句意为孩子的命运将同妈妈相似，还是抛开这一切，别再提了！语极凄切。

《孤儿行》写一个失去父母的孤儿受尽了哥嫂的虐待，既反映下层人的日常艰辛，又揭示当时的世态炎凉。

孤儿生，孤子遇生，命独当苦。

父母在时，乘坚车，驾驷马。

父母已去，兄嫂令我行贾。

南到九江，东到齐与鲁。

腊月来归，不敢自言苦。

头多虮虱，面目多尘。

大兄言办饭，大嫂言视马。

上高堂，行取殿下堂，孤儿泪下如雨。

使我朝行汲，暮得水来归。

手为错，足下无菲。

怆怆履霜，中多蒺藜。

拔断蒺藜肠肉中，怆欲悲。

泪下渫渫，清涕累累。

冬无复襦，夏无单衣。

居生不乐，不如早去，下从地下黄泉。

◎《汉宫春晓图》

春气动，草萌芽。
三月蚕桑，六月收瓜。
将是瓜车，来到还家。
瓜车反覆，助我者少，啖瓜者多。
愿还我蒂，兄与嫂严。
独且急归，当兴校计。
乱曰：里中一何譊譊。
愿欲寄尺书，将与地下父母，兄嫂难与久居。

诗中的孤儿，原是一个富人家的子弟。但父母死后，却成为兄嫂的奴隶。这首诗描写兄嫂虐待孤弟，通篇只讲了三件事，即兄嫂命令孤弟为他们经商、汲水和收瓜。特别是“瓜车反覆”这一个情节，通过一系列生活细节的具体描写，构成了一个矛盾冲突的戏剧性场面。这一段情节仅用了

◎ 西汉的长信宫灯

三十字左右，说明孤儿因车重力弱而翻了车，这是兄嫂对他的奴役；抢瓜人多、扶车人少是人与人关系的活生生的表现，更加突出了孤儿处境的困难。所以这是一个对于现实生活高度集中概括的典型情节。

《艳歌行》写了远离家乡谋生的流浪者生活中一件细琐的小事，情感不像上述几篇那样强烈，但同样浸透了人生的辛酸：

翩翩堂前燕，冬藏夏来见。
兄弟两三人，流宕在他县。
故衣谁当补？新衣谁当绽？
赖得贤主人，览取为吾绽。
夫婿从门来，斜柯西北眄。
“语卿且勿眄，水清石自见。”
石见何累累，远行不如归！

在异乡为别人家干活儿的兄弟，有幸遇上一位贤惠的女主人，愿意为他们缝补衣衫，可她丈夫回来看到了，心怀猜疑地斜视着他们。这使流浪者深感“远行不如归”。然则归又如何呢？倘非为生活所迫，谁又会出远门呢？

《东门行》写一个城市贫民为贫困所迫不得不铤而走险的故事。突出妻子苦苦哀求丈夫的场面描写：

出东门，不顾归。
来入门，怅欲悲。
盎中无斗米储，还视架上无悬衣。
拔剑东门去，舍中儿母牵衣啼：
“他家但愿富贵，贱妾与君共铺糜。
上用仓浪天故，下当用此黄口儿。今非！”
“咄！行！吾去为迟！白发时下难久居。”

男主人刚从东门外回来，因为家里太穷，他甚至不愿回家。回家之后，他马上就感到了巨大的压力，因为无衣无米，孩子在哭泣，妻子在叹息。身为一家之主，他难以忍受这种物质和精神上的巨大压力，为了养家糊口，他拿出宝剑铤而走险。但是孩子们并不愿意让他出去做那样的事情，牵住他的衣襟哭啼，妻子也极力相劝。妻子所说的道理他并非不知，但是面对家中的困难，他明知出外犯法也不得不去。全诗语言精练，传达的内容却很丰富。

《十五从军征》《战城南》是《诗经》征役诗的继承和发展。《十五从军征》描写一个从军六十五年的白发老翁匆匆归来，可是他所看到的情景是，自己的家已经成了废墟，“兔从狗窦入，雉从梁上飞，中庭生旅谷，井上生旅葵”。老翁的心情陷入极度的悲伤与迷茫之中。他麻木地做饭做汤，但“羹饭

◎《漠北之战图》

一时熟，不知贻阿谁”，这才一下子清醒过来，家里人都不在了，剧痛在心头涌起。“出门东向看，泪落沾我衣”，表现了老翁无限的孤独和悲凉。这里，深深地刻画了一个被奴役一生、最后落得家破人亡的劳动者形象。

《东光》唱出了士兵的痛苦，谴责不义的战争；《小麦谣》则揭露战争对生产的破坏：“小麦青青大麦枯，谁当获者妇与姑。”

两汉乐府诗的作者来自不同阶层，诗人的笔触深入社会生活的各个层面，因此，社会成员之间的贫富悬殊、苦乐不均在诗中得到充分的反映。

《长安有狭斜行》《鸡鸣》等作品，都是写富豪官宦人家的生活，夸耀家族天伦之乐，它们展示的是与苦难世界完全不同的景象。《相逢行》的作者犹如一位导游人员，两度把读者引入侍郎府。第一次见到的是黄金为门，白玉为堂，堂上置酒，作使名倡，中庭桂树，华镫煌煌。第二次见到的是鸳鹭成行，鹤鸣噰噰，两妇织绵，小妇调瑟。这首诗在渲染主人富有的同时，还点出了他的尊贵身份："兄弟两三人，中子为侍郎。"这是一个既富且贵的家庭，而且富贵程度非同寻常。侍郎是皇宫的禁卫官或天子左右侍从，是皇帝信任的近臣，其特殊地位非普通朝廷官员所能比。

《长安有狭斜行》把权贵之家的显赫地位渲染得更加充分：

> 长安有狭斜，狭斜不容车。
> 适逢两少年，夹毂问君家。
> 君家新市傍，易知复难忘。
> 大子二千石，中子孝廉郎。
> 小子无官职，衣冠仕洛阳。
> 三子俱入室，室中自生光。
> 大妇织绮纻，中妇织流黄。
> 小妇无所为，挟瑟上高堂。
> 丈人且徐徐，调弦讵未央。

家里的三个儿子均有出息，三个儿媳也各有分工，小儿媳无事可做，就拿起乐器，弹琴鼓瑟，娱乐公婆。"丈人"指家中男主人，末句当是小儿媳对公公说的话，意思是爹爹不要着

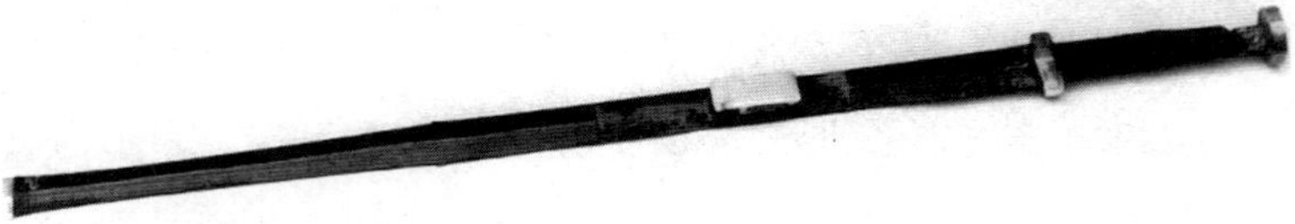

◎ 西汉的漆鞘玉剑具

急呀，弦还没调好呢。诗中三位媳妇织绵鼓瑟的段落，被后来的文人单独划分出去，题为“三妇艳”，在拟乐府诗中频繁出现，成为富贵之家的象征，积淀成一种具有特定含义的符号。这类诗可以说是市井百姓投向贵族社会的一瞥，其含意有艳羡，也有讽刺，反映了民众面向贵族社会时的复杂心态，流露得很率真。

《相逢行》《长安有狭斜行》中的女性处在富贵之家，生活得很悠闲，而《妇病行》《东门行》中的女性却因生活的窘迫表现出无奈和凄楚的情态。这表明即使在汉代社会的经济发展到一定程度时，仍存在巨大的贫富差距现象，这对女性的生活有重要影响。

2. 抒发两性情感的爱与恨

古人云：食色，性也。吟唱性爱是历代民歌中不可或缺的内容，汉乐府民歌也不例外。

《江南》是描写男女相悦之情的优秀诗篇之一。这首民歌表面上写采莲劳动的欢快场面，实际上是一首南方情爱民歌。全诗用谐音双关的手法写青年男女大胆追求属于自己的爱情。

江南可采莲，莲叶何田田。
鱼戏莲叶间。
鱼戏莲叶东，鱼戏莲叶西，
鱼戏莲叶南，鱼戏莲叶北。

◎（明）仇英《仕女采莲图》

《江南》属汉乐府相和歌辞，载于《宋书·乐志》和《乐府诗集》，是地道的汉代民歌。

一般认为《江南》是反映采莲劳动和抒发劳动的愉快心情的诗歌，是一首优美的江南采莲曲。“田田”是形容莲叶圆润鲜碧的样子，“何田田”是极度赞美的语气。这里虽只写叶，我们却可以联想到花。清人张玉穀谷说：“不说花，偏说叶；

叶尚可爱，花不待言矣。”（《古诗赏析》）莲叶茂密，莲花繁盛，不仅景色无比秀丽，还表明莲子必然丰收，采莲人自然心里非常高兴。

与这种观点不同，闻一多先生早在20世纪40年代就对《江南》一诗提出了独特的看法。闻先生在他的力作《说鱼》（《闻一多全集》第一册）中提出了这样一个观点：“东周以来，‘鱼’是代替‘匹偶’或‘情侣’的隐语。”在论证过程中，闻先生提到了《江南》，他说：“‘莲’谐‘怜’声，这也是隐语的一种，这里是用鱼喻男，莲喻女，说鱼与莲戏，实等于说男与女戏。”闻一多先生认为《江南》乃男女相悦之诗。全诗以鱼象征男性，用莲花象征女性，鱼围绕着莲花穿梭游走，忽东忽西，表现了男性对女性的追求。

《上邪》则是表达了对爱情忠贞不贰的决心：

上邪，我欲与君相知，长命无绝衰。
山无陵，江水为竭，
冬雷震震，夏雨雪，天地合，
乃敢与君绝！

这是以女子的口吻发出的爱情宣言。开头句直呼苍天哪，我要和他相亲相爱，直到生命终结的那一天。接着连用五个排句，以大自然中绝对不可能发生的现象来反衬自己爱情的坚定。高山变成平地，长江水流干了，冬天打雷，夏天下雪，天地相合，只有这五种不可能发生的事真的发生了，我才和你断绝关系。

这首诗初读看似表达了女子坚贞的爱情，但仔细琢磨，又觉得仿佛女子的心情并非完全沉浸于爱情中的那种甜蜜。这五种情况亘古难见，可以称得上“毒誓”了。可试想一下，什么情况下要发这种誓言呢？如果是两心相悦恩爱缠绵且一帆风顺的爱情，需要发这样的毒誓吗？所以，女主人必定遇到了一些不得已的情况，或者是家庭阻挠，或者是男子对她有怀疑，反正是在外界强大的压力之下发出的，这就给这位女子的爱情增添了一些悲凉意味。

汉代是我国封建礼教和伦理道德的成熟期。汉武帝时董仲舒明确地提出了“三纲五常”的伦理观念。他说：“阳贵而阴贱，天之制也。”（《春秋繁露·天辨在人》）又说：“君臣父子夫妇之义，皆取诸阴阳之道。君为阳，臣为阴；父为阳，子为阴；夫为阳，妻为阴。”（《春秋繁露·基义》）女子成为男子的附属品和驯服的

◎ 董仲舒

工具。

正因为男女地位的巨大落差，使汉乐府民歌较少描写爱情的甜蜜与幸福的篇章，倒是控诉负心男子的诗作占了大部分。

《有所思》写一女子在得知男子变心之后爱恨交加的复杂矛盾心情：

有所思，乃在大海南。
何用问遗君？
双珠玳瑁簪，用玉绍缭之。
闻君有他心，拉杂摧烧之。
摧烧之，当风扬其灰。
从今以往，勿复相思！
相思与君绝！
鸡鸣狗吠，兄嫂当知之。
妃呼豨！
秋风肃肃晨风飔，东方须臾高知之。

诗中的女主人公是一个泼辣大胆的姑娘，她日夜思念远在大海南边的情人，并想着赠他礼物以表真情。送什么呢？“双珠玳瑁簪”，这样珍贵的礼品，她还觉得不足以表达她的爱心，又“用玉绍缭之”。由于爱得深，所以才有此举动。“闻君”以下七句，写她闻郎变心之后的决绝之情。尽管姑娘真诚地爱着对方，可是对方却变了心。她非常气愤，立即把精心准备的礼物毁坏。烧掉了还嫌不够，又当风扬其灰，不留一点儿痕迹，并且表示“从今以往，勿复相思，相思与君绝”。这里写的是怨恨，而在这怨恨的背后，却隐藏着深沉的爱；正因为爱得深，所以才恨得烈；恨得越烈，正表明爱得极深。

“鸡鸣”以下五句写女主人公的感伤和犹豫。她虽然一时情绪激动，表示决绝，但当情绪冷静下来，又犹豫了，想到当初和情人幽会，惊动了鸡和狗，兄嫂也一定知道了，当初的柔情蜜意，如今却恩断情绝，怎么跟他们解释呢？不仅丢了面子，还丢了爱情。秋风习习，晨风鸟疾速飞过，天一会儿就亮了，那就等到天亮再说吧。这么一位泼辣的姑娘，最后竟陷入矛盾痛苦之中。说“与君绝”，其实不能绝。她恨情人有“他心”，又不能和不愿完全消除对过去的美好回忆；她希望情人能回心转意，更幻想着这传闻本来就不是事实。怨恨、猜测、忧虑，种种感情，交织一身。沈德潜说：“怨而怒矣，然怒之切，正望之深。末段余意不尽。”（《古诗源》）所论极为精当。

很显然，这对情人都承受着巨大的外部压力。这种失去理智的火辣辣的爱情，虽然感人，但常常是悲剧的结局。

如果我们把汉乐府中的爱情诗与《诗经》相比较，就更容易发现汉乐府爱情诗的特点。《诗经》中的爱情诗，充满着感性色彩，很少理性与道德规范的约束，表现出淳朴、野性之

◎ 子不思我，岂无他人

美。如《郑风·野有蔓草》写一对青年男女在白露未晞、蔓草从生的田野邂逅，遂其私欲。全诗写得大胆率真、浪漫不羁，表现了青年男女无拘无束的情态。《野有死麇》写一位年轻猎手与怀春少女嬉戏相悦的场面，也很能表现天性的坦率。他们的爱情是充满活力的、感性的，因而也是野性的、直觉的。即使失恋，也表现得从容舒缓，放松随意，少有深沉的痛苦和刻骨的相思，且语多戏谑。如“江有汜，之子归，不我以。不我以，其后也悔”（《召南·江有汜》）和“子惠思我，褰裳涉溱。子不我思，岂无他人”（《郑风·褰裳》）。前者是男子警告女子：你不嫁给我，将来要后悔的。后者是女子对男子说：你要是想我，就撩起衣服过河来找我；你若不思念我，难道就没有别人了吗？

与《诗经》不同，汉乐府中的爱情诗表现出了一种强大的理性力量，性欲描写为数极少，更多地体现出女子的贞节观和道德的约束。如《陌上桑》中罗敷拒绝使君的理由是“使君自有妇，罗敷自有夫”；《羽林郎》中胡姬拒绝子都时说“男儿爱后妇，女子重前夫”，都表现了坚定的节操。《有所思》中的女子听说男子有二心，不是像《诗经》中的女子那样“子不我思，岂无他人”，而是把准备送给男子的东西统统烧掉，并“当风扬其灰”，情绪刚烈、激越，表现了感情在压抑下突然爆发的特点。

《白头吟》中的女子就遭到了情人的背叛：

皑如山上雪，皎若云间月。
闻君有两意，故来相决绝。
今日斗酒会，明月沟水头。
躞蹀御沟上，沟水东西流。
凄凄复凄凄，嫁娶不须啼。
愿得一心人，白头不相离。
竹竿何袅袅，鱼尾何簁簁。
男儿重意气，何用钱刀为！

开头以山上雪、云间月比喻自己的纯洁和忠贞，同时也表现了男子的负情。结句“男儿重意气，何用钱刀为”是对男子的谴责，也隐约透露出两人分手的原因，那就是男人对金钱的看重。

3. 长篇佳作《孔雀东南飞》

《孔雀东南飞》原名《焦仲卿妻》，是汉乐府叙事诗发展的高峰，代表着汉乐府的最高水平。汉末建安年间，庐江府（今属安徽）官吏焦仲卿之妻子刘兰芝，被赶回了娘家。刘兰芝的娘家人逼着她改嫁，她便投水自杀。这是《孔雀东南飞》序中所说的内容，也是这篇叙事诗的故事梗概。

这个故事听起来并不复杂，由于作者采用了极为高超的艺术手法，不惜笔墨详细地讲述了故事的经过，并用浪漫的笔法写他们死后所发生的不可思议却又令人感动的事情，因而取得了极佳的艺术效果。人们把《孔雀东南飞》视为汉乐府民歌中纪实性叙事诗的代表作，并把它与北朝民歌《木兰辞》并称为“乐府双璧”。

要知道这首诗究竟好在何处，首先必须来看原诗：

孔雀东南飞，五里一徘徊。

“十三能织素，十四学裁衣。十五弹箜篌，十六诵诗书。十七为君妇，心中常苦悲。君既为府吏，守节情不移，贱妾留空房，相见常日稀。鸡鸣入机织，夜夜不得息，三日断五匹，大人故嫌迟。非为织作迟，君家妇难为！妾不堪驱使，徒留无所施。便可白公姥，及时相遣归。”

府吏得闻之，堂上启阿母：“儿已薄禄相，幸复得此妇。

◎ 木版年画《木兰从军》

结发同枕席，黄泉共为友。共事二三年，始尔未为久。女行无偏斜，何意致不厚？”

阿母谓府吏：“何乃太区区！此妇无礼节，举动自专由。吾意久怀忿，汝岂得自由！东家有贤女，自名秦罗敷。可怜体无比，阿母为汝求。便可速遣之，遣去慎莫留！”

府吏长跪告：“伏惟启阿母。今若遣此妇，终老不复取！”阿母得闻之，槌床便大怒：“小子无所畏，何敢助妇语！吾已失恩义，会不相从许！”

府吏默无声，再拜还入户。举言谓新妇，哽咽不能语：“我自不驱卿，逼迫有阿母。卿但暂还家，吾今且报府。不久当归还，还必相迎取。以此下心意，慎勿违吾语。”

新妇谓府吏："勿复重纷纭。往昔初阳岁，谢家来贵门。奉事循公姥，进止敢自专？昼夜勤作息，伶俜萦苦辛。谓言无罪过，供养卒大恩；仍更被驱遣，何言复来还！妾有绣腰襦，葳蕤自生光；红罗复斗帐，四角垂香囊；箱帘六七十，绿碧青丝绳，物物各自异，种种在其中。人贱物亦鄙，不足迎后人，留待作遗施，于今无会因。时时为安慰，久久莫相忘！"

鸡鸣外欲曙，新妇起严妆。著我绣夹裙，事事四五通。足下蹑丝履，头上玳瑁光。腰若流纨素，耳著明月珰。指如削葱根，口如含朱丹。纤纤作细步，精妙世无双。

上堂谢阿母，阿母怒不止。"昔作女儿时，生小出野里。本自无教训，兼愧贵家子。受母钱帛多，不堪母驱使。今日还家去，念母劳家里。"却与小姑别，泪落连珠子。"新妇初来时，小姑始扶床；今日被驱遣，小姑如我长。勤心养公姥，好自相扶将。初七及下九，嬉戏莫相忘。"出门登车去，涕落百余行。

府吏马在前，新妇车在后。隐隐何甸甸，俱会大道口。下马入车中，低头共耳语："誓不相隔卿，且暂还家去。吾今且赴府，不久当还归。誓天不相负！"

新妇谓府吏："感君区区怀！君既若见录，不久望君来。君当作磐石，妾当作蒲苇。蒲苇纫如丝，磐石无转移。我有亲父兄，性行暴如雷，恐不任我意，逆以煎我怀。"举手长劳劳，二情同依依。

入门上家堂，进退无颜仪。阿母大拊掌："不图子自归。十三教汝织，十四能裁衣，十五弹箜篌，十六知礼仪，十七遣汝嫁，谓言无誓违。汝今何罪过，不迎而自归？"兰芝惭阿母："儿实无罪过。"阿母大悲摧。

还家十余日，县令遣媒来。云有第三郎，窈窕世无双。年始十八九，便言多令才。

阿母谓阿女："汝可去应之。"

阿女衔泪答："兰芝初还时，府吏见丁宁，结誓不别离。今日违情义，恐此事非奇。自可断来信，徐徐更谓之。"

阿母白媒人："贫贱有此女，始适还家门。不堪吏人妇，岂合令郎君？幸可广问讯，不得便相许。"

媒人去数日，寻遣丞请还，说有兰家女，承籍有宦官。云有第五郎，娇逸未有婚。遣丞为媒人，主簿通语言。直说太守家，有此令郎君，既欲结大义，故遣来贵门。

阿母谢媒人："女子先有誓，老姥岂敢言！"

阿兄得闻之，怅然心中烦。举言谓阿妹："作计何不量！先嫁得府吏，后嫁得郎君。否泰如天地，足以荣汝身。不嫁义郎体，其往欲何云？"

兰芝仰头答："理实如兄言。谢家事夫婿，中道还兄门。处分适兄意，那得自任专！虽与府吏要，渠会永无缘。登即相许和，便可作婚姻。"

媒人下床去，诺诺复尔尔。还部白府君："下官奉使命，言谈大有缘。”府君得闻之，心中大欢喜。视历复开书，便利此月内，六合正相应。良吉三十日，今已二十七，卿可去成婚。交语速装束，络绎如浮云。青雀白鹄舫，四角龙子幡。婀娜随风转，金车玉作轮。踯躅青骢马，流苏金镂鞍。赍钱三百万，皆用青丝穿。杂彩三百匹，交广市鲑珍。从人四五百，郁郁登郡门。

阿母谓阿女：“适得府君书，明日来迎汝。何不作衣裳？莫令事不举！”

阿女默无声，手巾掩口啼，泪落便如泻。移我琉璃榻，出置前窗下。左手持刀尺，右手执绫罗。朝成绣夹裙，晚成单罗衫。晻晻日欲暝，愁思出门啼。

府吏闻此变，因求假暂归。未至二三里，摧藏马悲哀。新妇识马声，蹑履相逢迎。怅然遥相望，知是故人来。举手拍马鞍，嗟叹使心伤：“自君别我后，人事不可量。果不如先愿，又非君所详。我有亲父母，逼迫兼弟兄。以我应他人，君还何所望！”

府吏谓新妇：“贺卿得高迁！磐石方且厚，可以卒千年；蒲苇一时纫，便作旦夕间。卿当日胜贵，吾独向黄泉！”

新妇谓府吏：“何意出此言！同是被逼迫，君尔妾亦然。黄泉下相见，勿违今日言！”执手分道去，各各还家门。生人作死别，恨恨那可论？念与世间辞，千万不复全！

府吏还家去，上堂拜阿母：“今日大风寒，寒风摧树木，严霜结庭兰。儿今日冥冥，令母在后单。故作不良计，勿复怨鬼神！命如南山石，四体康且直！”

阿母得闻之，零泪应声落：“汝是大家子，仕宦于台阁。慎勿为妇死，贵贱情何薄！东家有贤女，窈窕艳城郭，阿母为汝求，便复在旦夕。”

府吏再拜还，长叹空房中，作计乃尔立。转头向户里，渐见愁煎迫。

其日牛马嘶，新妇入青庐。菴菴黄昏后，寂寂人定初。我命绝今日，魂去尸长留！揽裙脱丝履，举身赴清池。

府吏闻此事，心知长别离。徘徊庭树下，自挂东南枝。

两家求合葬，合葬华山傍。东西植松柏，左右种梧桐。枝枝相覆盖，叶叶相交通。中有双飞鸟，自名为鸳鸯。仰头相向鸣，夜夜达五更。行人驻足听，寡妇起彷徨。多谢后世人，戒之慎勿忘。

◎ 魏晋社会生活图

这首诗之所以在汉乐府民歌中卓尔不群，赢得无数赞誉，在于它塑造了众多个性鲜明的人物，这是其他乐府诗中所没有的。女主角刘兰芝是一位年轻美丽的知识女性，她“十三能织素，十四学裁衣。十五弹箜篌，十六诵诗书”，虽然自身条件如此优越，但并不恃才自傲，出嫁之后任劳任怨，“鸡鸣入机织，夜夜不得息”，丈夫忙于公务不能回家也无怨言。但就是这样一个知书达礼的女子，婆婆仍然不喜欢，把她赶回了娘家。

第二个人物是男主角焦仲卿，这位庐江府的官吏官职不大却很忙碌，对工作也很投入，“君既为府吏，守节情不移。贱妾留空房，相见常日稀”，晚上经常不能回家，刘兰芝只得独守空房。在得知母亲对兰芝不满后，他向母亲坦陈心迹：儿子当大官是没什么希望了，幸亏还有这样一个好媳妇，我不愿和她分开，“儿已薄禄相，幸复得此妇。结发同枕席，黄泉共为友”。并坚定地对母亲说：你要是把她赶走了，我将终生不再娶！可是，在遭到母亲的一通怒骂之后，他屈服了，对刘兰芝说，赶你走的不是我，而是我的阿母。你先回家住几天，等我把工作的事处理一下，就去接你。

第三个人物是焦家阿母，她是决定刘兰芝命运的关键。她对兰芝不满，并不顾儿子的反对坚持休掉兰芝。“槌床便大怒”“阿母怒不止”，都见出其独断、暴躁的性格。

第四个人物是刘家阿母，这是一个慈母的形象。兰芝被遣

◎ 晋人的生活形态（新疆吐鲁番出土）

回娘家后，“阿母大悲摧”，心里非常难过。面对一拨又一拨来给兰芝提亲的媒人，她先是劝女儿“汝可去应之”；在得知兰芝的心思后，就辞谢了媒人。

第五个人物是刘兰芝的哥哥。若不是他的催促，或许悲剧不致发生。在得知妹妹不愿再嫁之后，心里非常烦。他对兰芝说：这么多富贵人家来提亲你都不愿意，你到底想去哪里？兰芝知道娘家也待不下去，于是内怀死志，而外示顺从，答应了府君的求婚。

这五个人物，每个人的笔墨都不多，但却活灵活现，生动如在目前。全诗用大量的对话来表现人物性格，兰芝和仲卿的大段对话自不必说，焦母和刘兄的言语也非常传神，如“小子无所畏，何敢助妇语！”“不嫁义郎体，其往欲何云？”非常符合人物性格和身份。

造成刘兰芝悲剧的原因到底是什么呢？有研究者认为在

于封建家长制的代表焦母的摧残和焦仲卿的软弱，也有人认为是因为兰芝的婚后无子。在汉代，男子休妻有七种借口，这就是所谓的“七出”：无子、淫佚、不事舅姑、口舌、盗窃、恶疾。显然，后六种刘兰芝没有授人以柄，那么没有生育儿女就成为她的唯一罪过。兰芝被遣时，没有写到与儿女别离的情景，仲卿自杀前也没有诀别儿女的描写，只是说：“儿今日冥冥，令母在后单。”一个“单”字也透露出焦母没有孙儿孙女的事实。可以想见，刘兰芝婚后三年没能生下一男半女，所以焦母对她处处刁难。“不孝有三，无后为大”，这是封建社会的天条。难怪焦仲卿在母亲面前那样软弱，只好忍痛休妻。

这些说法都有道理，但最根本的一条是兰芝和那个时代的女性一样没有经济地位，她的才华和美貌只有在婆婆家得到认可才有意义，当娘家、婆家都没有她的容身之地时，她的结局就只有一个。今天新社会的女性，可以独立工作生活，可以选择结婚或者选择独身而不必看人眼色，这是多么幸福哇。

（二）秦氏有好女，采桑城南隅——乐府民歌中的女性形象

《诗经》中的女子独立在高高的山之巅，戴着质朴的王冠，充满野性气息的花朵在她的裙边开放……如果我们认同这样的描述，那么，汉乐府中的女子则从山巅跌落，她貌似坚强

却内心脆弱，曾经美丽的双眼充满了迷茫，头顶悬着男性的权杖。

先秦女子可以“投我以木瓜，报之以琼琚”，甚至“邂逅相遇，与子偕臧”。而汉乐府中却多是罗敷、胡姬、刘兰芝似的“好女”，统一、单调甚至有些乏味。它歌颂这样的女子：不嫌贫爱富，不朝三暮四，忠贞不贰，从一而终。虽说汉乐府还不至于像《列女传》那么赤裸裸地弘扬三从四德，但也是通过一系列文学手段，塑造了不少三从四德的“主旋律”形象，旗帜鲜明地讴歌了汉代的道德观。

1. 汉乐府多贞女

有汉一代，人们的思想被空前地统一到儒家思想的旗帜下，在这样一个男权社会中，对于女性行为的规范成为礼教的重要部分，并渗透到人们的思想观念和日常生活中，这在汉诗女性形象的塑造中有所反映。汉代乐府民歌如《上邪》《有所思》《白头吟》中的女子都表现出了对爱情的坚贞不渝。

著名的叙事诗《羽林郎》和《陌上桑》，塑造的也都是坚守贞节的女子形象。前者描述卖酒女胡姬对豪奴的凌辱进行反抗；后者描述采桑女罗敷面对着使君的调戏，从容自若，侃侃而谈，用语言击败了使君，保护了自己的尊严。

《秦罗敷》首段如下：

日出东南隅，照我秦氏楼。
秦氏有好女，自名为罗敷。
罗敷喜蚕桑，采桑城南隅。
青丝为笼系，桂枝为笼钩。
头上倭堕髻，耳中明月珠。
缃绮为下裙，紫绮为上襦。
行者见罗敷，下担捋髭须。
少年见罗敷，脱帽著帩头。
耕者忘其犁，锄者忘其锄。
来归相怨怒，但坐观罗敷。

《陌上桑》中的秦罗敷究竟是农家的采桑女还是富家小姐？对此问题过去很长一段时间内评论者曾争论不休。开篇二句“日出东南隅，照我秦氏楼”，作者既通过渲染环境引出主角秦罗敷，强调了“秦氏楼”就是罗敷的居住地，又借“秦氏楼”透露了秦罗敷的身份和家境。

在有的文学史教科书中，把秦罗敷理解为蔑视权贵、反抗强暴的劳动妇女的代表，而认为使君“荒淫无耻”，是一个欲强夺民女的流氓形象。其实，以现代人的眼光看来，使君不过是与前述见到罗敷并被罗敷之美倾倒的众多“观众”之一，而他的表现更大胆些，直接问“宁可共载不”，仅从字面理解，这句话是说：能不能和我共乘一辆车呀？以今天的眼光，这也

◎ 农耕（陕西三原县唐李寿墓壁画）

算不上什么“荒淫无耻”，而且，你不想坐车就算了，还说那么一大堆自己有丈夫、丈夫如何当大官之类的话干啥呢？但在汉代，这句话的含义就不这么简单了，“男女授受不亲”，男人不能将手中的东西直接递给女人，更何况陌生男女共乘一辆车！所以，使君提出这样的要求，就一定是想占罗敷的便宜，一定是荒淫无耻。

作者在罗敷与使君面对面的斗争中显示罗敷的感人性格——坚贞美。如果光有罗敷的答词，恐怕不足以阻止使君可能采取的恶行。因此，罗敷虚拟出一个文武全才、不可侵犯的夫婿：

东方千余骑，夫婿居上头。

何用识夫婿？白马从骊驹。
青丝系马尾，黄金络马头。
腰中鹿卢剑，可值千万余。
十五府小史，二十朝大夫。
三十侍中郎，四十专城居。
为人洁白皙，鬑鬑颇有须。
盈盈公府步，冉冉府中趋。
坐中数千人，皆言夫婿殊。

“夸婿”是粉碎使君妄想，使之遭到失败的一种有效的斗争手段，同时也表现出了罗敷的智慧。人家的老公比你强不止十万八千里，你还是知趣点吧。

和秦罗敷一样，《羽林郎》中金吾子调戏酒家胡时所遭到的严词拒绝也是“男儿爱后妇，女子重前夫”的伦理道德言语，她们不约而同地以一番伦理话语来拒绝利诱，完全没有道出当时自身的感受和自我内心愤怒的情感话语，这说明她们的自我价值和内心的感受被忽略，成为伦理道德的载体和工具。

《孔雀东南飞》《箜篌引》《伤三贞诗》和《杞梁妻歌》等的女主人公甚至用生命诠释着对婚姻的忠诚。

《陇西行》通过一位能干的主妇待客情形的描摹，为当时妇女提供了一个行为的典范，反映了汉代社会一般民众的家庭观念和妇女观：

天上何所有，历历种白榆。
桂树夹道生，青龙对道隅。
凤凰鸣啾啾，一母将九雏。
顾视世间人，为乐甚独殊。
好妇出迎客，颜色正敷愉。
伸腰再拜跪，问客平安不。
请客北堂上，坐客毡氍毹。
清白各异樽，酒上正华疏。
酌酒持与客，客言主人持。
却略再拜跪，然后持一杯。
谈笑未及竟，左顾敕中厨。
促令办粗饭，慎莫使稽留。
废礼送客出，盈盈府中趋。
送客亦不远，足不过门枢。
娶妇得如此，齐姜亦不如。
健妇持门户，亦胜一丈夫。

诗中不厌其烦地详写这位模范妇女如何待客、如何就座，无论是酌酒、持杯还是让酒，处处皆合于礼。当谈笑还未尽兴的时候，就吩咐备饭，不能让客人滞留太晚；送客的时候不出大门口，也合乎礼节。赞扬她胜过春秋时晋文公的夫人美女齐

◎ 文君听琴图

姜，并夸奖她持家胜过男子汉。健妇可以称得上汉代妇女学习的楷模。

汉乐府中的诗歌虽大多为民间所作，但却经过汉代政府机关的挑选，难免染上当时的“主旋律”色彩。所以，无论是像秦罗敷这样的富家女，还是当垆卖酒的酒家胡，以及“精妙世无双”的刘兰芝，都表现出了对丈夫的忠贞。而在讴歌爱情与忠贞的背后，其实具有浓重的道德意味。当然，这种道德规范被巧妙地掩藏在生动的文学语言之中。汉诗所塑造的女性多角度反映出当时礼教对女性的影响，具有很强的时代性，同时体现出汉诗作者心目中理想的女性形象。

2. 汉乐府多悲妇

与汉代女子社会地位较低相关，她们没有权力决定自己的命运，汉乐府中的很多女性常常莫名其妙地被婆家抛弃，这对

“在家从父，出嫁从夫”的女人来说，无疑是一场灾难。即使被丈夫遗弃或赶出夫家，她们也没有可以诉冤的地方。于是，一个个满含辛酸之泪的幽怨女子就诞生了。她们虽然“工织素”，也有不错的容貌，但却仍然命运不佳。她们的命运是她们所处的那个封建社会决定的，而正是这种注定的、不可避免的必然性，更增添了这些女子的悲剧性。

《怨歌行》以怨字起名，以团扇为喻，抒发了被弃的担忧：“常恐秋节至，凉飚夺炎热。弃捐箧笥中，恩情中道绝。”宋子侯《董娇饶》写洛阳女子和路旁桃李花的对话，感伤女子命薄于花，花可以“秋时自零落，春月复芬芳”，而女子则“何时盛年去，欢爱永相忘”。这类诗深刻地反映了封建社会中妇女的地位和命运。

又如《上山采蘼芜》，全诗如下：

上山采蘼芜，下山逢故夫。
长跪问故夫：“新人复何如？”
“新人虽言好，未若故人姝。
颜色类相似，手爪不相如。
新人从门入，故人从阁去。
新人工织缣，故人工织素。
织缣日一匹，织素五丈余。
将缣来比素，新人不如故。”

◎ 东汉纺织画像石（拓片）

这位被离弃的妇人遇到故夫，一见面便长跪问故夫“新人复何如？”一句话，便把女子遭遗弃之后依然挂念夫婿、顾念旧情，想要看看自己遭弃之后续娶的新人究竟如何，究竟自己不好在哪里、新人强在哪里的心态表现了出来。这句话语看似平淡，却透露出弃妇的自信：她到底比我好在哪里呢？同时，话语里隐隐有一种被抛弃的不平感。使人有感于她的悲戚，不禁同情她的遭遇。

果然，这位故夫说，新人虽然也不错，但她没有你长得漂亮。如果说两人的容貌不相上下的话，那么她的纺织技术不如你。她擅长织缣，你擅长织素，她一天只能织一匹，而你却能织素五丈余，而且素要比缣值钱多了。

这位故夫也真是够实在的，在他的眼里，女人的颜色即容貌和能否挣更多的钱是评价一个好女人的标准。而这两条，“故人”都比新人强，那么，既然如此，究竟是什么原因使他抛弃了“故人”呢？显然，这不一定是故夫的本意，这从二人的对话中可以看出来，对于故夫，她并没有太多明显的抱怨。

答案也许要从“蘼芜”二字去寻找。作者在这里只让这位妇人采蘼芜，而不是采别的植物，是有其深刻含义的。蘼芜是一种香草，叶子风干后可以做香料，古人相信蘼

◎《诗经·氓》诗意图

芜可使妇人多子。蘼芜也暗示着妻子被休的原因之一：无子。古人认为“不孝有三，无后为大”。正是这个原因使妻子在家里没有了立足之地。

《诗经》中的男女地位是相对平等的，在爱情上男女可以互相追求，无尊卑高下之分。在家庭中丈夫可以与妻子离异，妻子也有同样的权力。《卫风·氓》就是妻子不堪丈夫暴戾无行的性格而自行离去。婚后生活既贫困艰难，丈夫又“二三其德”反复无常，这使她感到其苦难忍。离开他，感情上又难以割舍，于是她感叹：“女之耽兮，不可说也。”几番思量之后，她终于下了决心，既然“及尔偕老，老使我怨”，何不结束这场苦难呢？全诗是妻子离开丈夫之前的内心独白，既有现实的痛苦，也有对丈夫的留恋，但最终她还是离去了，夫妇之间是平等的。而在汉代，由于生产的发展，财富的增多，丈夫在家庭中占据了比妻子更重要的地位，在“女性的具有世界历史意义的失败”之后，妻子逐步被贬低、被奴役，从而失去了独立的个体意义。女子不生孩子就被抛弃，即为一个明证。

长篇叙事诗《孔雀东南飞》千百年来流传不绝，被称为中国诗歌中的瑰宝，善良的读者无不给刘兰芝的爱情悲剧以深切的同情。但是，导致刘兰芝悲剧的原因究竟是什么呢？有学者经过研究认为，造成刘兰芝被遣回娘家的主要原因也是她的无子。

不能生子，原因不一定都在女方，但在科学技术很不发达的古代，女子有理都无处讲，更何况说不清楚的事呢。于是，刘兰芝便和那位《上山采蘼芜》中的女子一样，成为背负这一结果的替罪羊。而刘兰芝在被遣回娘家后，不愿再嫁，并最终不惜以自己的生命去殉情。其结果令人唏嘘。

3. 汉乐府多美女

“对女性美的关注，反映出一个时代的审美情趣和审美追求。”汉代在中国历史上写下了光辉灿烂的一页，汉代女性对汉代社会的发展起到了重要作用，这在汉乐府诗歌中有所反映。这些诗歌对女性形象、女性爱情、女性命运等方面的描写，既折射出汉代特有的文化内涵，又反映了社会生活的广阔层面。

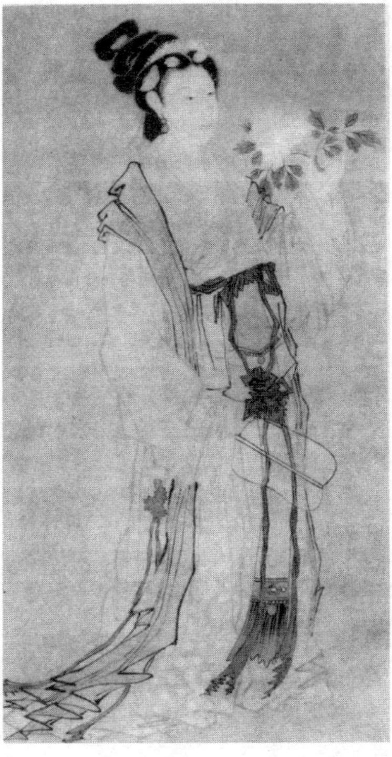

◎《诗经 · 硕人》诗意图

《诗经》中已经有对美女的描绘篇章，所不同的是，《诗经》中的女性外表妆扮崇尚自然，心灵率真，而汉代诗歌中的女性，则由外到内都浓重地打上人为雕饰的烙印，可称为矫饰之女性。《诗经》中描写美女最典型的篇章是《硕人》，而汉乐府中描摹美女最出彩的则是《陌上桑》。这两首诗在表现手法上有所不同，前者是正面刻画，后者多侧面渲染：

硕人其颀，衣锦褧衣。……

手如柔荑，肤如凝脂。领如蝤蛴，齿如瓠犀。螓首蛾眉，巧笑倩兮，美目盼兮。

这是庄姜嫁到卫国时的情景，新娘嫣然一笑，眉目传情，给人留下了深刻的印象。新娘身材修长丰满，内着锦衣，外着麻纱罩衫。她的手指洁白柔嫩，如同初生的白茅草芽；皮肤白净滑腻，犹如凝结的脂肪；她的脖子既长且白，好像天牛的幼虫；她的牙齿洁白方正，恰似排列整齐的葫芦籽。她额头丰满眉毛弯弯，浅笑盈盈，眼睛黑白分明顾盼生波。

以自然界中生长的白茅草嫩芽来比喻其手指，用排列整齐的葫芦籽来比喻其牙齿的洁白如玉，令人产生亲切感，这是一种原生态的、自然的美。

《陌上桑》写美女秦罗敷，并没有正面写她的眼睛、牙齿、肌肤长得如何，而是用了侧面烘托的手法衬托罗敷之美。可以肯定的是，这是一位非常正经的美女。当罗敷“采桑东南隅”时，制造了这样的轰动性效果：“行者见罗敷，下担捋髭须。少年见罗敷，脱帽著帩头。耕者忘其犁，锄者忘其锄。来归相怨怒，但坐观罗敷。”所有人都被罗敷的美貌弄得方寸大乱。

汉乐府民歌多服饰之华美来衬托人之美丽。罗敷的装扮则是极为华贵：“头上倭堕髻，耳中明月珠；缃绮为下裙，紫绮为上襦。”绮是有花纹的丝织品；裙是指女子经常穿的下衣，有长裙和短裙之分；襦是指短衣或短袄。罗敷身着紫红绫子短袄，下穿淡黄色罗绮裙，服饰色彩搭配协调，给人一种雍容雅致之感。

◎ 西汉金缕玉衣

《羽林郎》中胡姬的装束更是价值不菲：

胡姬年十五，春日独当垆。
长裾连理带，广袖合欢襦。
头上蓝田玉，耳后大秦珠。
两鬟何窈窕，一世良所无。

一鬟五百万，两鬟千万余。

《孔雀东南飞》中的刘兰芝，是一个和罗敷一样美丽的女子。文中同样也有一处对其外貌的正面描写：“著我绣夹裙，事事四五通。足下蹑丝履，头上玳瑁光。腰若流纨素，耳著明月珰。指如削葱根，口如含朱丹。纤纤作细步，精妙世无双。”采用铺陈的描写方法，使人物的外在美在一定程度上传达出其内心的修洁。

汉乐府中的女子长得美，打扮亦出众，但更多的是一种庄严之美，坚贞之美，而缺少女人的妩媚之美。

《诗经》中的硕人“巧笑倩兮，美目盼兮”，她有一双能传情的眼眸和动人的笑颜，浑身散发着自然山林的清香，这位美人妩媚地笑着，随着她的眼波流转，她摄走了每一个人的心。

《诗经》之后的楚国，伟大的诗人屈原心目中的美人又是什么样的呢？屈原在《山鬼》中对一位女神做了这样的描述：

若有人兮山之阿，
被薜荔兮带女萝。
既含睇兮又宜笑，
子慕予兮善窈窕。

学界普遍认为，这首诗里描述的女神，就是那位在民间传说和文人作品中经常被提及的巫山神女，也就是跟楚襄王有过一夜情的那位女神。“既含睇兮又宜笑”是非常优美的赞词，“睇”是含情而视的意思，可以理解为抛媚眼，“宜笑”则是恰到好处的笑，意即笑得很自然；这位女神可谓媚到极点。女人美的关键是要媚，正如清人李渔在《闲情偶寄·声容部》中所说：“常常形容在口上的‘尤物’二字，指的是有媚态的妇人。媚态之在人身，如火之有焰、灯之有光、珠贝金银之有宝气，是无形的，不可解说的。女子一有媚态，三四分姿

◎（清）罗聘《山鬼图》

色，可抵六七分。无媚态，则七分人材，只三分魅力。”

在汉乐府里，我们极少看到女子的巧笑和美目，更多的是义正词严、抗拒引诱和慷慨激昂，女性作为一种存在已经失去了自己的天性，异化为一种道德说教的传声筒。汉乐府女性之受封建礼教迫害程度之深，于此可见一斑。

叁

感于哀乐，缘事而发

——汉乐府（下）

汉代文学的主流是文人创作，文人创作的主流是辞赋。诗人们在赋里铺陈他们治国平天下的政治理想，在乐府里抒发他们的世俗情怀。在这一过程中，乐府民歌以其强大的生命力在一定程度上影响着文人的创作。

今存最早的文人五言诗作品，当推班固的《咏史》。这首诗咏叹缇萦救父、汉文帝废除肉刑的故事，其中“上书诣阙下，思古歌鸡鸣。忧心摧折裂，晨风扬激声”诸语，就有乐府民歌的痕迹。辛延年的《羽林郎》是模仿民歌最为圆熟的作品，同时又带有文人气。以乐府抒发世俗情怀最成功的文人乐府诗，当属《古诗十九首》。

（一）欢乐极兮哀情多，少壮几时兮奈老何——文人乐府

汉代文人乐府诗大致包括以下几类内容。

1. 贵族歌诗中的盛世气象

庙堂诗歌是专为帝王的政治、宗教活动而作，辞尚典雅，其内容多是表现贵族阶层的情绪和思想。汉代庙堂诗歌在乐府中占很大部分，皆出自贵族文人之手．最有代表性的是唐山夫人的《安世房中歌》十七章与司马相如等人的《郊祀歌》十九章。《安世房中歌》是《诗经》之后今存最早的乐章，沈德潜

在《古诗源》卷二中称其“古奥中带和平之音，不肤不庸，有典有则，是西京极大文字”。

关于《安世房中歌》，《汉书·礼乐志》载，“又有《房中祠乐》，高祖唐山夫人所作也”，是用来祭祀祖先的，为宗庙之乐，和《诗经》中的“颂”一样，体现为强烈的伦理、政治意识和敬天的情绪，对孝德充溢着溢美之词，为儒家思想的诗化。

◎ 司马相如抚琴图

《安世房中歌》中朝廷典礼性乐章与特有的仪式、排场和祭祀活动相协调，具有华丽典雅的风格。如：

大孝备矣，休德昭清。高张四县，乐充宫庭。

芬树羽林，云景杳冥，金支秀华，庶旄翠旌。

《七始》《华始》，肃倡和声。神来宴矣，庶几是听。
鬻鬻音送，细齐人情。忽乘青玄，熙事备成。

我定历数，人告其心。敕身齐戒，施教申申。
乃立祖庙，敬明尊亲。大矣孝熙，四极爰奏。

《安世房中歌》特别强调“德”字，首句即强调“大孝备矣，休德昭清”，显现“德”的伟大力量。《安世房中歌》中有“大海荡荡水所归，高贤愉愉民所怀”的成功喜悦，此成功当是指汉高祖的平定天下之功，然而诗中却没有说这些功绩是依赖武力征服而来，而是说“王侯秉德，其邻翼翼，显明昭式。清明畅矣，皇帝孝德。竟全大功，抚安四极”。在祭祀者看来，高祖的功业完全是依“德”而就，以四邻钦服来彰显德治的伟大，寄托了他们的政治伦理理想。

“孝”的重要意义也不容忽视，“孝奏天仪，若日月光”，“孝道随世，我署文章”；孝的具体表现，在于“受帝之光”“承帝之明”，孝本身的血缘凝聚力，使诗中所称颂的皇帝之功与先祖之功融为一体。沈德潜在《古诗源》中评价《安世房中歌》说：“首言大孝备矣，以下反反覆覆，屡称孝德。汉朝数百年家法，自此开出。累代庙号，首冠以孝，有以也。”汉代这种德孝并重的思想对汉当代以及后世产生了重大的影响。

◎ 汉高祖祭祀孔子

如果说《安世房中歌》强调的是个人通过宗族血缘关系而实现的社会性，那么《郊祀歌》则是在认识了人生的短暂和虚无之后，表现了追求个体永恒的强烈愿望。《郊祀歌》在写郊祀天地的过程中表现出了对神仙的憧憬和向往之情。与产生于汉初的《安世房中歌》不同，它创作于西汉中叶，是由汉武帝命司马相如、李延年等合乐著述。汉武帝时期，国力达到强盛的顶峰，武帝意气风发，自信满满，然而人生苦短，这种反差使他对生命如朝露感慨良深，这在他的《秋风辞》中就有深沉的表现："欢乐极兮哀情多，少壮几时兮奈老何！"他力求长生不老，表现出比前几代先祖更为浓厚的崇神热情。

但是，武帝终究不能摆脱人生大限的羁绊，更无法到达那无法可知的神仙世界。求神的冲动与迷惘正在于体味到人生短暂，生命终将化为虚无，《日出入》即表现了对短暂脆弱生命的深切感受：

日出入安穷？时世不与人同。
故春非我春，夏非我夏，
秋非我秋，冬非我冬。
泊如四海之池，遍观是邪谓何？
吾知所乐，独乐六龙。
六龙之调，使我心若。
訾黄其何不徕下？

◎（宋）陈居中《文姬归汉图》

皇帝富有天下却不能独霸时间，表现了无限占有欲所带来的不满足的悲伤。诗中先是对人寿有限发出感慨，接着又表达了对乘六龙以登天的向往。汉武帝在听到黄帝乘龙成仙的传说时所发出的叹息，为求仙候神的含义做了清楚的注解。汉武帝叹息说：“嗟乎！诚得如黄帝，吾视妻子如脱屣耳。”（班固《汉书》）在成仙不死与妻子儿女之间，汉武帝选择了前者。

同时，乐府文人创作的《郊祀歌》，也展现出当时诗歌抒情化的演进情况。作于武帝在位前期的《郊祀歌》中的《帝临》等诗歌，主要歌颂汉帝国的文治武功，抒发集体情感，境界阔大；《练时日》在对神灵威风的描写中，表现出了盛世气象和贵族阶层追求享乐的精神。而作于武帝在位后期的诗歌，如《日出入》，则由盼望帝国强盛转入了期盼个体生命延长，其抒情方式渐次转向内心。

2. 下层文士的郁郁乡愁

汉代的集权政治与经学的独尊地位，对当时和此后的文人产生了深刻的影响。先秦动乱之世的文人士子，因饱经人生忧患，对现实始终具有强烈的干预意识；入仕以立事功，成为文人阶层实现人生价值最为重要的手段。但到东汉末年，中央权力削弱，豪强肆意兼并，宦官与外戚交替专权，这样的现实威胁着中下层士子的政治命运，文人的社会地位和心理状态发生了很大的变化。反映在乐府诗中，就是出现了大量抒写乡愁的诗篇。

描写下层文士奔走仕途、困顿他乡的种种苦闷，是两汉乐府的一个重要内容。如《铙歌·巫山高》写困顿蜀地的游子，抒发“远道之人心思归”的乡愁：

巫山高，巫山高，高以大；
淮水深，难以逝。
我欲东归，害梁不为？
我集无高曳，水何汤汤回回。
临水远望，泣下沾衣。
远道之人心思归，谓之何！

《巫山高》是汉鼓吹铙歌十八曲歌辞之一，这是游子怀乡的诗。怀乡而欲归不得，山阻水隔，于是感极涕下。《乐府解题》说："古词言，江淮水深，无梁可渡，临水远望，思归而已。"大致概括了此篇的诗意。

《古歌》写客居胡地的游子思乡之情：

秋风萧萧愁杀人，出亦愁，入亦愁。
座中何人，谁不怀忧？令我白头！
胡地多飙风，树木何修修。
离家日趋远，衣带日趋缓。
心思不能言，肠中车轮转。

在汉乐府中，游子怀乡、欲归不能已成为一类歌辞的母题。如《悲歌》：

悲歌可以当泣，远望可以当归。
思念故乡，郁郁累累。
欲归家无人，欲渡河无船。
心思不能言，肠中车轮转。

外有游子，内就有思妇。著名的《饮马长城窟行》写的就是留守女人对游子的思念：

青青河畔草，绵绵思远道。
远道不可思，宿昔梦见之。
梦见在我傍，忽觉在他乡。
他乡各异县，展转不相见。
枯桑知天风，海水知天寒。
入门各自媚，谁肯相为言！
客从远方来，遗我双鲤鱼，
呼儿烹鲤鱼，中有尺素书。
长跪读素书，书中竟何如？
上言加餐饭，下言长相忆。

河边的青青绿草连绵不断，就像我对游子的思念一样无际无边。昨夜我梦见他就在我的身旁，醒来才知他身在异县，无

◎ 苍梧锁怨

论我怎样寻找，总是无法相见。别人家的游子回来了，在家各自说笑，没有人能理解我的相思和寂寞。有客从远方来，捎回一封书信，前面写着在家要好好吃饭，保重身体，后面写着我也经常把你想念。“枯桑知天风，海水知天寒”是乐府名句，意思是说桑树枯了也知道天要起风，海水虽不结冰也知道气候寒冷，游子常年在外也该知道意中人对你的思念吧。比喻夫妇久别，口虽不言而心苦自知。

其他如《折杨柳行》《西门行》《怨诗行》《满歌行》，从所表现的内容来看，应属文人士子的吟唱。如《满歌行》，从“自鄙栖栖，守此未荣”及“去自无他，奉事二亲”等语可以推测作者是一位下层官员，他遭遇世道之不平，于是决定从官场上退下来，回家侍奉双亲。

游子诗中还有一些抒写抱负、阅历和讥时愤世的作品。

《长歌行》“青青园中葵”是一首励志诗，“少壮不努力，老大徒伤悲”已成格言；但游子生涯中充满痛苦和挫折，所以更多的作品是抒泄愤懑的内容。《高田种小麦》以高田不宜种小麦为喻，说出“男儿在他乡，焉得不憔悴”的辛酸。《枯鱼过河泣》则以寓言的形式揭露封建社会的黑暗险恶，告诫同伴“相教慎出入”，警惕陷入罗网。《驱车上东门》《青青陵上柏》等作品，抒写由失意不遇而引起的人生如寄、及时行乐以及游仙长生等思想情绪，其中也有愤懑和不平，反映了东汉末年一部分文士的思想状况。

此外，两汉乐府中还有一些作品歌颂清官贤良，描写社会风情。前者如《雁门太守行》，后者如《城中谣》等，它们和上述各类作品一起构成了一幅两汉社会生活的历史画卷。

随着乐府艺术的发展，文人参与者日渐增多，一些表达文士情思的作品从而进入乐坛，乐府诗也就逐渐由以说唱故事为主转向抒写情志为主。这一极其重要的变化，引出了《古诗十九首》等汉末五言诗，也直接开启了曹操等人的建安乐府诗创作。

3. 时光匆匆、生命短暂的浩浩悲声

仔细吟读乐府，就会发现，在两汉社会繁荣富庶的表象下，朝野上下到处弥漫着一种悲叹人生短促、时光匆匆的盛世悲音。生命意识作为人类的基本意识，自远古以来就已经

◎ 屈原

存在。人类追求自身生命的永恒，在后羿向西王母求不死之药的原始神话中就有记载。《诗经》中的《唐风·山有枢》："子有酒食，何不鼓瑟。且喜且乐，且以永日。宛其死矣，他人入室。"表达了及时行乐和人生短促之意。屈原的诗里也有哀叹人生短促的诗句："日月忽其不淹兮，春与秋其代序。唯草木之零落兮，恐美人之迟暮。"两汉社会承先秦而来，时代的演进使汉人从一开始就对这一问题表现出前所未有的敏感。汉帝国的强盛虽然为汉人创造了和平安定的生活环境，但是并没有解决他们对生命问题的苦恼，封建集权对人性的扭曲和享乐意识的增强，从两个方面深化了汉人对这一问题的思考。

所以从汉初时起，《薤露》《蒿里》这两首歌诗就十分流行。

薤上露，何易晞。

露晞明朝更复落，

人死一去何时归。

这首歌诗感叹生命就像草上的露水，太阳一出很快就被晒干了；露水干后第二天又会降临，可是人的生命却不会像露水那样重新降落；人的生命一旦逝去，何时才能归来呢？

《蒿里》是这样写的：

蒿里谁家地，
聚敛魂魄无贤愚。
鬼伯一何相催促，
今乃不得少踟蹰。

◎ 木版年画《蒿里老人图》

蒿里是传说中人死后魂魄聚集的地方。歌的开头提出疑问：这“蒿里”究竟是怎样一个地方啊？为什么人不分贤愚贵贱死了都要到这里？人活着的时候没有平等可言，死后就没有差别了，这到底是怎么一回事呢？在死神的催促下，无论贤者、愚者，都不能稍有停留，都成了草中枯骨。

据记载，《薤露》《蒿里》，原为一文，分二章，出自田横门人。汉初，高帝召田横不愿臣服，自杀，门人伤之，为作悲歌。“一章言人命奄忽如薤上之露，易晞灭也。……至孝武时，李延年分为二曲。《薤露》送王公贵人，《蒿里》送士大夫庶人，挽柩者歌之，亦呼为《挽柩歌》。”（吕兢《乐府古题要解》）其后之挽歌诗、挽词，皆出于此。

应当指出的是，汉代人并不是只在送葬时唱这种歌，平时甚至在欢聚的场合也唱。刘昭注《后汉书》引《风俗通》说：“京师宾婚嘉会，皆作魁櫑，酒酣之后，续以挽歌。”

又据《后汉书·周举传》载，外戚梁商在洛水边大会宾客，极尽欢乐，“及酒阑倡罢，续以《薤露》之歌，座中闻者，皆为掩涕”。这似乎常常在提醒自己：乐极生悲，欢尽哀来。从中可以感受到汉人普遍的感伤气质。

不仅是一般的文人士子心怀感伤，就连位极天下之尊的皇帝也不时大放悲音。据《史记》记载，汉高祖刘邦得胜还乡，召父老乡亲饮酒，酒酣时自作歌诗，随歌起舞，“慷慨伤怀，泣数行下”。衣锦还乡，本来是件挺高兴的事，为什么要哭呢？山西大学刘毓庆教授在《朦胧的文学》一书中认为，这是一种“发自自我永存本能的悲伤”。刘邦的《大风歌》中“大风起兮云飞扬”是指过去那种风起云扬的艰苦的争夺天下的历史，今天归乡的荣耀来自“威加海内”的基业。可是谁能保证这种美好的现实能够永存呢？艰苦的昨天已经过去，美好的今天就要结束，明天又会如何呢？于是历史、现实、未来，海内、故乡、四方，刘邦的思绪在时间与空间的交互变化中激烈运动着，自我价值永存的欲望，冲淡了表现自我存在的临时性欢乐，对未来的担忧，替代了衣锦还乡的豪情，感情刹那间由极乐转向极悲，产生了极强的感染力。

◎　乐舞百戏画像（成都出土画像砖）

与高祖相比，才气较高的汉武帝诗中表现出的感伤有过之而无不及，如他的《秋风辞》和《思奉车子侯歌》两篇就很有代表性。

《秋风辞》：

秋风起兮白云飞，草木黄落兮雁南归。
兰有秀兮菊有芳，怀佳人兮不能忘。
泛楼船兮济汾河，横中流兮扬素波，箫鼓鸣兮发棹歌。
欢乐极兮哀情多，少壮几时兮奈老何。

《思奉车子侯歌》：

嘉幽兰兮延秀，蕈妖淫兮中溏。
华斐斐兮丽景，风徘徊兮流芳。
皇天兮无慧，至人逝兮仙乡。
天路远兮无期，不觉涕下兮沾裳。

前篇自我感伤，后篇伤悼逝者。《艺文类聚》五十六引《武帝集》云：“奉车子侯病，一日死，上甚悼之，乃自作歌诗。”这两篇诗作都表达了对美好人生的眷恋和对生命不能永存的悲哀。无论是眼前存在的兰秀菊芳，还是已经消逝的至人，在这位皇帝眼里都是可悲的。因为美好存在是暂时的，灭亡才是唯一的归宿。诗人在凄婉的咏歌感伤中，表现了浓郁的悲剧意识。

从汉高祖的《大风歌》到汉武帝的《秋风辞》，包括《郊祀歌》中的《日出入》，西汉初中期的诗人把这种人生的伤悲情感表现得极为深切。而文人士子在这种时代思潮感染下，更从自身感受中强化了这种生命意识。他们汲汲于功名利禄的追求，希望得到这些身外之物，以显示自己存在的社会价值。但是他们为此却要付出巨大的自我牺牲，他们的功名利禄是以个体人格的压抑和青春生命的煎熬为代价才换来的；更有甚者，大多数人的巨大牺牲并未有得到名利的报偿，他们的希望不过如一场美好的春梦。正是在这种切身的经历中，他们才更深刻地发现了个体自我的价值，生命的另一种意义不是官场倾轧中的胜利、功名利禄的获取，更应该是和平安稳的世俗生活、真挚无比的男女情爱、千金难买的青春光阴；而且，只有这些才更为切实地属于自我。在这种新的生命观念的启悟之下，他们在诗中抒发自己的情感怀抱，表现自己对人生的领悟。如宋子侯的《董娇饶》：

◎ 东汉银缕玉衣

洛阳城东路，桃李生路旁。
花花自相对，叶叶自相当。
春风东北起，花叶正低昂。
不知谁家子，提笼行采桑。
纤手折其枝，花落何飘飏。
请谢彼姝子，何为见损伤？
高秋八九月，白露变为霜。
终年会飘堕，安得久馨香？
秋时自零落，春月复芬芳。
何时盛年去，欢爱永相忘。
吾欲竟此曲，此曲愁人肠。
归来酌美酒，挟瑟上高堂。

这首诗始见于《玉台新咏》。宋子侯，东汉人，生平事迹不详。董娇饶，古代美女名。盛开的桃李花被采桑女折断，引起花的责问，采桑女回答：春天盛开的花朵，到了深秋季节，终究要零落的。没想到花的申述，更出人意料：我今年秋时零落，明年春日又复得芬芳，而人的盛年却一去永不复返，即使最喜欢你的人也会把你忘掉。言外之意是人不如花。花的述说似乎触到了盛年女子的痛处，也触到了一切爱惜时间、珍重人生者的痛处，所以诗人才有最后的感叹：“吾欲竟此曲，此曲愁人肠。”那么面对短暂的人生怎么办呢？去建功立业，又英雄无用武之地，还是“归来酌美酒，挟瑟上高堂”吧，千回万转，最终才点明主题：人生短暂，应及时行乐。结句十分耐人寻味。

生命的短促，是人类永远无法克服的事实，出于对美好人生的珍爱，因此而感到悲伤，也是自然的感情。而同样从这种伤感出发，人们又表现出了不同的人生态度。《长歌行》强调了努力奋发：

青青园中葵，朝露待日晞。
阳春布德泽，万物生光辉。
常恐秋节至，焜黄华叶衰。
百川东到海，何日复西归？
少壮不努力，老大徒伤悲！

诗的前四句描绘了一幅生机勃勃的阳春景象：青葵、朝露、春天、阳光，后四句则是一幅截然不同的图画：秋风、黄叶、流水、落花，这两幅图景的强烈对比，让人们深刻地感到了事物兴衰的节奏，客观规律的无情。诗人以朝露易晞、花叶秋落、流水东去不归，比喻生命的短暂和一去不复返。然而作者并没有就此沉沦，由此咏出了“少壮不努力，老大徒伤悲”的千古绝唱。面对同样事实，《怨歌行》的作者得出的结论却是“当须荡中情，游心恣所欲”；《西门行》更进一步说：“昼短苦夜长，何不秉烛游？”以今天的眼光看，《长歌行》所提倡的，或许更为积极可取。但《怨歌行》《西门行》所表达的及时享乐，也包含着紧紧抓住随时可能逝去的生命的意识。

恶死和乐生如一枚硬币的两面，是紧密联系在一起的，两汉乐府诗坦率地传达了人们对死亡的厌恶之情，同时又以虚幻的形式把乐生愿望寄托在与神灵的沟通上。收录在杂曲歌辞中的《古艳歌》描绘出一幅进入天国的理想画面：

◎ （清）张晋《豪家佚乐图》

今日乐相乐，相从步云衢。
天公出美酒，河伯出鲤鱼。
青龙前铺席，白虎持榼壶。
南斗工鼓瑟，北斗吹笙竽。

姮娥垂明珰，织女奉瑛琚。
苍霞扬东讴，清风流西歈。
垂露成帏幄，奔星扶轮舆。

诗人幻想自己升上云霄，来到神界仙乡，成为那里的贵宾。各种神灵都为他的到来而忙碌，天公河伯、青龙白虎、南斗北极、嫦娥织女都殷勤备至，甚至连流霞清风、垂露奔星也都载歌载舞，热情地为诗人服务。这首诗表现的是超越个体有限生命，到达彼岸世界之后天神地祇和诗人聚集一堂的快乐。同类诗篇还有相和歌辞中的《长歌行》《董逃行》，都是表现了对神灵仙界长生不老的向往。还有一些游仙诗，也是以一种幻想的方式来反抗生命短促的事实。到了魏晋南北朝时期，感叹人生短促，并由此出发寻求各种解脱的途径，更成为文学尤其是诗歌的主题，游仙诗也得到了进一步发展。

（二）行行重行行，与君生别离——《古诗十九首》

《古诗十九首》是我国文人创作的比较早的五言诗，是古代诗歌经典中的经典。所谓“温柔敦厚”“怨而不怒”的作风，《诗经》三百篇之外，十九首是最重要的代表。如果说汉赋抒发的多是文人比较严肃的政治伦理情感，那么文人五言诗则比较充分地袒露了他们的世俗情怀。这些没有留下名字的文人们摘下了严肃的经世致用的面具，转而吟咏个人的相思离别和爱恨情愁，因此，这些发自心灵深处的抒情短章受到了不同时代人们的喜爱。

正因为如此，六朝时的文学批评家刘勰在《文心雕龙·明诗》中称赞《古诗十九首》："观其结体散文，直而不野，婉转附物，怊怅切情，实五言之冠冕也。"意思是说：如果我们看一看《古诗十九首》体裁的结构和对文辞的使用，我们就会发现，它写得很朴实，但不浅薄。作者把内心那些千回百转的感情借外在的物象婉转地表达出来，真切再现了一种若有所失、若有所求却又难以明白地表达出来的一种感情。因此，刘勰将《古诗十九首》誉为"五言诗之王"。

《古诗十九首》最早出现于《昭明文选》中。《昭明文选》是南朝梁武帝的长子、著名文学家萧统编辑的我国现存最早的一部诗文总集。在编辑《昭明文选》时，萧统发现了这十九首诗，并把它们编辑在一起，为它们加了一个总的题目——古诗十九首。每一首均以诗的第一句作为题目。

《古诗十九首》是乐府古诗文人化的显著标志，深刻地影响着整个魏晋诗歌的发展，也直接为盛唐诗歌的巅峰起到铺垫作用。这十九首诗再现了当时的知识阶层在汉末社会思想大转变时期，追求的幻灭与沉沦，心灵的觉醒与痛苦，抒发了人生最基本、最普遍的几种情感和思绪，因此受到了人们的普遍喜爱，在不同时代的读者中产生了强烈的共鸣。钟嵘在

◎ 东汉朱雀羽人飞龙彩绘陶灯

《诗品》中对《古诗十九首》给予很高的评价，说它们“文温以丽，意悲而远，惊心动魄，可谓一字千金”。“温”，是指那种温柔敦厚的感情；“丽”，是说它们写得很美；“悲”，是指诗中所写的那些不得意的悲慨；“远”，是说它给读者的回味是无穷无尽的。因此，每个人看了这些诗内心都会发生震动，认为它们是“一字千金”的好诗。

以《古诗十九首》为代表的汉代文人五言诗既是世俗的艺术，又是文人的艺术。世俗化使它在情感的抒发上不同于传统的文人雅诗和骚赋；而文人的艺术修养又使它不同于一般的乐府歌谣。正是这两者的结合，再加上它所采用的乃新兴的五言诗形式，使它成为一种新的艺术典范。它既有乐府歌谣的纯真，又有文人诗的文雅；既不过于粗野，也不过于雕琢。正因为如此，才形成了它独特的艺术风格：质朴而自然，纯真而高妙。即不以字斟句酌为诗，不作寻章摘句的功夫，而追求思想表现的流畅，从而带来全诗浑然天成的境界，达到后人刻意追求却永不可及的艺术高度。

1. 谁是作者？——千古疑问

《古诗十九首》的作者是谁？是什么人的内心竟有如此缠绵幽微的感情，而且竟有这么好的写作才能把它们表现出来？每每吟诵这些感人至深的诗作时，这些问题都会浮现于脑海。遗憾的是，面对这样一个十分重要的问题，人们却不得不保持沉默。因为迄今为止，我们仍没有确切的证据知道这些诗的作者姓甚名谁。

历代有许多学者对这个问题进行了多方面的探究。比较一致的观点是《古诗十九首》中多处写到宴会，有音乐弹唱，有高楼美女，有锦绣华服，说明主人有钱有知有闲，不是一般平民。梁启超认为作者为东汉末文人，当代学者进一步认为是下层文人，吉林大学教授木斋则认为作者是上层贵族而不是下层文人。

◎ 汉朝的乐舞百戏画像

关于写作年代，也多有歧见。徐陵《玉台新咏》以为其中八首为汉初枚乘作，鲁迅《汉文学史纲要》、李步霄《五言诗发源考》等，都沿袭了这一说法。刘勰首倡“两汉”说，后代承其说者不乏其人。钟嵘《诗品》指出《古诗十九首》中的“去者日已疏”“旧疑是建安中曹王所制”。罗根泽认为《古诗十九首》“其著作年代，远者不出东汉之末，近者或在魏晋六代”。古直则根据陆机曾有模拟之作来推测《十九首》不可能是建安时作品。“东汉末年”说由梁启超首次提出，后经俞平伯、刘大杰、马茂元、游国恩等写入《中国文学史》教科书，从而成为“官方”观点，被广泛接受。

最新的研究成果是，当代学者木斋认为，《古诗十九首》达到了空前的艺术水平，在一个重视诗歌的国度里，若有人写出如此优秀的诗作而又失去作者姓名，只有两种可能：一种是作者本人由于某种不愿意被人知道的原因而自行删毁，另一种是当时的当权者不愿意其为人所知，从而任其失传，或者是有意删毁。而曹植恰恰具备这两个条件。他认为，年少的曹植爱上了他的嫂子甄氏，显然，这是一段不可能有结果、不合规矩的爱情，爱的无望和相思的难解使曹植写下这些诗作。木斋的这一观点在学界引起了较大的反响。

尽管迄今为止《古诗十九首》的作者是谁仍无定论，但这并不妨碍我们对这些佳作的欣赏和赞美。相反，正是因为作者身份及经历的不确定，使得我们对诗作的理解有着更广阔的想象空间。面对这十九首诗，每一个读者都可以有自己的解读、自己的联想。

《古诗十九首》有着非常丰厚的内涵，但文字却很淡然，词句大多平实易懂。清代学者方东树在他的《昭昧詹言》中说："十九首须识其'天衣无缝'处。"所谓"天衣无缝"，就是说，这些诗写得自然浑成，看不到一点儿人工剪裁的痕迹。叶嘉莹先生说："你不能从中挑出它的哪一句或哪一个字最好，因为作者的感情贯注在全诗之中，它整个是浑然天成的，全诗都好，根本就无法摘字摘句。更何况，这十九首诗互相比较，其水准也不相上下，全是这么好。"

《古诗十九首》的文字是非常简单朴实的，然而它的含意却十分幽微，容易引人产生联想。

2. 问君能有几多愁

《古诗十九首》所写的感情主要有三类：伤离别、叹失意、忧人生无常。概括起来，不外乎一个"愁"字。

作者为何如此伤感？为何表达得如此含蓄？这中间究竟有什么不可言说的隐情？这些问题的答案，我们不得而知。也正是由于这些未知，使得不同时代、不时身份、不同境遇的人们在读了这些诗后，会产生十分丰富的联想，从而产生心灵的共鸣。诚如叶嘉莹先生所说：古往今来每一个人在一生中都会有生离或死别的经历；每一个人都会因物质或精神上的不满足而感到失意；每一个人都对人生的无常怀有恐惧和忧虑之心。而《古诗十九首》就正是围绕着这三种基本的感情布局谋篇，有的时候单写一种，有的时候把两种结合起来写，而且它写这些感情都不是直接说出来的，而是含意幽微，委婉多姿。

《古诗十九首》的内容大致有以下三类：

（1）男女离别的孤独

◎（明）佚名《江城送别图》

《古诗十九首》开篇第一首《行行重行行》就是一首伤别离的诗：

行行重行行，与君生别离。
相去万余里，各在天一涯。
道路阻且长，会面安可知。
胡马依北风，越鸟巢南枝。
相去日已远，衣带日已缓。

浮云蔽白日，游子不顾返。
思君令人老，岁月忽已晚。
弃捐勿复道，努力加餐饭。

首句“行行重行行”，五个字中有四个字是重复的，但我们读它的时候不觉得是一种重复，因为这五个字生动地刻画了一个独行者的身影。走哇走哇，他一直在不停地往前走着，他希望能走进心上人的世界，走到她的身边。可接下来的却是“与君生离别”，于是，他的行走便具有了某种悲剧意味。世界上最远的距离莫过于你永远在走，却永远也到不了目的地。“生离别”，是说两个人被生生地分开了，倘若不是有一种浓得化不开的情感，离别也就不会如此不堪。生与死是相对的，所谓生离死别，我活着却不能见到你，这种离别的滋味比失去生命还要痛苦。

晚清时诗学批评家陈祚明在他的《采菽堂古诗选》中说：“《十九首》善言情，惟是不使情为径直之物，而必取其宛曲者以写之，故言不尽而情则无不尽。后人不知，但谓《十九首》以自然为贵，乃其经营惨淡，则莫能寻之矣。”意思是说，《古诗十九首》善于抒发感情，其方法是不让感情成为一种直接表达的东西，而是用委婉曲折的方法来写，所以每句话中都浸透着感情。后人不了解这一点，只是说《古诗十九首》贵在自然，如果只是这样理解，那么对作者的苦心经营，就难以透彻地体悟和把握。

“相去万余里”句继续写生别离后的情思：我和你之间的距离越来越远，你我只好天各一方困守天涯。

既然相爱不能相守，那就算了吧。可是所谓的“千转百回”，是说经过千百次的考量，却依然放不下这份感情。诗人面对着天各一方的现实，仍然在幻想着有一天能够见到她。于是就有了下一句，“道路阻且长，会面安可知”，通往你的道路不仅漫长而且还有许多的艰难险阻，我和你究竟什么时候才能够见面呢？

诗作至此，诗人的情绪一直沉浸在相思的内心世界中，主要写的是心理活动。接下来的“胡马依北风，越鸟巢南枝”句写了两种自然现象，诗人忽然从直接叙事之中跳了出来，用两个形象的比喻来表现他的无法与意中人决绝。在古诗和汉魏乐府中，经常运用这样的方法：在绝望的悲哀之中突然宕开笔

◎（明）仇英《明妃出塞图》

墨，插入两句从表现上看上文与下文都不甚连贯的比喻。例如《饮马长城窟行》，在一路叙写离别相思之苦以后，突然接上“枯桑知天风，海水知天寒”两句，似乎与上下文并无直接联系，但仔细思量，却能从中体现出作者体贴入微的情感，能够使读者产生多方面的联想。

对“胡马依北风，越鸟巢南枝”两句，古人有多种不同的解释。李善的《文选注》引《韩诗外传》说：“不忘本之谓也。”从远行者的角度来看，当然是从正面写他的思乡念旧之情；从留居者的角度来看，则是说胡马尚且依恋故乡的北风，越鸟尚且选择遥望故乡的南枝，你作为一个游子，怎么能忘记了故乡和故乡的亲人呢？第二种说法认为，它来源于《吴越春秋》的“胡马依北风而立，越燕望海日而熙”。这是取同类相求的意思。就是说，所有的东西都有它相依相恋不忍离去之处，而我和你本来也是相亲相爱的一对，怎么竟然会分离这么久而不能再相见呢？还有一种说法，是隋树森引纪昀所说的“此以一南一北申足‘各在天一涯’意”。

以上几种说法虽各有差别，但其共同之处都是要表达对故园进而延伸到对故人的怀念。

“相去日已远，衣带日已缓”，这句与开头的“行行重行行”相呼应，是说日子一天天地过去，我离你越来越远了，因为相思人也越来越瘦了。后人有诗云“衣带渐宽终不悔，为伊消得人憔悴”，大概就是由此而来。

接下来是“浮云蔽白日，游子不顾返”句。有人把这首诗看作思妇之辞，比如张玉谷在《古诗十九首赏析》中说：“浮云蔽日，喻有所惑，游不顾反，点出负心。”那么，“白日”就指的是游子，“浮云”则指的是游子在外边所遇到的诱惑。因为被路边的野花吸引，游子乐不思蜀，顾不上回家了。

至此，我们可以判断这是一首写女子思念远行的情人的诗作。由于思君君不至，她不由得胡思乱想：是不是他在外面受到了什么诱惑而忘记了自己。如果是这样，那该怎么办呢？作者并没有像汉乐府民歌中那位决绝的女子那样，发出“闻君有两意，故来相决绝”的铿锵之辞，而是继续沉浸在相思中不能自拔。于是就有了下句“思君令人老，岁月忽已晚”。

这种相思而不能见面的感情将一个翩翩少年折磨成了白发人，此处的“忽”字更是绝妙而传神，好像只是一瞬间，又好像是如梦方醒，怎么一抬头，忽然天就暗了下来，一年中的岁暮和人生的晚年就这样在忽然间到来了。这样的沉重的叹息穿透了千年历史的尘埃，传递给了无数有相似经历的人。诚可谓相思才几日，世上已千年。

结尾两句“弃捐勿复道，努力加餐饭”有多种解释，汉乐府《怨歌行》中有“弃捐箧笥中，恩情中道绝”句，“弃捐”就是被抛弃的意思。有人据此认为“弃捐勿复道”的意思是你抛弃了我，使我如此伤心，从此我再也不提这件事了。叶嘉莹先生则认为，“弃捐”本身就是“勿复道”的意思。就是说我们把这种不愉快的话题扔到一边，再也不要提它了。为什么要“弃捐勿复道”呢？因为说了不但没有任何用处，反而会增加自己的悲伤，而且，对于那种无可挽回的事，也只能自己默默承受，一切唠叨和埋怨都是多余的。这也是表现古诗感情温柔敦厚的地方。

“努力加餐饭”有两种解释，一种是自劝，一种是劝人。汉乐府《饮马长城窟行》结尾的几句是“长跪读素书，书中竟何如。上言加餐饭，下言长相忆。”因此张玉谷《古诗十九首赏析》就说：“以不恨己之弃捐，惟愿彼之强饭收住，何等忠厚。”这显然是解释为劝对方加餐的意思。

叶嘉莹先生认可自劝的说法，她说因为这样可以较自然地承接上面的“思君令人老，岁月忽已晚”两句——如果你在人之老和岁月之晚的双重感伤之下还不肯放弃重逢的希望，那么唯一的一线指望就是努力保重自己的身体，尽量使自己多活一些岁月以延长等待的时间了。然而对于一个相思憔悴的人来说，要想加餐何尝容易！因此，就需要“努力”。所以这平平常常的“努力”两个字之中，充满了对绝望的不甘心和在绝望中强自挣扎支撑的苦心。如果把这一句解释为劝人，只是表现了一种忠厚之心，而把这一句解释为自劝，则用情更苦，立志更坚。一个人为了坚持某种希望而在无限的苦难之中强自支持，甚至想要用人力的加餐去战胜天命的无常，这已经不仅仅是一种男女之间的相思之情，而是一种高贵而坚贞的品德了。

《古诗十九首》中有多首写相思离情的内容，如：

迢迢牵牛星，皎皎河汉女。
纤纤擢素手，札札弄机杼。
终日不成章，泣涕零如雨。
河汉清且浅，相去复几许。
盈盈一水间，脉脉不得语。

◎ 木版年画《牛郎织女》

这首诗借分居银河两侧的牵牛星和织女星，抒发青年男女爱情受阻时的痛苦之情，表达了诗人对真诚爱情的执着追求。织女用她那纤细柔长的手，札札地穿引着织布机上的梭子。可一把小小的机梭，怎能使她忘却忧愁、抛去烦恼呢？因为相思，她一天也织不成一匹布，只有泪水零落如雨。她和意中人虽然只隔着一条浅浅的银河，但却只能默默相望而不能言语交流。

结句“盈盈一水间，脉脉不得语”，生动地再现了女子的神态，并且十分委婉含蓄。所谓“哀而不怨”指的就是这种意绪。明人胡应麟在《诗薮》中评价《古诗十九首》：“寓神奇于温厚，寓感怆于和平。意愈浅愈深，词愈近愈远。”可谓知者之言。

这首诗与《古诗十九首》中的《行行重行行》《西北有高楼》等采用了同一个笔法，其特点都是不仅情感深邃，怊怅述情，而且都“沉吟铺辞”，异常精练，都将那些具体的真实的场景省略，只剩下一些原型的意象而已。譬如“高楼”“北风”“浮云”“孤雁”“远人”“知音”“荡子”等，这些物象可以是任何场景中的景物，但实际上又必须是此一个场景中的有意之象；它们是具体的，但又非特指，从而给人留下想象的空间。

《古诗十九首》中有多首是写相思中的女子，但其表现手法各有其妙。《西北有高楼》写了一个始终没有露出真容的、寂寞孤独的女子，她和《青青河畔草》中那个急于表现自己的女子形成了一个鲜明的对照，从而表现出两种不同的品格和境界。

《西北有高楼》全诗如下：

西北有高楼，上与浮云齐。
交疏结绮窗，阿阁三重阶。
上有弦歌声，音响一何悲。
谁能为此曲，无乃杞梁妻。
清商随风发，中曲正徘徊。
一弹再三叹，慷慨有余哀。
不惜歌者苦，但伤知音稀。
愿为双鸿鹄，奋翅起高飞。

开头第一句“西北有高楼”，就把人引向一种脱离世俗的高寒境界，高楼代表着一种孤高并与世隔绝的环境，而且这楼竟可与天上的浮云同高！她所居住的具体环境又是怎样的呢？窗格子上雕着弯弯曲曲的花纹，就像丝织品上织出来的花纹一样美丽精致。她居住的宫殿要经过重重台阶才能到达。“阿”字，极言其高大的意思；“三”字，极言其多，不一定是实指。

她所在的富丽堂皇的宫殿的门是关着的，但窗户是开着的。有了窗子，内外就有了交流的可能，敞开的窗口意味着一种心迹的流露。“上有弦歌声，音响一何悲”，果然，从那窗口飘来了弦歌声，那歌声是多么悲切呀！楼下的听者已经受到“弦歌声”的感染，和楼上的歌者产生了共鸣。

◎（明）仇英《汉宫春晓图》

下句“谁能为此曲，无乃杞梁妻”是听者的猜测：是谁作出了这样的曲子，难道不是杞梁的妻子吗？东汉蔡邕在《琴操》一书中记载，有一首琴曲叫作《杞梁妻叹》，是齐邑杞梁殖之妻所作。杞梁殖死了之后，他的妻子感叹说：“上则无父，中则无夫，下则无子，将何以立吾节？亦死而已！”援琴而鼓之，曲终，遂自投淄水而死。杞梁妻感叹自己上无父，中无夫、下无子，无法在世间立足，还不如死了算了。于是操琴弹奏，一曲终了，跳入淄河而死。

汉是一个“罢黜百家，独尊儒术”的时代，儒家思想尤受推崇。女子没有独立的社会地位，只能在家从父，出嫁从夫，夫死从子。倘若既无父，又无夫，又无子，那就处于极端的孤独寂寞之中，人活着都没有意义了。这首诗是说听者以为一定是像杞梁妻这样的人，才可以弹出如此悲哀的曲子来。

“清商随风发，中曲正徘徊”两句，“清商”是一种曲调，指那种凄清哀伤的曲子。那远远地从很高很远的地方传下来的声音随风飘过，曲子的音乐低回婉转，犹如一个思绪未定的人在犹豫徘徊。高楼中的那位女子弹奏的每一个音符，都传达出了那么多的哀叹。即使在音乐结束之后，仿佛还留下说不尽的悲哀。令人感到悲伤的不是她唱歌的辛苦，而是真正能够听懂她的歌、体会她的感情的人实在太少了。

结尾两句“愿为双鸿鹄，奋翅起高飞”，是说我愿意和你一起奋翅高飞，共同追求美好的理想。听者为高楼女子所感动，表现了对知音的向往。这种对知音、知己渴盼追求的感情，其实也是人类所共有的一种情感。

明朝学者陆时雍对这首诗评论说："空中送情，知向谁是，言之令人悱恻。"

这首诗写的是一个无依无靠的、孤独寂寞的女子。这个女子显然与《青青河畔草》中那个女子不同，那个女子是"皎皎当窗牖"，从一开始就是很鲜明地站在那里让大家观看的，而这个女子则只闻其声而不见其人。

《青青河畔草》描述了一个孤独而又不甘寂寞的女子，全诗如下：

青青河畔草，郁郁园中柳。
盈盈楼上女，皎皎当窗牖。
娥娥红粉妆，纤纤出素手。
昔为倡家女，今为荡子妇。
荡子行不归，空床难独守。

楼上的这个女子是坐在窗前的，她的脸上涂着很浓的脂粉，白净纤细的手也看得很分明。这个昔日的"倡家女"过惯了热闹的生活，如今荡子（即丈夫）外出久不归家，不免寂寞难守。

王国维在《人间词话》里曾说最后两句"可谓淫鄙之

尤”。在封建社会里，男女之事向来属可做不可说之类，被认为不能登大雅之堂。其实，以现代人的观点来看，这首诗大胆而率真地写出了一个女人正常的心理活动，感情很真挚。同时它还提出了人生中一个严肃的问题：当处于某种人生的困惑中时，你该怎么办？这是《古诗十九首》引人思考的魅力所在。

明代学者胡应麟在《诗薮》中曾评论这些诗，说它们“兴象玲珑，意致深婉，真可以泣鬼神，动天地”。意思是说，《古诗十九首》中表达的那种感情，不但很深厚，而且很婉转。像这样的诗，不但人会被它感动，连天地和鬼神也会为之动容。

他说，“人生寄一世，奄忽若飙尘”——人生天地间就如同一个过客在旅店里住一晚一样，一夜的时间是如此短暂，到明天你就该离开了。“奄忽”是非常快的样子，“飙”是疾风。你就像一粒小小的尘土一样，一下子就被那强劲的风吹走了。既然人生这么短暂，是否还需要如此认真对待呢？

《涉江采芙蓉》以采芳草赠美人的习俗，写游子思念情人。全诗如下：

涉江采芙蓉，兰泽多芳草。
采之欲遗谁？所思在远道。
还顾望旧乡，长路漫浩浩。
同心而离居，忧伤以终老。

在风光绮丽的江河和兰泽中，他采来了芙蓉和芳草，想把它送给自己的心上人。可是深爱的人在遥不可及的地方，通往她的道路是那样的遥远而漫长，望着浩浩长路的游子郁郁地发出了“同心而离居，忧伤以终老”的沉重叹息。

（2）仕途失意的苦闷

东汉时，宦官外戚勾结擅权，官僚集团垄断仕路，“窃选举、盗荣宠者不可胜数。既获者贤已而遂往，羡慕者并驱而追之，悠悠者，是孰能不然者乎”（徐幹《中论·谴交》）。在这样的形势和风气下，士子们为了谋求前程，只得奔走交游。他们离乡背井，辞别父母，“亲戚隔绝，闺门分离，无罪无辜，而亡命是效”，但却往往一事无成，徒然忧伤。《古诗十九首》中有许多是抒发仕途碰壁后产生的人生苦闷和厌世情绪，表现了当时文人愤懑不平并转而追求享乐的情绪，真实地从一个侧面反映出东汉后期的社会现实。如《今日良宴会》：

今日良宴会，欢乐难具陈。
弹筝奋逸响，新声妙入神。
令德唱高言，识曲听其真。
齐心同所愿，含意俱未申。
人生寄一世，奄忽若飙尘。
何不策高足，先据要路津？
无为守贫贱，轗轲长苦辛。

这首诗的主题是写一种人生失意不得志的哀伤，但开头几句却写得十分高调。今天的这场宴会真是盛大而美好，其中的欢乐难以一一描述。有“弹筝”的音乐演奏，而奏出的乐曲是“逸响”和“新声”。“逸响”二字表现了昂扬向上的意思，而所谓“新声”者，则是指还没有在大众之间流行，还没有被世俗所接受的新曲子。“新声妙入神”，是说这新的乐曲十分美妙，达到一种极高的境界。

“令德唱高言，识曲听其真”句中的“令德”这两个字，

◎ 梁园飞雪图(局部)

有很多种不同的说法。在《五臣注文选》中吕延济的注解说："令德谓妙歌者。"他的意思是说，"令德"指的是那个唱歌的人。也有人认为，"令德"指的是人生的富贵显达，就是说，这些人在这个宴会上所歌唱的内容乃追求人生的富贵显达，即下文所说的"何不策高足，先据要路津"。叶嘉莹先生认为"令德"指的就是人生中一种美好的理想和德行。在这场"欢乐难具陈"的宴会上，一群有抱负、有理想的年轻人聚在一起高谈阔论，意气风发，弹奏的是"新声"，歌唱的是"令德"。我们把美好的德行和理想都通过歌曲唱了出来，你会听得出我们弹奏这音乐、歌唱这曲子时内心真正的感受。

以上几句诗的格调是向上的、昂扬的，从"齐心同所愿，含意俱未申"开始出现转折，逐渐走向低调。虽然我们这些人有着共同的美好愿望和理想，可是却没有一个人能够实现这种理想。面对这种事与愿违的局面，他产生了一个疑问，"何不策高足，先据要路津"，意思是说为什么不赶着你的快马，抢先去占据一个高官厚禄的显达地位？看那些富贵显达之人，为了享受人生的快乐而牺牲了理想，而坚持美好操守的人却遇到了很多忧患和不幸。"无为守贫贱，轗轲长苦辛"——不要再胸怀理想秉持情操了吧，这样会让你的人生很难堪。为什么你不去享受人生的快乐反而要自找痛苦呢！这几句是反问句，说明说这种话的时候，还没有那样做，是诗人在人生遇到挫折之后的愤激之语。

叶嘉莹先生认为这首诗的结尾和《青青河畔草》中结尾句“荡子久不归，空床难独守”一样，都不是表现真正的堕落而是表现一种在人生歧路上的徘徊。“然而作者又没有直截了当地把这个问题说出来，它所含蓄的这种幽深委婉的情意，读者必须仔细地体会。”诚哉斯言。

《青青陵上柏》一首中说“驱车策驽马，游戏宛与洛。洛中何郁郁，冠带自相索”，洛阳城里虽然那么繁华热闹，虽然有那么多达官贵人，可是他们自相往来，结成了一个仕宦的群体，或者说一个官场的关系大网，你并不归属于他们那个圈子，作为一个外来的读书人，是无法打进去的，那个圈子里的

◎（清）张晋《豪家佚乐图》（局部）

人不接受你。又如《明月皎夜光》：

明月皎夜光，促织鸣东壁。
玉衡指孟冬，众星何历历。
白露沾野草，时节忽复易。
秋蝉鸣树间，玄鸟逝安适。
昔我同门友，高举振六翮。
不念携手好，弃我如遗迹。
南箕北有斗，牵牛不负轭。
良无盘石固，虚名复何益？

诗中说，我原来的好朋友们都找到了好的出路，他们不念旧时的情谊，把我抛弃了。再想一想：要那些虚名有什么用呢？

（3）生命意识的觉醒

个体生命的本质是孤独的，在上述《古诗十九首》的诗作中，始终笼罩着一种浓浓的孤独哀伤的情绪。人生短促的生命意识也几乎贯穿在所有的作品当中，或隐或显地得到体现。如《冉冉孤生竹》这样写道：

冉冉孤生竹，结根泰山阿；
与君为新婚，菟丝附女罗。

菟丝生有时，夫妇会有宜；
千里远结婚，悠悠隔山陂。
思君令人老，轩车来何迟！
伤彼蕙兰花，含英扬光辉。
过时而不采，将随秋草萎。
君亮执高节，贱妾亦何为！

在诗人看来，男女离别的痛苦不但在于相思，而且还在于光阴流逝。久别的夫妇虽然还会团聚，但青春年华却一去不返，它像盛开的蕙兰花一样，如果过时而不采，就会在秋风中枯萎凋零。正因为有了这种生命的感伤，才使这首诗具有更深的内蕴，它启发读者不但要珍惜爱情，更要珍惜青春，珍惜生命。也正因为青春的可贵，才足以显见爱情价值的无限。诗中表现出了汉人对生命问题的时代思考，也突出了汉代文人的世俗情怀。

西方哲学家弗罗姆认为，只有爱才能消除人际间的隔绝状态，使生命获得意义，并摆脱面对死亡时所产生的孤独感。可是，《古诗十九首》的作者并没有从爱中得到意愿的满足，相反，“同心而离居”使他们陷入另一种孤独和痛苦之中。因为，理想的爱情往往只是愿望，而不一定能够成为现实。

于是诗人们在理想和爱情之外去寻找解脱之道，而最能吸引他们的就是及时行乐的思想。所以，有研究者据此认为，

《古诗十九首》忧世忧生，是厌世文学。梁启超也说：“从内容实质上研究《十九首》，则厌世思想之浓厚——现时享乐主义之讴歌，最为其特色。”如《东城高且长》：

东城高且长，逶迤自相属。
回风动地起，秋草萋已绿。
四时更变化，岁暮一何速！
晨风怀苦心，蟋蟀伤局促。
荡涤放情志，何为自结束？

◎ 楚大夫屈原汨罗江畔赋《离骚》

东方的那座城池高大巍峨，它的城墙连绵不断自成一体。可你无法进入到那个代表着繁华和名利的城市中去。如果说窗户意味着内外的交流，那么连绵不断的城墙就意味着一种隔绝和排斥。风骤起，挟带着一种十分强大的力量，整个大地顿时被笼罩在它的淫威之下。青草虽然暂时还绿着，但在秋风的摧残下不会坚持多久，很快就要枯萎凋零。

春夏秋冬四季的更换如此迅速，一年的光阴马上就要过完了。“一何速”，同《西北有高楼》中的“一何悲”一样，都带有一种加重语气的意思。由光阴的消逝，很快就联想到人生的短暂。屈原《离骚》说“日月忽其不淹兮，春与秋其代序”，马上就接着“惟草木之零落兮，恐美人之迟暮”。

秋天到了，早晨的风很凉，所以使人的内心也产生一种光阴易逝、生命短暂的悲苦；秋天的蟋蟀叫不了多久就要死了，这也能使人感受到生命的局限。《诗经》的《唐风·蟋蟀》篇中有“蟋蟀在堂，岁聿其莫。今我不乐，日月其除”句，意思是蟋蟀已经躲进屋子里来了，说明时间已经到了九月暮秋，一年很快就要结束了，如果你还不及时行乐，你的一辈子很快也就这样白白过去了。人生如此短暂，你何苦给自己加上这么多约束？

这种感叹生命的短暂，劝人（包括自劝）不妨及时行乐的内容，在《生年不满百》中也有体现：

生年不满百，常怀千岁忧。
昼短苦夜长，何不秉烛游！
为乐当及时，何能待来兹？

愚者爱惜费，但为后世嗤。

仙人王子乔，难可与等期。

这首诗是说人的一生活不了百年，但却常常忧虑千年以后的事。白天都用来享乐仍觉时间不够用，为什么不夜晚点着蜡烛游玩！趁着年轻应该及时享受，怎么能等待以后呢。那些愚蠢的人不舍得花钱，只能是被后人耻笑。像王子乔那样的仙人，我们很难和他一样能够成仙啊。

在认识到生命短促、死亡不可避免之后，古人转身去寻找长生不老之术。这种想法在秦汉以至魏晋时期曾经风靡朝野，直到今天仍然吸引着中国人的心灵。可是，诗人们一方面向往着能够长生不老，一方面又对此持有怀疑。“仙人王子乔，难可与等期”，是说很难有仙人王子乔那样的寿命。传说中王子乔被神秘道士接上嵩山，驾鹤成仙。《驱车上东门》中这样说：

驱车上东门，遥望郭北墓。

白杨何萧萧，松柏夹广路。

下有陈死人，杳杳即长暮。

潜寐黄泉下，千载永不寤。

浩浩阴阳移，年命如朝露。

人生忽如寄，寿无金石固。

万岁更相送，贤圣莫能度。
服食求神仙，多为药所误。
不如饮美酒，被服纨与素。

诗人说，人死去就像堕入漫漫长夜，沉睡于黄泉之下，千年万年，再也无法醒来。冬去春来可以循环无穷，而人的一生，却像早晨的露水，太阳一晒就消失了。人生好像旅客寄宿，匆匆一夜，就走出店门，一去不返。人的寿命，并不像金子石头那样牢固。岁去年来，更相替代，即便是圣人贤者，也无法超越。神仙虽然能够长生不老，然而服药求神仙，又常常被药所误；还不如喝点好酒，穿些好衣服，只图眼前快活吧！

其实，吃喝玩乐也并不能消除文人们内心的孤独与苦闷，唐朝的李白对此深有体会，“举杯销愁愁更愁”是也。《古诗十九首》表现了一种挣扎和矛盾的心情。既然你不幸生活在这样的时代，无法实现你的理想，而人生又是那么短暂，为什么不及时行乐呢？

又如《回车驾言迈》：

回车驾言迈，悠悠涉长道。
四顾何茫茫，东风摇百草。
所遇无故物，焉得不速老。
盛衰各有时，立身苦不早。

人生非金石，岂能长寿考？

奄忽随物化，荣名以为宝。

回车远行，长路漫漫，放眼四顾，旷野茫茫，阵阵东风吹动百草。此情此景，使行旅中的诗人思绪万千：往岁的“故物”已触目尽非，那么此环境中的自己，又怎能不匆匆向老呢？在短促的人生途中，应不失时机地立身显荣。这是诗人的进一层思考。但是转而又想：人非金石，岂能长寿？当人的身躯归化于自然之时，如果能留下一点美名为人们所怀念，也许就不算虚度此生了吧。终于诗人从反复的思考中，得出了这一感悟。

在中国古代作品中，享乐主义的思想可谓历史悠久。在最早的诗歌总集《诗经》里，就有好几篇表现及时行乐的作品。如《唐风·蟋蟀》《秦风·车邻》等。在汉代诗歌中，享乐主义思想呈泛滥之势。如《善哉行》中说：“欢日尚少，戚日苦多。何以忘忧，弹筝酒歌。”在《古诗十九首》中，这一思想得到了集中的体现，并对后来的诗歌创作产生了深远的影响，从而使及时行乐的主题成为中国诗歌创作的传统。当代著名诗人海子的《面朝大海 春暖花开》曾经感动过无数人：

从明天起，做一个幸福的人

喂马、劈柴，周游世界

从明天起，关心粮食和蔬菜
我有一所房子，面朝大海，春暖花开
…………
愿你有一个灿烂的前程
愿你有情人终成眷属
愿你在尘世获得幸福
我只愿面朝大海，春暖花开

诗中表达了一种活在当下、寻找尘世幸福的人生观。

3. 抒情诗之王

《古诗十九首》最重要的艺术特点就是长于抒情。《毛诗序》中提出了“诗者，志之所之也，在心为志，发言为诗。情动于中而形于言”的理论，强调了诗是个体生命激荡高扬的声音。“志”是带有方向性的欲望追求的体现，“情”则是内在生命冲动的表现，二者合一，构成了一种发自生命意识深处的力量，从而使由这种力量所形成的诗作具有无可阻挡的艺术魅力。

《诗经》中也有一些抒情的篇章，如“知我者谓我心忧，不知我者谓我何求”，但与《古诗十九诗》相比，仍显单薄。《古诗十九首》中融情于景，寓景于情，二者密切结合，达到天衣无缝、水乳交融的境界。如《明月何皎皎》：

明月何皎皎，照我罗床帏。
忧愁不能寐，揽衣起徘徊。
客行虽云乐，不如早旋归。
出户独彷徨，愁思当告谁！
引领还入房，泪下沾裳衣。

这首诗写一个远行在外不能成寐的游子，看着照射罗帏的明亮的月光，触动了深藏内心的乡愁。这愁思在月夜里竟愈益浓重，游子只得揽衣起床，于空房之中徘徊，不觉自言自语：“客行虽云乐，不如早旋归。”此时月光满地，夜凉如水，索性打开门来走出去望一望千里与共的明月吧。他踌躇四顾，眼前除了一片茫茫的月光，什么也看不到。自己的满怀愁绪，向谁去倾诉呢？不得已回到房中，不觉落下泪来。通篇只是起头两句写景，以下全是写情，而月明如昼的景色萦绕其中，那个忧愁的游子形象在月色的映衬下显得格外鲜明。

与这首不同的是，《迢迢牵牛星》则通篇写景，先写天上的银河，再写织布女子的素手。“终日不成章，泣涕零如雨”以及“盈盈一水间，脉脉不得语”仍然是紧扣织布女子的形象和眼前景物来描写，所以虽然仍是写景，但织女的相思之愁却轻轻地点了出来。

文学是生命的一种存在形式，诗的感情色彩就在于其展示的心灵世界。山西大学教授刘毓庆在其著作《国学概论》中把文学所表达的内容划分为三重世界。文学的第一重世界是语言世界，这是形式层面上最早为人们所认识的一个世界。袁枚在《续诗品·振采》中说："明珠非白，精金非黄。美人当前，烂如朝阳。虽抱仙骨，亦由严妆。匪沐何洁？匪熏何香？西施蓬发，终竟不臧。非若华羽，曷别凤凰。"没有语言层面的光彩，作品的文学意义就会大打折扣。第二重世界是生活世界。这是作者要着力展开的内容层面上的一个世界。这个世界漫无边际，现实生活的所有内容，几乎都可以在这里找到。第三重世界是心灵世界，包括情感、思想、意识、精神、心理等诸多方面，即内在于人的一切。文学不是客观世界的机械反映，而是作者在一定的文化背景下以生活世界为素材，编织出的心灵图像。《古诗十九首》的艺术魅力就在于它在文学的"生活世界"背后，隐存着一个无限深广的心灵世界，在这个看不见的隐形世界里，诗人倾注了自己全部的生命和情感，从而震撼了不同时代、不同读者的心灵。也就是在这个层面上，《古诗十九首》以其表达的个体生命情感的真挚和温柔，毫无愧色地当戴起抒情之王的桂冠。

《古诗十九首》还善于通过某种生活细节来抒写作者的心理活动，在抒情中有叙事意味，从而使诗中主人公的形象更加鲜明突出。如《凛凛岁云暮》描写一个思妇怀念远行的夫君，梦醒后惆怅感伤的情绪。全诗如下：

凛凛岁云暮，蝼蛄夕鸣悲。
凉风率已厉，游子寒无衣。
锦衾遗洛浦，同袍与我违。
独宿累长夜，梦想见容辉。
良人惟古欢，枉驾惠前绥。
愿得常巧笑，携手同车归。
既来不须臾，又不处重闱。
亮无晨风翼，焉能凌风飞？
眄睐以适意，引领遥相睎。
徒倚怀感伤，垂涕沾双扉。

在一个蝼蛄悲鸣、北风凄厉的冬夜，女主人思念着她的丈夫难以入眠。她想到天气已寒，而游子还没有挡寒的衣服。给他寄棉衣吧，可路途又是如此遥远。忽然，良人枉驾来迎，她喜出望外地想，从此携手同归，长相亲爱，该是多么快乐呀！谁知那良人“既来不须臾，又不处重闱”，既待得时间不长，又不和自己亲热，竟自无情地走了。心里十分懊恼，醒来方知是梦。她恨不得飞到良人身边去，可是又没有晨风鸟那样的翅膀。抬头遥望，好像良人走得不太远。谁知他什么时候能够回来呢？她靠在门边只觉寒风扑面，心中悲凉，潮水般的眼泪打湿了衣衫。

◎（元）李容瑾《汉苑图轴》

又如《西北有高楼》写一个失意者的悲伤心情，诗中并没有抽象地写他如何怀才不遇、失落彷徨，而是通过高楼听曲这一具体事件的描述，流露出了对那位歌者的同情："不惜歌者苦，但伤知音稀"，表明了作者与那个闻声而没见面的人是一个旷世知音，也间接表达了自己生不逢时无人赏识的孤寂落寞。

总之，《古诗十九首》的显著特点是，以深入浅出的精心构思，形象生动的比兴手法，以及如话家常的平淡语言，融合成一种曲尽衷情而委婉动人的独特风格。它的出现标志着五言诗歌已从叙事为主的乐府民歌发展到抒情为主的文人创作，并已经成熟。这些诗所反映的文人的苦闷和愿望，具有相当的普遍性和典型意义。诗人们所创造的这类独特的表现手法和艺术风格，一直为后世文人所喜爱和沿用，可谓影响深远。

肆

艳曲南朝，胡音北俗

——魏晋南北朝乐府

汉代的统一时期结束后，历史长河再次进入一个枝杈分流、动荡不安甚至南北分疆而治的阶段。

生逢乱世，魏晋的文人们目睹了战争和混乱给社会造成的严重破坏，对社会现实有了更加深刻的认识。他们去汉不远，“近水楼台”地承继了汉乐府民歌“感于哀乐，缘事而发”的优秀传统，写作了大量的拟乐府，在诗歌史上掀起了一个新的高潮。所谓拟乐府，是指沿用前朝的乐府古题作题目的乐府诗。魏晋文人的拟乐府一方面反映了社会的动乱和民生的疾苦，同时也表现了统一天下的理想和志向。刘勰在《文心雕龙·时序》中评价说：“观其时文，雅好慷慨，良由世积乱离，风衰俗怨，并志深而笔长，故梗概而多气也。”建安时期魏朝文人的这种慷慨悲凉的创作风格，被誉为“建安风骨”。曹氏父子是建安文学的领袖人物。

◎ 梁武帝萧衍

南北朝时期，乐府民歌再次集中出现，这些民歌不仅反映了社会现实，也创造了新的艺术风格。与汉乐府以叙事为主不同的是，南北朝民歌篇幅短小，抒情多于叙事。

也就是在这一时期，中国文学史上明确出现了“南”“北”的概念。郭茂倩在《乐府诗集》中说：“艳曲生于南朝，胡音生于北俗。”不仅指出了南北乐府民歌的不同，更为南北二元结构最早在南北朝时期形成奠定了基础。值得注意的是，这种南北分野的不同，直到今天还影响着我们的文化想象和文学话语。南北对立从原本政治与地理上的分裂转化为文化上的隔阂。一方面，南朝政权，特别是在梁武帝长期和平的统治下，致力于“文”的建设，使自己区别于也优越于被他们蔑称为“虏”的北方王朝；另一方面，北人也在极力强调自己作为中原汉文化继承者的正统地位，孜孜矻矻于经学的研究，并把他们的南朝对手藐称为“夷”。直到隋唐统一中国之后，南人所推行的“南文北武”才被“南文北质”的二元结构替换。

（一）对酒当歌，人生几何——魏晋文人拟乐府

汉末大乱，社会的经济和文化都遭到破坏，随着京洛等繁华城市的废墟化，汉乐府作为社会性的娱乐艺术也迅速衰微。虽然民间仍有歌人在活动，但乐府诗创作主体已经转向文人。从乐府古辞到文人拟乐府，其间有许多不同。首先，汉乐府诗

是一种社会性的娱乐艺术，文人拟乐府则是一种个人的创作。其次，汉乐府诗是依存于歌、乐、舞、戏诸因素相结合的综合性的艺术门类，文人拟乐府则是脱离其他艺术形式的纯粹的诗体。

魏晋一批诗人继承汉代文人创作乐府诗的传统，创作了以建安文学为代表的大量内容丰富、风格独特的拟乐府诗。尽管后来的拟作与古辞在歌辞内容上有很大的变化，但是乐府中音乐的基本调子却是确定的。比如《薤露》《蒿里》，本为汉之丧歌，后来的拟作者或以之抒写时事，或以之发抒己怀，但都离不开悲愁的基调。曹操拟《蒿里》古题写时事，但诗的内容不离“白骨露于野，千里无鸡鸣。生民百遗一，念之断人肠”；南朝刘宋鲍照的拟作表达其“长恨”之意；唐僧贯休拟作中多有“愁风乱月”及“枯骨”意象。曹操借《薤露》表现社会离乱；曹植的同题

◎ 曹植七步赋诗

乐府，是自挽之辞；晋张俊的《薤露》，表现的是“感慨怀愤盈”之类的感情。

建安文学的代表人物是“三曹”（曹操、曹丕和曹植）和“建安七子”（孔融、王粲、刘桢、陈琳、阮瑀、应玚、徐干），他们的文学创作从整体上来看，呈现出“雅好慷慨”，“志深而笔长，梗概而多气”的风格，一直为后人称道。文人拟乐府之所以能够发展壮大，长期作为众多诗体中的重要一支而存在，并不是因为它们简单地袭取古乐府的一些因素，而是根据自己对乐府诗性质的理解基础上做了许多创新，如曹操的乐府诗以反映社会现实为主，曹植则以抒写个人情感为主，从而奠定了他们在乐府文学史上的重要地位。

1.“三曹”乐府

如果要列一个中国古代帝王文学排行榜的话，那么曹操（155—220，字孟德）无疑是其中的佼佼者。他是中国文学史上著名的建安

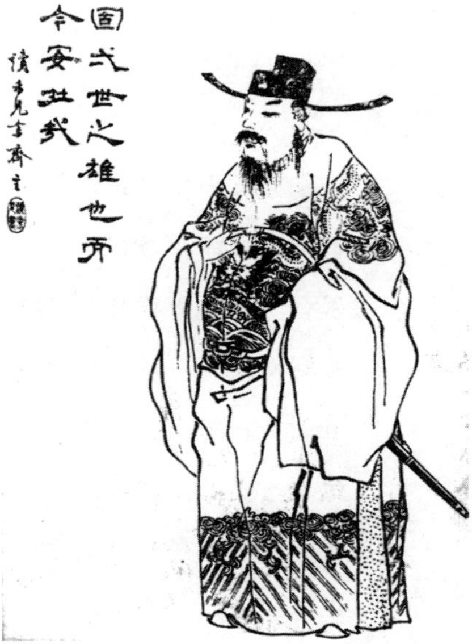

◎ 曹操

文学的领导者和开拓者。

建安是东汉末年汉献帝的年号，起止时间是公元196—220年。建安元年，曹操挟持汉献帝迁都许昌，“挟天子以令诸侯”，掌握了北方的政治大权，社会有了比较安定的环境。曹操父子皆有较高的文学修养，由于他们的提倡，使一度衰微的文学有了新的生机，因而这一时期的文学被称为“建安文学”。

曹操“外定武功，内兴文学”，不仅有帝王之才，更是杰出的诗人。今存诗二十余首，是清一色的乐府诗。代表作《蒿里行》描写了军阀混战时期的悲惨景象，《短歌行》更是脍炙人口的名篇。

《蒿里行》：

关东有义士，兴兵讨群凶。
初期会盟津，乃心在咸阳。
军合力不齐，踌躇而雁行。
势利使人争，嗣还自相戕。
淮南弟称号，刻玺于北方。
铠甲生虮虱，万姓以死亡。
白骨露于野，千里无鸡鸣。
生民百遗一，念之断人肠。

这首诗是借乐府旧题叙汉末时事，大约写于建安二年（197）秋九月东征袁术时。诗中以当年关东（函谷关以东，今河南、山东等地区）诸郡起兵讨伐董卓以及之后各军事豪强为争权夺势而互相残杀的史实为内容，真实地反映了汉末以来军阀混战对社会所造成的严重破坏和给广大人民群众所带来的深重灾难，后六句具体写出了战争造成的惨象：由于战事接连不断，将士们的铠甲都生了虮虱，成千上万的百姓丢掉了性命。白骨暴露在荒郊野外无人收敛，千里之远听不到一声鸡鸣。想到百姓一百人中剩不下一个，真是令人伤心断肠。结句流露出诗人伤时悯乱、同情人民的思想感情。明朝人钟惺评论说："汉末实录，真诗史也。"

又如著名的《步出夏门行·观沧海》：

东临碣石，以观沧海。
水何澹澹，山岛竦峙。
树木丛生，百草丰茂。
秋风萧瑟，洪波涌起。
日月之行，若出其中；
星汉灿烂，若出其里。
幸甚至哉，歌以咏志。

《步出夏门行》又称《陇西行》，属《相和歌·瑟调曲》。

◎ 曹操赋诗图

夏门是洛阳北面的城门，汉代称为夏门。《观沧海》是曹操乐府诗《步出夏门行》组诗中的一首，全诗篇幅不长，主要写大海的景象和观海感受。从内容、题材看，它是一首描写大自然奇观的景物诗，而从其含蕴的思想感情看，它又博大精深，表达了诗人的豪情壮志和宏伟博大的胸怀。因此，这是一首写景诗，又是一首咏怀诗。

诗的首句“东临碣石，以观沧海”，表明自己是出于对大海的向往，而特意去登山览胜的。看，那蓝色的海水是多么清澈呀，它波浪起伏，一望无际，而远处的山岛高峙，树木郁郁葱葱，百草一片茂盛。

接着诗人集中写观海。在强劲的秋风中，壮阔的海面上巨浪涌起，使人心神为之摇荡。大海是如此广阔，太阳和月亮每天运行于长空，东升西落，难道是从这里出来的吗？夜晚灿烂的星星状如银河，难道也是从这里走出的吗？大海的怀抱是多么辽阔呀！能看到这样的景色真是荣幸到极点了，还是用这首歌来表达我的心情吧。

大海浩浩荡荡，一望无边，曹操的这首《观沧海》，正是抓住了它的这一自然特征，以丰富的想象力，写出了它的气势。这首诗不以文辞取胜，而以气势动人。已故领袖毛泽东生前十分欣赏此诗，1954年夏写的《北戴河》（调寄浪淘沙）一词中，就有“魏武挥鞭，东临碣石有遗篇”句，充满了对这位大手笔诗人的赞赏之意。这首诗连续多年被收入当代中学语文课本中。

作为一代枭雄，曹操的诗更多地表现出他的谋略和胸怀。他的诗兼有四言、五言和杂言，全是借乐府古题抒写全新的时代感受。《古诗源》称“借古乐写时事，始于曹公”。他的四言诗苍劲有力，慷慨苍凉，已完全脱出“三百篇”意境，更非汉人四言可比。如最著名的《短歌行》：

对酒当歌，人生几何？
譬如朝露，去日苦多。
慨当以慷，忧思难忘。
何以解忧？唯有杜康。
青青子衿，悠悠我心。
但为君故，沉吟至今。
呦呦鹿鸣，食野之苹。
我有嘉宾，鼓瑟吹笙。

明明如月，何时可掇？
忧从中来，不可断绝。
越陌度阡，枉用相存。
契阔谈宴，心念旧恩。
月明星稀，乌鹊南飞。
绕树三匝，何枝可依？
山不厌高，海不厌深，
周公吐哺，天下归心。

诗的前八句写诗人对人生的悲凉感慨：人生是多么短暂啊，就像朝露一样，太阳一出来就不见了。怎么才能化解我心中如此的深愁呢？只有喝酒。清人陈沆在《诗比兴笺》中说："此诗即汉高祖《大风歌》思猛士之旨也。'人生几何'发端，盖传所谓古之王者知寿命之不长，故并建圣哲，以贻后嗣。"是理解了诗人的意思的。

诗人到底为何而愁呢？下面点出答案。"青青"二句出自《诗经·郑风·子衿》，原诗是写一个姑娘在思念她的爱人，"青青子衿，悠悠我心。纵我不往，子宁不嗣音？"意思是说，那位穿着青色衣服的年轻人啊，深深萦回在我的心里。即使我不能去找你，你为什么不主动给我回音呢？曹操在这里引用这首诗，而且还说自己一直低低地吟诵它，是用这种含蓄的方法来提醒年轻人，为什么不主动投靠到我的门下呢？表达了自己对天下贤才的渴望。“呦呦鹿鸣”句出自《诗经·小雅·鹿鸣》，是说小鹿得到了苹草，就呼唤其他的鹿一起来共享，我有了嘉宾贵客，就鼓瑟吹笙演奏音乐来接待他。

◎ 曹操大宴铜雀台

“明明如月”句是说天上的明月经常运行，不会停止，就如同我的求贤之思也不会断绝。最后四句画龙点睛，确切地点明了招揽天下人才的主题。“周公吐哺”的典故出自《韩诗外传》，周公曾自言：“吾文王之子，武王之弟，成王之叔父也；又相天下，吾于天下亦不轻矣。然一沐三握发，一饭三吐哺，犹恐失天下之士。”周公为了接待天下之士，有时洗一次头，吃一顿饭，都要中断数次。这个典故突出表现了作者求贤若渴的心情和建功立业的豪情。

在这首诗中，曹操不仅成功地改造了乐府诗，“以古题写时事”，而且还以《诗经》成句入诗，用得妥帖自然，如同己出。

同是表达对人才的渴求，汉高祖刘邦直白高歌“安得猛士兮守四方”，而曹操则曲折委婉，先说自己的忧愁，又用各种典故，最后才点出主旨。同为一代之王，二人的文化素养之高下不可同日而语。刘邦不过是一介武夫，而曹操则“雅爱诗文”。裴松之《三国志·魏志·武帝纪》注引王沈《魏书》，说曹操“登高必赋，及造新诗，被之管弦，皆成乐章”。曹操的儿子曹植也说其父“躬著雅颂，被之琴瑟”（《武帝诔》），可见其造诣之深。

曹丕（187—226，字子桓）是曹操的儿子，自建安二十五年起当了七年皇帝。《燕歌行》是他乐府诗的代表作：

秋风萧瑟天气凉，草木摇落露为霜。
群燕辞归雁南翔，念君客游思断肠。
慊慊思归恋故乡，君何淹留寄他方？
贱妾茕茕守空房，忧来思君不敢忘，
不觉泪下沾衣裳。
援琴鸣弦发清商，短歌微吟不能长。
明月皎皎照我床，星汉西流夜未央。
牵牛织女遥相望，尔独何辜限河梁。

《燕歌行》是乐府《相和歌·平调曲》曲调名。首句是写萧瑟的秋风声中，天气越来越凉，草木凋零了，夜露化成了霜。“何事合成愁，离人心上秋”，在交代季节的同时，为全诗抒情创造了一个悲凉、孤寂的环境，渲染了气氛。在这样的季节里，燕、鹄尚知秋日南归，而游子竟然不返，这不能不触发思妇对远方丈夫的强烈思念。

◎ 魏文帝曹丕画像

“慊慊”，怨恨不满的样子。这位思妇设想丈夫此时一定因眷恋故乡家人而烦怨，既如此，他为什么还在远方久留不归呢？她因相思而心神不定，于是取出琴，拨转弦，聊以解忧，但不自觉地奏出凄怨的曲调。因其心情过于愁苦，总也唱不成一曲柔曼动听的长歌。

接着写室中所见。月光明亮地照在空床上，银河向西流转，夜仍未尽。前两句似是写景，实是写思妇的烦忧，以致夜不能寐。后两句借牛郎、织女的故事表达心中的哀怨。牛郎、织女分属两个星座，相隔于银河两岸。在民间传说里，牛郎、织女是夫妇，为银河所隔，每年农历七月七日夜，喜鹊为他们搭桥，方能相会一次。牛郎织女情深意长，为什么偏偏要遭受银河桥梁的限制呢？思妇为牛郎、织女的不幸深深惋惜。惋惜之中，也透露出自己的无限惆怅。全诗在叹息声中结束，意长情深，风流蕴藉。前人说“声欲止而情自流，绪相寻而言若绝”（陈祚明《采菽堂古诗选》），确实道出了这两句诗的妙处。

前人对这两首诗的评价很高，清代吴淇说：“风调极其苍凉，百十二字，首尾一笔不断，中间却具千曲百折，真杰构也。”（《六朝选诗定论》）王夫之说：“倾情倾度，倾色倾声，古今无两。”（《姜斋诗话》）

《杂诗》其二着重表现游子身处异乡的不安之感：

西北有浮云，亭亭如车盖。
惜哉时不遇，适与飘风会。
吹我东南行，行行至吴会。
吴会非我乡，安能久留滞？
弃置勿复陈，客子常畏人。

这首诗的风格及内容与《古诗十九首》十分相似，难怪明人王世贞说：“子桓之《杂诗二首》，子建之《杂诗六首》，可入《十九首》，不能辨也。”（《艺苑卮言》卷三）不过曹丕善于取其神理而不袭其貌，不亦步亦趋地拟古，形成自己的独特风格。清人沈德潜说："子桓诗有文士气，一变乃父悲壮之习矣。要其便娟婉约，能移人情。"（《古诗源》卷五）

◎ 曹植

曹氏父子三人中，以曹植的文学成就最值得称道。曹植（192—232，字子建）是曹丕的弟弟。他是建安时期最负盛名的诗人，钟嵘在《诗品》中称其为"建安之杰"，并说"植诗源于国风，骨气奇高，词彩华茂，情兼雅怨，体被文质，粲溢今古，卓尔不群"，可谓知者之言。

曹植的乐府诗以曹丕称帝为界，明显地分为两个时期。前一个时期的诗主要表达他立志报国的雄心壮志。如《薤露篇》说："愿得展功勤，输力于明君。怀此王佐才，慷慨独不群。"他的《白马篇》塑造了一位英姿飒爽的少年英雄形象：

白马饰金羁，连翩西北驰。
借问谁家子？幽并游侠儿。
少小去乡邑，扬声沙漠垂。
宿昔秉良弓，楛矢何参差。
控弦破左的，右发摧月支。
仰手接飞猱，俯身散马蹄。
狡捷过猴猿，勇剽若豹螭。
边城多警急，虏骑数迁移。
羽檄从北来，厉马登高堤。
长驱蹈匈奴，左顾陵鲜卑。
弃身锋刃端，性命安可怀！
父母且不顾，何言子与妻。
名编壮士籍，不得中顾私。
捐躯赴国难，视死忽如归。

此诗塑造了一位武艺高强、渴望以身报国的勇士，这无疑是诗人理想形象的化身。郭茂倩《乐府诗集》谓此篇：“言人当立功行事，尽力为国，不可念私也。”

曹丕称帝之后，曹植备受排斥和迫害，心情极为压抑。这时期的乐府诗多反映他不得志的苦闷心情，如《吁嗟篇》以转蓬的形象抒发了他十年中数次迁徙的生活处境和痛苦心情。《野田黄雀行》抒发了友人被害欲拔刀相助的愿望：

高树多悲风，海水扬其波。
利剑不在掌，结友何须多！
不见篱间雀，见鹞自投罗？
罗家得雀喜，少年见雀悲。
拔剑捎罗网，黄雀得飞飞。
飞飞摩苍天，来下谢少年。

《野田黄雀行》是曹植诗歌中的名篇，属乐府《相和歌·瑟调曲》歌辞，是曹植后期的作品。曹丕即位以后，为巩固自己的权位，便极力排斥异己，对曹植及与曹植亲近的人进行了种种迫害。曹植的好友丁仪、丁廙等人被杀，曹植自恨不能解救，心情十分悲愤，便写下了这首诗，用比喻的手法表达自己的痛苦和悲愤之情。全诗虽然不长，仅有十二句，却层次清晰。诗人先言环境之险恶，次言朋友受害，再言少年相救，层层深入地叙写，一步步地抒发其思想感情。

曹植诗歌中，有大量抒发君臣不遇、功业无成、年华虚度之人生感慨的作品。这些作品直接继承了屈原托女以抒怨的抒情传统，凡描写弃妇、思妇、婚恋之作，几乎皆寓有深婉的寄托。如《怨诗行》：

明月照高楼，流光正徘徊。

◎ 曹丕篡汉图

上有愁思妇，悲叹有余哀。
借问叹者谁？自云客子妻。
君行逾十年，孤妾常独栖。
君若清路尘，妾若浊水泥。
浮沉各异势，会合何时谐？
愿为西南风，长逝入君怀。
君怀良不开，贱妾当何依。

此诗写高楼思妇对远游不归的“客子”的思念。这个比喻并非单纯的男女、夫妇间关系的比喻，而带有强烈的政治性。自屈原创造了用男女爱情关系比喻君臣、上下级关系的独特方式以来，于中国文学的影响甚为巨大。两千余年来，巨匠大家笔下的爱情，常常都是政治失势的比喻。从整体上看，这首诗结构安排紧凑，而起句奇崛尤见功力。张戒《岁寒堂诗话》云："子建'明月照高楼，流光正徘徊'，本以言妇人清夜独居愁思之切，非以咏月也，而后人咏月之句，虽极其工巧，终莫能及。"从艺术上讲此二句的高超美妙。

又如《美女篇》：

美女妖且闲，采桑歧路间。
柔条纷冉冉，落叶何翩翩。
攘袖见素手，皓腕约金环。
头上金爵钗，腰佩翠琅玕。
明珠交玉体，珊瑚间木难。
罗衣何飘飘，轻裾随风还。
顾眄遗光彩，长啸气若兰。
行徒用息驾，休者以忘餐。
借问女何居，乃在城南端。
青楼临大路，高门结重关。
容华耀朝日，谁不希令颜？
媒氏何所营？玉帛不时安。

佳人慕高义，求贤良独难。
众人徒嗷嗷，安知彼所欢？
盛年处房室，中夜起长叹。

这首诗以美女盛年独处未嫁寄寓作者怀才不遇、壮志难酬的悲愤。这首诗写美女的妆饰情态，吸取了《陌上桑》铺叙、夸饰以及正面描绘和侧面烘托相交融等艺术手法，如“行徒用息驾，休者以忘餐”从《陌上桑》“耕者忘其犁，锄者忘其锄”中脱胎而来。但此篇中的美女又与秦罗敷不同，《陌上桑》写罗敷之美是为了反击太守的无礼；本篇中的美女因为是作者的化身，其中表达了作者本人的思想情态，体现了民间乐府到文人乐府转变的轨迹。

清代叶燮《原诗·外篇下》说：“《美女篇》意致幽眇，含蓄隽永，音节韵度，皆有天然姿态，层层摇曳而出，使人不可仿佛端倪，固是空千古绝作。后人惟杜甫《新婚别》可以伯仲。”他甚至说，“植诗独《美女篇》可为汉魏压卷”，可谓知者之言。刘履《选诗补注（卷二）》曰：“《美女篇》，比也……子建志在辅君匡济，策功垂名，乃不克遂，虽授爵封而其心犹为不仕，故托处女以寓怨慕之情焉。其言妖闲皓素，以喻才质之美；服饰之盛，以比己德之盛；至于文采外着，芳誉日流，而为众所希慕如此……夫盛年不嫁，将恐失时，故惟中夜长叹而已。”篇中的“美女”是诗人自喻，而“盛年处房室”

的哀怨，也明显对应着君臣阻隔、不得遇合的政治内涵。曹植类似的诗作不少，如《种葛篇》《妾薄命行》《杂诗七首》之四等。

在乐府诗文人化的进程中，曹植的重要性不可低估。他的乐府诗音乐的性质渐趋淡化，而文学性则大大增强。曹植乐府诗中的《美女篇》《名都篇》《白马篇》等，继承了汉乐府的以客观再现生活为主的传统，同时又带有寄托己志的性质，是对传统的比兴艺术的一种发展。

◎ 曹植

曹植《升天行》《五游咏》《远游篇》《仙人篇》《驱车篇》等游仙乐府诗，继承了“楚辞”及汉人辞赋表现游仙主题的传统，通过游仙委婉反映对现实的不适情绪。与汉乐府实写社会上求仙活动的诗不同，曹植的这些诗具有更加自由奔放的幻想色彩。汉乐府中描写社会求仙情景的歌辞，虽然也不乏幻想因素，但大多单纯真率，没有太多的言外之意。而曹植的游仙乐府诗，则更多地表现了文人追求精神世界的自由的幻想性愿望。

暗示、寄托是文人诗典型的艺术技巧和艺术手法。由此可见，当诗、乐分途之后，作为书面诗歌而写作的拟乐府必然受到文人诗歌创作模式的影响。曹植作为广义的建安文学时代最后的一位著名诗人，其后期创作比较典型地反映了这一文学发展趋势。

2.“建安七子”等人的乐府

“建安七子”的称呼最早见于曹丕的《典论·论文》，七子中除孔融之外，其余六人都是曹氏父子的僚属和邺下文人集团的重要人物。他们目睹汉末的动乱，又有着一定的抱负，希望能够成就一番事业。因此他们的乐府诗反映了动乱的现实，表达了渴望建功立业的精神，具有建安文学的共同特征。

王粲（177—217，字仲宣）是七子中成就最高的作家，刘勰在《文心雕龙·才略》中称他为“七子之冠冕”。他的乐府诗有《从军行》《七哀诗》等篇。《七哀诗》第一首是汉末现实的真实写照：

西京乱无象，豺虎方遘患。
复弃中国去，委身适荆蛮。
亲戚对我悲，朋友相追攀。
出门无所见，白骨蔽平原。
路有饥妇人，抱子弃草间。

顾闻号泣声，挥涕独不还。
“未知身死处，何能两相完？”
驱马弃之去，不忍听此言。
南登霸陵岸，回首望长安。
悟彼下泉人，喟然伤心肝。

初平三年（192），王粲为避战乱从长安向荆州逃亡，这首诗便是写他在逃亡路上的所闻所见。开头四句，写诗人离家时的情状及初出城时所见，全诗的基调已经奠定，即旨在描写战乱之祸患。以下八句，诗篇由写己转而写人。一位贫饿交加的妇人不得已将自己的孩子抛弃在乱草间。天下母亲，谁不疼爱自己的子女？她听到幼儿的“号泣声”，虽然“独不还”，但她不停地“顾闻”“挥涕”，表明心中何等痛楚。诗人在目睹弃子情状又耳闻饥妇自白以后，不禁悲凄难忍，于是策马离去。

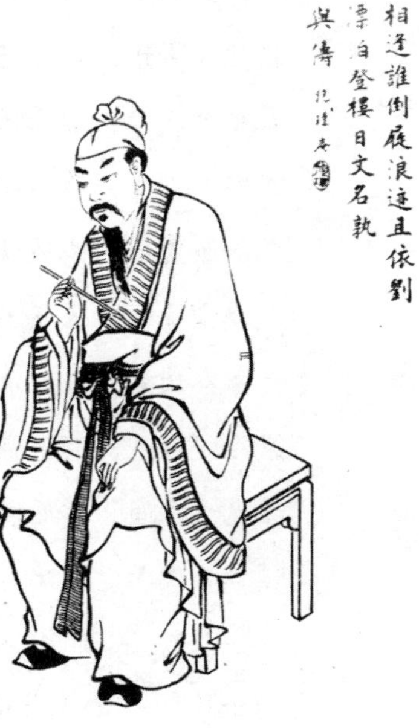

◎ 王粲

《七哀诗》从诗人自己的避乱逃亡写起，继而写百姓的苦难，写国家的混乱，由己及人及国，诗人一片忧国忧民的赤诚，溢于言表。

阮瑀（约165—212，字元瑜）的乐府诗《驾出北郭门行》写后母虐待孤儿，揭露了人性的丑恶，与汉乐府的《孤儿行》相似：

驾出北郭门，马樊不肯驰。
下车步踟蹰，仰折枯杨枝。
顾闻丘林中，嗷嗷有悲啼。
借问啼者谁，何为乃如斯。
亲母舍我殁，后母憎孤儿。
饥寒无衣食，举动鞭捶施。
骨消肌肉尽，体若枯树皮。
藏我空室中，父还不能知。
上冢察故处，存亡永别离。
亲母何可见，泪下声正嘶。
弃我于此间，穷厄岂有赀。
传告后代人，以此为明规。

这首诗记述了一个孤儿的血泪控诉：无衣无食，饥寒交迫，骨瘦如柴，还被后母打得遍体鳞伤，只好跑到亲娘的坟墓前痛哭，哀叹自己的困苦，不知何时才有尽头。这首诗语言质朴，感情倾向鲜明，明显受到汉乐府民歌的影响。所以，清代人陈祚明称赞此诗“质直悲酸，犹近汉调”（《采菽堂古诗选》卷七）。

建安七子中，陈琳（？—217，字孔璋）也有一些反映现实的诗篇，如《饮马长城窟行》借秦代筑长城之事，揭露当时沉重的徭役给人民带来的痛苦与灾难：

饮马长城窟，水寒伤马骨。
往谓长城吏，慎莫稽留太原卒！
官作自有程，举筑谐汝声！
男儿宁当格斗死，何能怫郁筑长城。
长城何连连，连连三千里。
边城多健少，内舍多寡妇。
作书与内舍，便嫁莫留住。
善待新姑嫜，时时念我故夫子！
报书往边地，君今出语一何鄙？
身在祸难中，何为稽留他家子？
生男慎莫举，生女哺用脯。
君独不见长城下，死人骸骨相撑拄。
结发行事君，慊慊心意关。
明知边地苦，贱妾何能久自全？

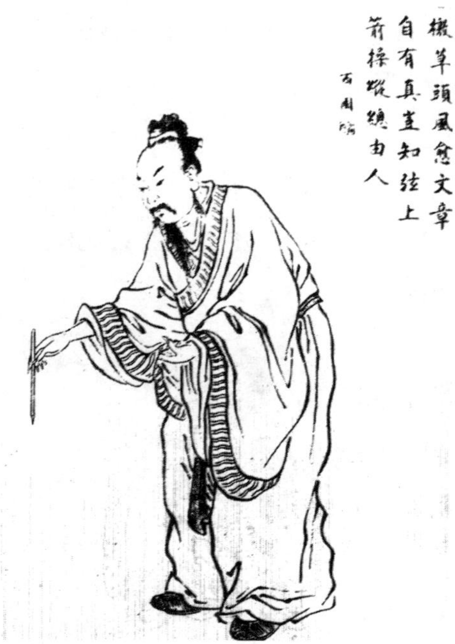

◎ 陈琳

秦王朝驱使千万名役卒修筑万里长城，残酷而无节制，使无数民众被折磨至死。这段历史，曾激起后代许多诗人的愤怒和感伤。而直接摹写长城造成民间痛苦的诗篇，就现存的作品来说，陈琳这一首算是最早的。朱嘉徵在《乐府广序》中说：“一曲章分四节，一节言边地苦寒，二节言筑城之役，三四节言寡人之妻，独人之父，所谓室家不完，老幼失养而天下乱矣。寡妇孤男，或分叙，或合叙，章法错综。中间作书、报书，写得咄咄逼人。”

西晋时期的文学发生了明显的转变，士族制度加深了阶层之间的鸿沟，文人的创作开始远离社会和大众，追求形式的华美，逐渐走上形式主义的道路。这期间的文人乐府诗创作只有傅玄、张华等值得一书。

傅玄（217—278，字休奕）是晋初的著名诗人，以乐府诗见长。他在为晋武帝制作礼乐时，写了不少宗庙乐章。同时，另一部分诗作继承了汉乐府民歌的传统，反映了社会问题，其中尤以反映女性问题的作品最为突出。如他的代表作《豫章行·苦相篇》从社会重男轻女的普遍心理着眼，跳出弃妇怨女的老套写法，从男女地位的不平等揭示了女性不幸命运的必然性。全诗如下：

苦相身为女，卑陋难再陈。
男儿当门户，堕地自生神。
雄心志四海，万里望风尘。
女育无欣爱，不为家所珍。
长大逃深室，藏头羞见人。
垂泪适他乡，忽如雨绝云。
低头和颜色，素齿结朱唇。
跪拜无复数，婢妾如严宾。
情合同云汉，葵藿仰阳春。
心乖甚水火，百恶集其身。
玉颜随年变，丈夫多好新。
昔为形与影，今为胡与秦。
胡秦时相见，一绝逾参辰。

作为一个关心政事、以直谏著称的文人，傅玄在这首诗中通过对女子“苦相”的陈述，从女子出生、成长到嫁人以至婚后生活的整个过程中，描写了女子地位的低下，揭露了当时社会男尊女卑的不平等现象，使这篇作品具有了较广泛的社会意义。傅玄用汉乐府《豫章行》的旧题写现时情事，显然受到了曹操乐府诗的影响。

傅玄对女性抱有极大的同情，他的乐府诗涉及女性题材的也较多。如故事性乐府《秋胡行》表现了秋胡妻忠于爱情的行为；《秦女休行》塑造了一个不畏强暴、为父母报仇雪恨的女性形象，《采菽堂古诗选》称赞全诗“音节激扬，古质健劲”，颇有汉魏风骨。这两首诗都从正面歌颂了女性的高贵品质。

张华（232—300，字茂先）出身寒微而官至高位，因此在他的诗中有一种积极进取的精神，他不满士族阶级的醉生梦死，写下了一些揭露士族腐败生活的篇章。如《轻薄篇》用铺张的笔法淋漓酣畅地揭露了士族生活的骄奢淫逸：

末世多轻薄，骄代好浮华。
志意既放逸，赀财亦丰奢。
被服极纤丽，肴膳尽柔嘉。
僮仆余梁肉，婢妾蹈绫罗。
文轩树羽盖，乘马鸣玉珂。
横簪刻玳瑁，长鞭错象牙。

足下金鏻履，手中双莫邪。
宾从焕络绎，侍御何芬葩。
朝与金张期，暮宿许史家。
甲第面长街，朱门赫嵯峨。
苍梧竹叶清，宜城九酝醝。
浮醪随觞转，素蚁自跳波。
美女兴齐赵，妍唱出西巴。
一顾倾城国，千金不足多。
北里献奇舞，大陵奏名歌。
新声逾激楚，妙妓绝阳阿。
玄鹤降浮云，鱏鱼跃中河。
墨翟且停车，展季犹咨嗟。
淳于前行酒，雍门坐相和。
孟公结重关，宾客不得蹉。
三雅来何迟？耳热眼中花。
盘案互交错，坐席咸喧哗。
簪珥或堕落，冠冕皆倾邪。
酣饮终日夜，明灯继朝霞。
绝缨尚不尤，安能复顾他？
留连弥信宿，此欢难可过。
人生若浮寄，年时忽蹉跎。
促促朝露期，荣乐遽几何？

念此肠中悲，涕下自滂沱。

但畏执法吏，礼防且切磋。

张华的这首诗以铺陈的手法描写了贵族们夜以继日的享乐腐败生活，在内容上还保留着汉乐府的精神。作者对当时腐朽的社会风气深恶痛绝，最后感叹：浮生若寄，这些所谓的欢乐又能享受多久呢？并规劝贵族们以礼自守，但这样的提醒略显无力。他的《游猎篇》通过对士族游猎生活的描写，暴露了士族生活的放荡。

刘琨（270—317，字越石）是西晋名将，著名的爱国诗人。他青年时代就具有远大抱负，曾与好友，后来也是抗敌名将的祖逖一起，半夜一听到鸡鸣即披衣起床，舞剑苦练（即“闻鸡起舞”成语之来源）。永嘉元年（307）他被起用为并州刺史，招募兵士千余人，“以少击众，冒险而进”，奔赴晋阳前线。著名的《扶风歌》正是描写他率兵作战的艰辛历程：

朝发广莫门，暮宿丹水山。

左手弯繁弱，右手挥龙渊。

顾瞻望宫阙，俯仰御飞轩。

据鞍长太息，泪下如流泉。

系马长松下，发鞍高岳头。

烈烈悲风起，泠泠涧水流。

挥手长相谢，哽咽不能言。
浮云为我结，归鸟为我旋。
去家日已远，安知存与亡？
慷慨穷林中，抱膝独摧藏。
麋鹿游我前，猿猴戏我侧。
资粮既乏尽，薇蕨安可食？
揽辔命徒侣，吟啸绝岩中。
君子道微矣，夫子故有穷。
惟昔李骞期，寄在匈奴庭。
忠信反获罪，汉武不见明。
我欲竟此曲，此曲悲且长。
弃置勿重陈，重陈令心伤。

先写对故国的深深眷恋，然后描写赴任途中的艰难困苦，从不畏艰险的前进中表露了诗人的爱国激情。篇末用李陵的典故揭露了统治者内部的矛盾，表达了自己的悲伤意绪。刘勰在《文心雕龙》中称赞刘琨的诗“雅壮而多风”，宋代爱国诗人陆游称赞他说：“刘琨死后无奇士，独听荒鸡泪满衣。”（《夜归偶怀故人独孤景略》）可见刘琨的爱国诗歌在后世产生的深远影响。

东晋末年著名的田园诗人陶渊明（365—427，一名潜，字元亮）写有三首乐府挽歌，对后世影响较大。

元嘉四年（427）九月，陶渊明作《挽歌》三首，同年十一月，陶渊明辞世，这三首诗算是诗人为自己作的挽歌。当一个人真正要面临死亡时，将会发出怎样的感慨？

其一：

有生必有死，早终非命促。
昨暮同为人，今旦在鬼录。
魂气散何之？枯形寄空木。
娇儿索父啼，良友抚我哭。

◎（明）王仲玉画陶渊明

得失不复知，是非安能觉！
千秋万岁后，谁知荣与辱。
但恨在世时，饮酒恒不足。

诗人说，生死是自然之事，早死也不能算作短命。人死了魂就散了，只剩枯体在棺材里。那时人不再有知觉，更谈不上得与失、是与非了。千年之后，还有谁知道你曾经有过的荣辱呢！如果说还有什么遗憾，那就是在世的时候，酒没有喝足。诗人是何等达观啊，他视死生祸福得失，皆为身外之物。

其二：

在昔无酒饮，今但湛空觞。
春醪生浮蚁，何时更能尝。
肴案盈我前，亲旧哭我傍。
欲语口无音，欲视眼无光。
昔在高堂寝，今宿荒草乡。
一朝出门去，归来良未央。

第二首写生前与死后的变化。自己过去喜欢饮酒却无酒可喝，如今面对丰盛的祭奠美酒却无法品尝。平时都是住在堂屋，今天却要栖身坟场。环视四周，荒草茫茫，这里不是人住的地方。一旦走出家门，就永远也不能再回来了。此诗略有感伤。

其三：

荒草何茫茫，白杨亦萧萧。
严霜九月中，送我出远郊。
四面无人居，高坟正嶕峣。
马为仰天鸣，风为自萧条。
幽室一已闭，千年不复朝。
千年不复朝，贤达无奈何。
向来相送人，各自还其家。
亲戚或余悲，他人亦已歌。
死去何所道，托体同山阿。

◎（明）陈洪绶《陶渊明故事图》

第三首是陶渊明想象其入土为安之后的景象和自己的感慨。茫茫荒野，白杨萧萧，亲友们将诗人送往坟地。墓门一闭，阴阳永隔，再也不会有见面的时候了。亲人们有的余哀未尽，可是别人已经开始唱歌了。死了有什么好说的呢，把身体交给山阿就行了。诗人客观冷静地道出了人生的真相。这三首诗表达了诗人的清醒和淡泊，至情至性，感人至深，可谓千古以来挽歌中的绝唱。

鲁迅先生在《记念刘和珍君》一文中，引用了“亲戚或余悲，他人亦已歌。死去何所道，托体同山阿”这四句诗，并在结尾写道：“倘能如此，这也就够了。”意思是说，倘若我们这些活着的人能永远纪念死者，记住这惨痛的教训，那么，烈士们的鲜血就不会是白流的了。赋予了这四句诗积极的含义。

魏晋之后，鲍照（414—466，字明远）是南朝刘宋时期最著名的诗人，鲍照的诗歌作品现存205首，其中乐府诗87首，约占现存鲍诗总数的42%。鲍照乐府诗不仅数量可观，而且在质量上也是鲍诗中的上乘之作。《宋书》本传云：“尝为古乐府，文甚遒丽。”王夫之也曾称誉鲍照乐府诗“蓬勃如春烟，弥漫如秋水，溢目盈心”。吴汝纶《鲍参军集选》更直截了当地说：“明远乐府最高。”据此可见乐府诗在全部鲍诗中的地位及影响。

《拟行路难》十八首是鲍照最著名的代表作品，抒发了作者对作者士族门阀制度的强烈不满，如《拟行路难》其四：

泻水置平地，各自东西南北流；
人生亦有命，安能行叹复坐愁。
酌酒以自宽，举杯断绝歌路难。
心非木石岂无感，吞声踯躅不敢言。

《乐府解题》云："《行路难》，备言世路艰难及离别悲伤之意，多以'君不见'为首。"这首诗以比兴起笔，揭示了诗人命运不济的现状，虽举杯长歌，也难解郁结在诗人心头的愤慨，最后两句更是把诗人悲愤痛绝、欲说还休的复杂心态刻画得淋漓尽致。

《拟行路难》其六则是开篇抒愤：

对案不能食，拔剑击柱长叹息。
丈夫生世会几时，安能蹀躞垂羽翼？
弃置罢官去，还家自休息。
朝出与亲辞，暮还在亲侧。
弄儿床前戏，看妇机中织。
自古圣贤尽贫贱，何况我辈孤且直！

鲍照出身贫寒，生活在等级森严的士族统治时代，备受压抑。这首诗写出了诗人因愤激而拍案怒起的情状，诗人甚至因此产生了放弃理想的念头。结句看似聊以自慰，实则隐含着既激愤又无奈的情怀。

鲍照的五言乐府广泛描写了当时的社会现实，边塞战争、征夫戍卒的生活是他乐府诗中的重要内容，洋溢其中的主旋律是鲍照强烈的建功立业的愿望。如《代出自蓟北门行》中，他歌颂了边塞将士们“投躯报明主，身死为国殇”的英勇战斗精神。“羽檄起边亭，烽火入咸阳。征骑屯广武，分兵救朔方”是说战争已经爆发，尽管诗人清楚地知道行伍生活的艰辛孤苦，边塞气候又难以忍受，但是“雁行缘石径，鱼贯度飞梁。箫鼓流汉思，旌甲被胡霜。疾风冲塞起，沙砾自飘扬。马毛缩如蝟，角弓不可张”几句流露出的情绪并不仅仅是沉郁与悲凉，更重要的是摄人心魄的亢奋与悲壮。而“时危见臣节，世乱识忠良。投躯报明主，身死为国殇”四句更是诗人奋发进取、希冀有所作为心态的彻底表露。

《代东武吟》写出了一个老兵报国无路的痛苦，表达了诗人的爱国情怀：

主人且勿喧，贱子歌一言。
仆本寒乡士，出身蒙汉恩。
始随张校尉，召募到河源。
后逐李轻车，追虏穷塞垣。

密途亘万里，宁岁犹七奔。
肌力尽鞍甲，心思历凉温。
将军既下世，部曲亦罕存。
时事一朝异，孤绩谁复论。
少壮辞家去，穷老还入门。
腰镰刈葵藿，倚杖牧鸡豚。
昔如鞲上鹰，今似槛中猿。
徒结千载恨，空负百年怨。
弃席思君幄，疲马恋君轩。
愿垂晋主惠，不愧田子魂。

虽年老仍怀报国之志，读之令人感动。

鲍照乐府诗中有不少篇章都流露出感伤的情调，如《代蒿里行》《代挽歌》《代门有车马客行》三篇皆是描写军旅生活的诗作，和鲍照其他一些军旅生活的作品如《代出自蓟北门行》《代陈思王白马篇》等比较起来，这几首作品明显缺乏昂扬激烈的奋进之气。诗中如“人生良自剧，天道与何人，赍我长恨意，归为狐兔尘”（《代蒿里行》）、“彭韩及廉蔺，畴昔已成灰，壮士皆死尽，余人安在哉”（《代挽歌》）、“前悲尚未弭，后感方复起。嘶声盈我口，谈言在君耳”（《代门有车马客行》）等句子，格调低沉，忧世伤怀的情绪一目了然。

值得称道的是，鲍照的七言诗冲破了当时文人们瞧不起七言诗，认为其“体小而俗”的传统，大胆地用丰富的内容充实了七言诗，以《拟行路难》为代表的七言乐府为七言诗的发展开拓了更加广阔的道路。此后，七言体被南北朝文人逐渐接受，并在诗歌创作中日益繁荣起来。他的七言乐府和五言乐府作品，对唐代李白、高适、岑参、杜甫等诗人，均有很大的影响。唐代大诗人杜甫曾以“俊逸鲍参军”(《春日忆李白》)来称赞李白。

(二)郎歌妙意曲，侬亦吐芳词——南朝乐府

南朝乐府民歌是指从东晋到南朝在长江中下游地区所产生的一些民间歌谣，包括《乐府诗集》中的“清商曲辞”和“舞曲歌辞”中的《白纻歌》、“杂曲歌辞”中的《长干曲》《西洲曲》等作品，主要集中于“清商曲辞”中。萧涤非先生

◎ 晋人饮菊花酒图

在《汉魏六朝乐府文学史》一书中说："以文学而论，则此期乐府亦占有诗史中最新鲜之一页焉，即所谓'清商曲辞'者是也。"

"清商曲辞"中的乐府民歌分为两个部分：一部分产生于长江下游地区，称为"吴声歌"；另一部分则产生于长江中游地区即今湖北的江陵、襄樊一带，称为"西曲歌"。这两部分乐府民歌虽然产生于不同的地域，有着不同的唱法，但从歌辞内容来看，都是以吟唱男女之情为主。

1. 直白的性欲描写

与汉乐府民歌中较多坚贞的女子形象、较少性冲动描写不同，南朝乐府民歌中赤裸裸地表达了男女之间的原始欲望。如《子夜歌》之七：

> 始欲识郎时，两心望如一。
> 理丝入残机，何悟不成匹。

这种互相表达爱慕之情，而又直率地说到"成匹"（成对）的问题，显然歌者较少受封建礼教拘束。他们的爱情往往很真挚，也很能打动人。

写男女幽会情景的作品在南朝民歌中大量出现，而且极具特色，如《读曲歌》之二十八：

怜欢敢唤名，念欢不呼字。
连唤欢复欢，两誓不相弃。

《读曲歌》之五十五：

打杀长鸣鸡，弹去乌臼鸟。
愿得连冥不复曙，一年都一晓。

这种热烈的感情，在汉乐府中很难见到，反映了南北朝时期礼教的束缚有所削弱的现实。

又如《子夜歌》之三：

宿昔不梳头，丝发被两肩。
婉伸郎膝上，何处不可怜。

《读曲歌》之二十五：

芳萱初生时，知是无忧草。
双眉画未成，那能就郎抱。

这类诗歌描写情欲直白露骨，可以算得上“少儿不宜”了。难怪后来的一些评论者批评这种诗歌为“轻薄”“淫哇”。

又如《那呵滩》：

闻欢下扬州，相送江津湾。
愿得篙橹折，交郎到头还。

《碧玉歌》：

碧玉破瓜时，郎为情倾倒。
感郎不羞郎，回身就郎抱。

篆字“瓜”的写法很像两个叠在一起的“八”字，故古人常以“破瓜”来指女子二八年华即十六岁。相对来说，女子在社会中受束缚较多，而她们在南朝的自由坦率，足以反映社会风气的开放性。

《子夜歌》和《子夜四时歌》是南朝民歌的集大成者，也是古代民间情诗的翘楚。《子夜四时歌》是《子夜歌》的变曲，以四时景物为衬托。《乐府解题》曰：“后人更为四时行乐之词，谓之《子夜四时歌》。又有《大子夜歌》《子夜警歌》《子夜变歌》，皆曲之变也。”吴歌中的《大子夜歌》（“大”是赞美之意）说：“歌谣数百种，《子夜》最可怜。慷慨吐清音，明转出天然。”再怎样浓烈，它们仍是民歌的底蕴。

2. 离别的缠绵相思

南朝乐府民歌中有许多写男女别后相思的诗，由于感情真挚，读来具有很强的艺术感染力。如《子夜歌》之九：

> 今夕已欢别，合会在何时。
> 明灯照空局，悠然未有期。

今晚与情人分别，不知什么时候才能再次会合。明亮的灯光照着空荡荡的屋子，时光过得很慢，不知何时是你的归期。这种以灯光写人去室空的手法，被后来的文人所仿效。梁代何逊的名篇《临行与故游夜别》中的“夜雨滴空阶，晓灯暗离室”句，显然是从这首乐府民歌中化出。

《秋歌》表达了生离之苦、相思之情：

> 自从别欢来，何日不相思。
> 常恐秋叶零，无复莲条时。

南朝乐府中的有些爱情诗还反映了当时的社会生活场景，如《三洲歌》之一：

送欢板桥湾，相待三山头。
遥见千幅帆，知是逐风流。

《读曲歌》之八十二：

登店卖三葛，郎来买丈余。
合匹与郎去，谁解断粗疏。

◎ 南朝梁大通二年佛坐像

这些反映商人和船户生活的诗，说明南朝民歌的兴起与当时长江沿岸商业的繁荣有关。据《南史·循吏传》记载，宋文帝时，“凡百户之乡，有市之邑，歌谣舞蹈，触处成群”，齐武帝时也是“都邑之盛，士女昌逸，歌声舞节，炫服华妆，桃花渌水之间，秋月春风之下，无往非适”。不论“吴声歌”还是“西曲歌”，都是在这种背景下产生的。市井乡间的人们在劳动间隙、酒宴欢会之中，或男女青年约会之时，都会引吭高歌，助兴娱乐，互诉衷肠。

南朝民歌也有其细腻、含蓄的一面。例如《子夜四时歌》中写男女之情大抵以写景为衬托，颇能做到情景交融，写出悠悠情思。这在汉乐府和北朝乐府那些情歌中很少能见到。

如《子夜四时歌·秋歌》之一：

风清觉时凉，明月天色高。
佳人理寒服，万结砧许劳。

《子夜四时歌·秋歌》之十七：

秋风入窗里，罗帐起飘扬。
仰头看明月，寄情千里光。

诗中女子，或制寒衣以寄远，或借月光以传情，皆因明月秋风引起。如此情景相生的手法，很好地表达了相思的感情。李白那首流传千载的“举头望明月，低头思故乡”，大概也是受了这首民歌的影响。

又如《子夜四时歌·冬歌》：

昔别春草绿，今还墀雪盈。
谁知相思苦，玄鬓白发生。

当初与你分别的时候春草正绿，今天你回来的时候阶前已落满了白雪。有谁了解这段时间我对你的相思之苦呢，只有鬓边的白发可以作证。表达男女相思，意味深长，颇有《诗经》中“昔我往矣，杨柳依依，今我来思，雨雪霏霏”的意境。

南朝民歌中还常用比喻来表达内心的情感。如《子夜歌》第十首“自从别郎来，何日不咨嗟。黄蘗郁成林，当奈苦心多”，以黄蘗的苦心喻人的苦心；《襄阳乐》第八首“女萝自微薄，寄托长松表。何惜负霜死，贵得相缠绕”用女萝缠绕松树象征爱情的缠绵。

南朝乐府在形式上，也有鲜明的不同于汉乐府民歌的特点。首先以五言四句的短章为主，也有一些四言、七言和杂言体。它的情味隽永、形式整齐的五言四句体小诗，对后世“绝句”体诗的兴起，有着直接影响。

其次，南朝乐府民歌中的爱情诗，有相当一部分是属于一问一答对唱形式的，所谓“郎歌妙意曲，侬亦吐芳音”（《子夜歌》），这类诗实际是组曲，需要合起来读。如《子夜歌》之四十二：

落日出前门，瞻瞩见子度。
冶容多姿鬓，芳香已盈路。

芳是香所为，冶容不敢当。

天不夺人愿，故使侬见郎。

前四句是男唱，后四句是女答。一个男子在路上等到了他爱慕的女子，称赞她容色艳丽，满路留香。男子说，你一来整条道路都变得芬芳了。女子又欢喜又沉稳地回答："芳是香所为，冶容不敢当。"上天有情，不让我的愿望落空，所以让我在路上遇见你。

这是多么漂亮且精当的回答。她不说自己不好，却也不过分的骄傲，只那样低低地回一句："天不夺人愿，故使侬见郎。"而所有的情真意切，都包含在这十个字里了。

从这些对答式的情歌里我们也可以看出，这些民歌的主要功能是用来满足男女之间的情感交流，这也是人类互相沟通的一种交际方式。朱自清先生在《诗言志辨》里对此曾有过精彩论述："以乐歌相语，该是初民的生活方式之一。那时结恩情、做恋爱用乐歌，这种情形现在还常常看见；那时有所讽

◎《离别图》

颂，有所祈求，总之有所表示，也多用乐歌。人们生活在乐歌中。”由此可知，“结恩情、做恋爱”既是南朝民歌产生的背景，也是其目的，这种男女之间的互相表白、互相试探，也决定了吴声西曲不可能长篇大论以及语言通俗等特点。

3. 言情绝唱《西洲曲》

在南朝民歌中，《西洲曲》极为优美动人，陈胤倩称它是“言情之绝唱”（《古诗选》）。古今不少评论家认为，《西洲曲》标志着南朝民歌在艺术发展上的最高成就。最早著录《西洲曲》的是宋人郭茂倩的《乐府诗集》，郭茂倩把它归入“杂曲歌辞”。由于史料的匮缺，《西洲曲》的作者、写作年代和产生地域，学界存在多种不同的说法，但这并不影响人们对这首情歌的喜爱和欣赏。

《西洲曲》在章法结构上的基本特点，沈德潜在《古诗源》中已有论及。沈德潜说：“似绝句数首，攒簇而成，乐府中又生一体。”就是说，《西洲曲》以四句为一个层次，每四句又如同一首绝句，构成一个相对完整的生活画面，全诗好像是几首连缀在一起的五言绝句。这是乐府中的一种新体裁。

诗的第一个段落：

忆梅下西洲，折梅寄江北；
单衫杏子红，双鬓鸦雏色。

叙写女主人公在春季里折梅赠远，意思是说梅花在西洲飘落，于是折梅花托人捎给在江北的相思之人。折梅女子身穿杏红色的单衫，两鬓像雏鸦羽毛那样乌黑发亮。

这四句表现了诗中女子在春天里的相思之情。接下来，诗人巧妙地用空间转换的办法，不露痕迹地把描写的笔墨从春天伸向了秋天。《西洲曲》的第二个段落描写女子初秋采莲怀人：

西洲在何处？双桨桥头渡。
日暮伯劳飞，风吹乌桕树。
树下即门前，门中露翠钿。
开门郎不至，出门采红莲。
置莲怀袖中，莲心彻底红。
忆郎郎不至，仰首望飞鸿。

写女子思念郎君，但郎君至今未归，于是在莲舟中抬头盼望鸿雁飞来。接下来第三个段落写女子深秋登楼远望：

鸿飞满西洲，望郎上青楼；
楼高望不见，尽日栏杆头。
栏杆十二曲，垂手明如玉。

卷帘天自高，海水摇空绿。

海水梦悠悠，君愁我亦愁。

南风知我意，吹梦到西洲。

深秋时节，鸿雁南飞，落满了西洲，但郎君仍未归来。这是描写女子尽日凭栏盼望的情形。回廊上的栏杆曲曲折折，垂落在栏杆上的双手光洁如玉。暮色来临，她卷起楼廊上的竹帘，云天空自高爽，江水空自荡漾绿波，江天美景她无心观

◎（清）任熊《团扇桃根可怜曲》

赏。南风如果知道我的心意，就请把相会的美梦吹到西洲来吧！结句“南风知我意，吹梦到西洲”饱含对郎君的相思渴盼之情。唐代诗人李白的名句“春风复无情，吹我梦魂散”“我寄愁心与明月，随风直到夜郎西”，很有可能是从这两句化出的。

《西洲曲》通过春天里的折梅赠远、秋天里的采莲怀人和登楼远望这些充满诗情画意的情节，塑造了一位美丽多情的女子形象。

同汉魏乐府相比，南朝乐府民歌体裁简短，风格香艳，内容单一，所谓“千变万转，不出相思”，再加上此时期萧纲、萧绎、陈叔宝等人的躬身创作以及君臣唱和，一时之间，“哀淫靡漫之辞，迭作并起，流而忘返”。

南朝乐府民歌特点的形成，原因是多方面的。俗话说，一方水土养一方人，江南地区气候温暖、山川秀美，江南人情感丰富、细腻，追求婉丽柔媚的美感，其柔靡、惟情之风多少与地理环境有关。此外，南朝在孙吴、东晋的基础上，继续开发江南地区，使得江南经济条件大为改善。文化开放和乐舞发达，使得人们敢于释放自己的情感，醉心于自我心声的感受，尤其是女性对情爱的大胆表露和追求，更加表现出南朝人性的释放和性情至上的风气。

南朝民歌在汉乐府民歌的基础上兴起、发展，对后世的影响十分深远。从鲍照到齐、梁的文人诗，再到后来宫体诗的兴起，南朝民歌的影响力清晰可见。唐至清代，历代文人对南朝民歌的模仿学习，始终没有断绝过。

（三）慷慨歌谣绝不传，穹庐一曲本天然——北朝乐府

与南朝乐府民歌的婉转含蓄相比，北朝乐府民歌有其独特之处，在风格上表现得十分粗犷豪爽。形式上，北歌也以五言四句为多，并产生了像《木兰辞》那样的叙事长篇。

北朝乐府民歌多数产生于五胡十六国至北魏时期，作者包括鲜卑、匈奴、羌、氐、汉等各族民众，其内容与风格也与南朝民歌截然不同。北朝乐府民歌今存诗约七十首。大多数收在郭茂倩《乐府诗集》中的“梁鼓角横吹曲”中。

北朝乐府民歌一部分原是少数民族语言的作品，后被译为汉文，另一部分是北地少数民族歌手用汉语创作的，也有一部分是居住在北地的汉人的诗篇。现存的北朝乐府民歌数量上虽没有南朝乐府民歌多，但题材却比较广泛，反映了丰富的社会现实，特别是有关战争的题材在其中占重要地位。

1. 表现北朝人豪爽尚武的性格

北朝弥漫的是浓郁的游牧文化风气。游牧民族英勇善战，崇侠尚武，性情豪爽。这在北朝乐府中多有表现。如《企喻

歌》其一：

男儿欲作健，结伴不须多。
鹞子经天飞，群雀两向波。

诗中的健儿把自己比作猛禽鹞子，把对方比作小雀，十分形象地表现了他们那种以刚猛为强的本色。胡应麟评此诗说："其词刚猛激烈，如云'男儿欲作健，结伴不须多'等语，真《秦风·小戎》之遗。其后雄踞中华，几一宇内，即数歌词可证。"

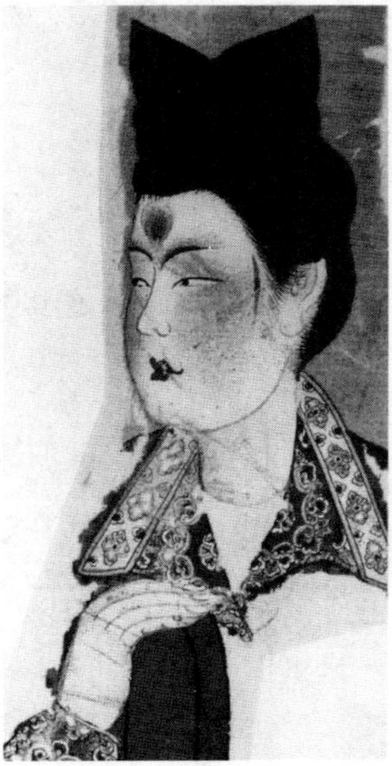
◎《胡服美人图》

《折杨柳歌》其二：

健儿须快马，快马须健儿。
跸跋黄尘下，然后别雄雌。

快马为伴，造就了北方少数民族孔武强悍的精神。健儿快人快语，有声有色；打起仗来气势凌厉，所向披靡。

他们也爱美丽的姑娘，然而却更爱"大刀"和"快马"。如《琅琊王歌》：

新买五尺刀，悬著中梁柱。

一日三摩娑，剧于十五女。

表达了对新刀的喜爱之情，萧涤非先生认为此诗“不独情豪，抑亦语妙”。《琅琊王歌》其二称赞一个名叫广平公的男子：

快马高缠鬃，遥知身是龙。

谁能骑此马，唯有广平公！

通过对马的赞叹来表达对骁勇善战的广平公的敬佩。

北朝文人生活在游牧文化与农业文化交汇的环境中，形成了既不同于汉魏、又有别于南朝文人的心态。他们对战争不再是恐惧，而是把它视为建功立业的机会，积极投身其间。

羁旅别离生活是北朝乐府民歌中反映的重要内容之一。《折杨柳枝歌》：“上马不捉鞭，反折杨柳枝。下马吹长笛，愁杀行客儿。”上马、下马写的是羁旅之客与人离别的场面。古代柳者，“留”之意，在古人习俗中杨柳被视作惜别的象征，亦有折杨柳赠别的习惯。行者上马之后吹起了笛子，苍劲幽远的笛声撼人心魄，这与南方送别之风迥然有别。北人性格开朗粗犷，感情不如南方人多愁善感与细腻，人与人之间的别多会少被认为是正常现象，因此送别之时多呈现出乐观向上的风貌。《颜氏家训·风操第六》云："别易会难，古人所重，江南饯送，下泣言离，北间风俗，不屑此事，歧路言离，欢笑分首。"萧涤非先生在《汉魏六朝乐府文学史》中评《折杨柳枝歌》说："上马下马，正写行客。一任愁杀，终不掉泪。"南北文化的差异于此可见一斑。

北朝的边塞诗中某些作品虽然对亲情也作了表现，如《木兰辞》一诗，但是，诗中见不到南朝边塞诗常见的英雄忆美人的范式，而是专写英雄气，罕表儿女情。和南朝同类作品相比，北朝边塞诗显得更加刚健笃实，粗犷豪迈。

北朝边塞诗具有粗犷豪迈的风格，诗的主人公也质朴单纯，他们奔赴边塞时热情激荡，没有太多的考虑，也不存在名利方面的期待。如著名的《木兰辞》，木兰因父老弟幼，于是女扮男装，代父从军。经历长期艰苦的战斗生活之后，立功不期赏，而是返回家园继续过平民生活，木兰淡于荣利，也不存在青史留名之类的想法。

2. 表现战争的残酷和给人们带来的不幸

战争频发是北朝社会一个突出的现象，尤其在初期"五胡十六国"的一百多年中，战争尤为频繁。大量普通民众在战争中骨肉分散，有的甚至失去生命。如《隔谷歌》：

兄在城中弟在外，弓无弦，箭无括。

食粮乏尽若为活？救我来！救我来！

兄弟不能相守，手足不能相助，这种惨象和沉痛的“救我来！救我来”的呼声，读之令人悲痛心寒。

《企喻歌》：

◎ 北周的宴乐图

男儿可怜虫，出门怀死忧。
尸丧狭谷口，白骨无人收。

男儿们出门走上战场就意味着将要丢掉性命，而且死后连尸体都没人来收埋。

有些民歌还反映了人民饥寒交迫的悲惨生活，触及当时社会贫富对立的问题。如《雀劳利歌》：

雨雪霏霏雀劳利，长嘴饱满短嘴饥。

这里的“长嘴”和“短嘴”是对富人和穷人的象征性概括。又如《幽州马客吟》：

快马常苦瘦，剿儿常苦贫。
黄禾起羸马，有钱始作人！

以苦瘦的快马比喻穷人，写出了有钱人和穷人之间的巨大差距，反映了当时社会的不公平现实。

3. 反映爱情及婚姻风俗

由于北方诸民族的性格和习俗的差异，同时又很少受到礼教的约束，因而北朝的情歌特色鲜明：心直口快，毫不扭捏。

南朝民歌说“感郎千金意，惭无倾城色”，北歌却说“女儿自言好，故入郎君怀”。在南歌中我们常常碰到成串的眼泪，但在北歌中却找不到一个泪字。有时情人失约不来，她们也只是说上一句：“欲来不来早语我！”

对男女相悦的看法，北朝情歌也表现得更为大胆、干脆。如《捉搦歌》：

谁家女子能行步，反著挟禅后裙露。
天生男女共一处，愿得两个成翁妪。

《折杨柳枝歌》：

门前一株枣，岁岁不知老。
阿婆不嫁女，那得孙儿抱？

《地驱歌乐辞》：

驱羊入谷，侧侧力力。
念君无极，枕郎左臂，随郎转折。

魏晋南北朝时期由于社会秩序混乱，社会控制出现某种程度上的松动，加之北方婚俗尚存在原始部落遗留下来的一些习惯，表现为粗犷而豪放。这种婚姻现象亦见于北朝乐府民歌。如《地驱歌乐辞》中：“老女不嫁，蹋地唤天。”《捉搦歌》：“男儿千凶饱人手，老女不嫁只生口。”歌辞中的“老女不嫁”是南北朝时期社会政治战乱生活的产物。

北朝的女性也像男子一样，具有豪爽刚健的性格，如《李波小妹歌》：

李波小妹字雍容，
褰裙逐马如卷蓬，
左射右射必叠双。
妇女尚如此，男子安可逢。

李波小妹的好勇尚武，不仅表现在她的善于骑射，更表现在她不让须眉的气概。有李波小妹这样的女性，可知木兰从军故事的产生是有着一定生活基础的。

北朝民歌中还有的描写了北方民族的游牧生活和北国风光，如《杂歌谣辞》中的《敕勒歌》：

敕勒川，阴山下。
天似穹庐，笼盖四野。
天苍苍，野茫茫，风吹草低见牛羊。

◎ 魏晋十六国墓葬壁画 出行图（嘉峪关出土）

天穹一望无际，草原辽阔无边，一阵风吹来，成群的牛羊在远处隐约可见。草原的丰美和辽阔是静态的，草原上牛羊成群的蓬勃生机又是动态的。寥寥数语，便有动有静地勾画出了辽阔苍茫的草原景象，反映了北方民族的生活面貌。这是一首气象苍莽、生活气息浓郁的草原牧歌。

4. 光辉灿烂《木兰辞》

《木兰辞》（又称《木兰诗》）是北朝民歌中最光辉灿烂的作品，也是北朝唯一的长篇叙事诗，它与《孔雀东南飞》被并称为中国乐府民歌的“双璧”。胡应麟《诗薮》说：“五言之赡，极于《焦仲卿妻》，杂言之赡，极于《木兰》。”

全诗如下：

唧唧复唧唧，木兰当户织。
不闻机杼声，唯闻女叹息。
问女何所思，问女何所忆。
女亦无所思，女亦无所忆。
昨夜见军帖，可汗大点兵，
军书十二卷，卷卷有爷名。
阿爷无大儿，木兰无长兄，
愿为市鞍马，从此替爷征。
东市买骏马，西市买鞍鞯，

◎ 木版年画《木兰从军》

南市买辔头，北市买长鞭。
旦辞爷娘去，暮宿黄河边。
不闻爷娘唤女声，但闻黄河流水鸣溅溅。
旦辞黄河去，暮至黑山头。
不闻爷娘唤女声，但闻燕山胡骑鸣啾啾。
万里赴戎机，关山度若飞。
朔气传金柝，寒光照铁衣。
将军百战死，壮士十年归。
归来见天子，天子坐明堂。
策勋十二转，赏赐百千强。
可汗问所欲，木兰不用尚书郎。
愿驰千里足，送儿还故乡。
爷娘闻女来，出郭相扶将。
阿姊闻妹来，当户理红妆。
小弟闻姊来，磨刀霍霍向猪羊。
开我东阁门，坐我西阁床。
脱我战时袍，著我旧时裳。
当窗理云鬓，对镜帖花黄。
出门看火伴，火伴皆惊忙。
同行十二年，不知木兰是女郎。
雄兔脚扑朔，雌兔眼迷离。
双兔傍地走，安能辨我是雄雌？

这首诗满怀激情地塑造了花木兰这一不朽的女性人物形象，既富有传奇色彩，又生动感人。木兰既是奇女子又是普通人，既是巾帼英雄又是平民之女，既是战场上的勇士又是娇美的女儿。她创下赫赫战绩却不居功自傲，不慕高官厚禄而喜欢平民生活，木兰是历代包括今天无数女子心目中的偶像。

在刻画木兰这一人物代父从军的过程中，作者运用了有详有略的表现手法，如木兰当户织时的心事重重，木兰准备行装时的活动，木兰奔赴战场时的心态，木兰回家后家人的欢乐，木兰重着“女儿装”时的欣喜等内容，都写得不厌其烦，细致入微。

例如，木兰采买鞍马一事，就通过东西南北的排比铺写，渲染了战前准备的紧张和忙碌，读者似乎可以看到木兰的奔波和繁忙，也可以想见一身戎装的木兰是何等的英姿飒爽！

而对战斗过程的描写则力求其简：“万里赴戎机，关山度若飞。朔气传金柝，寒光照铁衣。将军百战死，壮士十年归。”概述战争旷日持久，战斗激烈悲壮。将士们十年征战，历经一次次残酷的战斗，有的战死，有的归来。而英勇善战的木兰，则是有幸生存、胜利归来的将士中的一个。十年生活，只用了几句话就交代完了。

之所以要如此安排详略，是为了突出木兰作为一个女儿亲赴战场的特点。战争中英勇善战的勇士不止一位，但女扮男装的勇士却只有木兰一人，所以诗中不惜笔墨着力表现的正是木兰的女儿身这一惊天“秘密”。如写木兰还乡与亲人团聚，先以父母姊弟各自符合身份、性别、年龄的举动，描写家中的欢乐气氛；再以木兰一连串的行动，写她对故居的亲切感受和对女儿妆的喜爱，一副天然的女儿情态，表现她归来后情不自禁的喜悦；最后作为故事的结局和全诗的高潮，是恢复女儿装束的木兰与伙伴相见的喜剧场面。这首诗所要突出的正是对木兰的孝敬父母、勇于担当重任的性格的颂扬，所以，对残酷的战争，一笔带过，而对能够反映“木兰是女郎”的内容则不惜笔墨。

木兰的故事十分浪漫动人，而木兰的产生又有着坚实的社会基础。北朝时战乱纷繁，人口锐减，尤其男丁伤亡多，女性成为主要劳动力，这使得她们刚强勇毅、自立自强的性格得以发展。

这首民歌对唐代诗人也有许多启发。例如杜甫《草堂》诗：“旧犬喜我归，低徊入衣裾；邻里喜我归，沽酒携葫芦；大官喜我来，遣骑问所须；城郭喜我来，宾客隘村墟。”一连用四个“喜”字造成排句，便是从《木兰辞》“爷娘闻女来”等句脱化而来。

伍

即事名篇，无复依傍

——隋唐五代乐府

汉魏乐府的慷慨之音未远，而盛唐的繁荣尚未到来，隋朝正处于一个承前启后的重要时期，所谓前花已谢、后秀未开是也。这一时期的乐府，虽曾被一些学者们批评未脱南朝的浮艳之风，但一些文人写的边塞诗，仍有许多值得称道之处。应该说，从南北朝时期一路走来的隋代乐府，虽未能摆脱南北朝诗歌创作的形式主义思潮，齐、梁的绮丽和梁、陈的宫体余韵犹在，但光辉灿烂的盛唐诗歌，就是在隋代开始萌生出新的发展趋势。

唐代文学是在南北朝及隋代文学的基础上发展起来的。南北相比，南朝文学长期居于统治地位，它在艺术形式上精美华艳，而内容却贫乏空虚；北朝文学内容比较充实，风格刚劲拙朴。魏徵对此曾作过比较，并指出若能“各舍所短，合其两长，则文质彬彬，尽善尽美矣”（《隋书·文学传序》）。正是在此基础上，唐代文人创造出“文质彬彬，尽善尽美”的唐代文学。

初盛唐时，六朝形式主义诗风被逐步清除。伟大的诗人杜甫生活在盛唐转衰的时期，目击君臣的荒淫误国，亲历安史之乱，饱经流离之苦，深知人民的不幸处境。他以乐府叙事诗体和朴素生动的语言，写出了《兵车行》《丽人行》、“三吏”“三别”等反映现实生活的不朽杰作，充分继承和发扬了汉乐府民歌的现实主义精神和高度艺术技巧。

中唐时期，社会渐趋安定，改革与创新的呼声越来越高。

◎《丽人行图轴》

文坛上出现了白居易、元稹等人倡导的“新乐府运动”，即以创作新题乐府诗为主旨的诗歌革新运动。白居易在《与元九书》中明确提出运动的理论主张：“文章合为时而著，歌诗合为事而作。”元稹也在《乐府古题序》中说：“即事名篇，无复依傍。”“或颇同古意，全创新调。”他们和张籍、王建、李绅等，同声相应，以乐府诗体写了不少反映现实的佳作。这些不沿袭古乐府旧题目，自创新题，反映了当时政治的腐败和人民的灾难的诗，被称为“新乐府”。

新乐府运动是“感于哀乐，缘事而发”的汉代乐府现实主义精神的继承和发展，对后世乐府及历代诗坛都产生了极大的影响。

乐府诗在唐代不仅得到复兴，而且成为唐代诗坛上与格律诗、古诗并重的三大体裁之一，使唐诗百花齐放、竞相斗艳，促进了唐诗的发展，也促进了文人乐府诗自身的繁荣。

（一）暗牖悬蛛网，空梁落燕泥——隋代乐府

萧涤非先生在他的《汉魏六朝乐府文学史》中，将隋代乐府分为两个时期，一是隋文帝时的拟古乐府，二是隋炀帝时的拟南朝乐府。拟古乐府大多借古题写己意，后者则是南朝艳曲的余波。

1. 拟古乐府

隋文帝杨坚不满当时浮艳的文风，即位之后，立即着手改文体，正音乐。他在开皇九年的诏书中说：“制礼作乐，今其时也。朕情存古乐，深思雅道，郑卫淫声，鱼龙杂戏，乐府之内，尽以除之！”表达了他反对南朝艳曲，恢复乐府古意的主张。

在隋文帝的倡导下，一批文人写作了不少以乐府古题抒发自己胸怀的作品，尤其是边塞诗内容极为丰富。隋代的边塞

诗主要集中在横吹曲辞、鼓吹曲辞、相和歌辞、杂曲歌辞中。

◎ 隋文帝杨坚

杨素（544—603）是隋代诗坛一位颇引人注目的诗人，其诗歌创作带有鲜明的刚健质直的风格特征。如他的五言乐府《出塞》，以古题写时事，意境开阔，慷慨激昂，有汉魏古风。《出塞》诗云：

汉虏未和亲，忧国不忧身。
握手河梁上，穷涯北海滨。
据鞍独怀古，慷慨感良臣。
历览多旧迹，风日惨愁人。
荒塞空千里，孤城绝四邻。
树寒偏易古，草衰恒不春。
交河明月夜，阴山苦雾辰。
雁飞南入汉，水流西咽秦。
风霜久行役，河朔备艰辛。
薄暮边声起，空飞胡骑尘。

作者从身为统帅、长年征战、备尝艰辛的体会出发，将怀古的悲慨和忧国的激情融合在朔方荒凉凄寒的景色中，表现了诗人“忧国不忧身”的爱国情绪。写塞外的荒寒景色，使人有亲临其境之感，真实而形象地写出了边塞征戍的生活，可以看作盛唐边塞诗的先驱。同时的著名诗人虞世基、薛道衡等都有和诗。如薛道衡的和诗《出塞》中“绝漠三秋暮，穷阴万里生。寒夜哀笳曲，霜天断雁声”，写出了边塞的悲壮气氛。

◎ 薛道衡

薛道衡（539—603，字玄卿）也是这一时期成就突出的诗人，他的主要成就是在融合南北诗风的基础上创造自己的风格，寻找新巧的构思方式和新颖的艺术形象。尤其他的乐府诗，对于当时沿袭旧题旧意的模式有较大的突破。如其《豫章行》：

江南地远接闽瓯，山东英妙屡经游。
前瞻叠障千重阻，却带惊湍万里流。
枫叶朝飞向京洛，文鱼夜过历吴洲。

君行远渡茱萸岭，妾住长依明月楼。
楼中愁思不开嚬，始复临窗望早春。
鸳鸯水上萍初合，鸣鹤园中花并新。
空忆常时角枕处，无复前日画眉人。
照骨金环谁用许，见胆明镜自生尘。
荡子从来好留滞，况复关山远迢递。
当学织女嫁牵牛，莫作姮娥叛夫婿。
偏讶思君无限极，欲罢欲忘还复忆。
愿作王母三青鸟，飞去飞来传消息。
丰城双剑昔曾离，经年累月复相随。
不畏将军成久别，只恐封侯心更移。

这首诗在情调和构思上均有新奇之处。梁陈时期，闺怨诗渐与边塞诗融合，以边塞的苦寒和京洛的阳春对照以烘托思妇的怨怅，追求悲凉绮靡的情调，遂成为这类诗的共同特点。隋代统一天下，收复东南，为文人们开辟了新的生活视野。《豫章行》中的女主人公思念的不是出征漠北朔方的侠少，而是远下江南闽越的征人，正是这种新的时代内容在闺怨诗中的反映。这首诗前六句设想山东与江南之间千重山峦，万里惊湍，只有枫叶和文鱼不受关河之阻，轻盈地自由来往，以此寄托无法传递的两地相思。选择形象新巧美丽，想象也很天真奇特。以下随着思妇视线的移动，逐一写出征人留下的种种痕迹：以室外的春意反衬室内的冷落，强调思妇对荡子欲罢不能的思念，以及终生相随的誓愿，却是为了在结尾将思妇的一腔痴情化为满腹犹疑，突出“不畏将军成久别，只恐封侯心更移”这一立意，从封建社会妇女所处的可悲地位表现了思妇深长的离怨。

薛道衡乐府铺陈条畅，取自传统题材，古诗风格清雅工丽。他善于用新奇的形象和奇妙的构思使同样的内容和主题表现得更透彻新颖，更有概括力。

卢思道（530—582）也是隋初著名的诗人，他的乐府诗代表作是《从军行》：

朔方烽火照甘泉，长安飞将出祁连。
犀渠玉剑良家子，白马金羁侠少年。
平明偃月屯右地，薄暮鱼丽逐左贤。
谷中石虎经衔箭，山上金人曾祭天。
天涯一去无穷已，蓟门迢递三千里。
朝见马岭黄沙合，夕望龙城阵云起。
庭中奇树已堪攀，塞外征人殊未还。
白雪初下天山外，浮云直上五原间。
关山万里不可越，谁能坐对芳菲月？
流水本自断人肠，坚冰旧来伤马骨。
边庭节物与华异，冬霰秋霜春不歇。

长风萧萧渡水来，归雁连连映天没。
从军行，军行万里出龙庭。
单于渭桥今已拜，将军何处觅功名？

该诗为七言歌行体。诗中把塞外肃杀的气氛和征人怀乡、思妇闺怨的情思和谐地融合在一起，意境优美，语言清丽流畅，对偶工整和谐。胡应麟《诗薮》云：“六朝歌行可入初唐者，卢思道《从军行》，薛道衡《豫章行》，音响歌调，咸自停匀，气体丰神，尤为焕发。”对这两首诗评价甚高，认为可与初唐的歌行体相媲美。

◎ 隋炀帝杨广

2. 艳情闺怨诗

尽管隋文帝力倡古风，但齐梁宫体文学的影响根深蒂固。文帝逝后，隋炀帝杨广即位，他虽然在早年初学艺文时曾经“有非轻侧之论”，既对那些浮艳文风有所批评，也写过一些清新刚健的边塞诗，但“暨乎即位，一变其风”，有意识地提倡那种浮靡享乐的宫体诗风，他的这一转变过程恰好代表了隋代文学变化的轨迹。其代表作如《江都宫乐歌》：

扬州旧处可淹留，台榭高明复好游。
风亭芳树迎早夏，长皋麦陇送余秋。
渌潭桂楫浮青雀，果下金鞍跃紫骝。
绿觞素蚁流霞饮，长袖清歌乐戏州。

虽然写得较为含蓄，但总跳不出宫体的窠臼。

《隋书·音乐志》云：“炀帝矜奢，颇玩淫曲。御史大夫裴蕴，揣知帝情，奏括周齐梁陈乐工子弟及人间善声调者，凡三百余人，并付太乐，倡优犹杂，咸来萃止。”不但音乐如此，文学亦然，因而齐梁陈的色情文学在此时又泛滥起来。隋代流传下来的艳情闺怨诗约有20首，以卢思道、薛道衡、杨广写作最多。

杨广曾作《四时白纻歌》二首，其《东宫春》如下：

洛阳城边朝日晖，天渊池前春燕归。
含露桃花开未飞，临风杨柳自依依。
小苑花红洛水绿，清歌婉转繁弦促。
长袖逶迤动珠玉，千年万岁阳春曲。

可谓满眼花红柳绿，处处莺歌燕舞。

值得一提的是，杨广的有些乐府诗写得颇为清新明快，《江都宫乐歌》中“风亭芳树迎早夏，长皋麦陇送余秋”一句，写出了秀美的江南景色，把“绿觞素蚁流霞饮，长袖清歌乐戏州”的宫体格调冲淡了。《四时白纻歌》中的《江都夏》也有类似情形，虽写飞楼绮观、花簟罗帏的宫廷生活，但“梅黄细雨麦秋轻，枫叶萧萧江水平”的清新气息还是冲淡了宫体格调，给人以愉悦之感。他的《春江花月夜》：“暮江平不动，春花满正开。流波将月去，潮水带星来。”更是极为清新可喜。

《昔昔盐》是薛道衡最著名的作品：

垂柳覆金堤，蘼芜叶复齐。
水溢芙蓉沼，花飞桃李蹊。
采桑秦氏女，织锦窦家妻。
关山别荡子，风月守空闺。
恒敛千金笑，长垂双玉啼。
盘龙随镜隐，彩凤逐帷低。
飞魂同夜鹊，倦寝忆晨鸡。
暗牖悬蛛网，空梁落燕泥。
前年过代北，今岁往辽西。

一去无消息，那能惜马蹄?

《昔昔盐》是乐府题名，昔昔是夜夜的意思，盐是曲别名。这是薛道衡写闺怨的名篇，主题是思妇想念远征中的丈夫。此诗虽然情思轻靡，但画面绮丽，构思精巧。开头四句写垂柳、蘼芜、芙蓉和飞花四种各自独立的景象，但景中有情，其情思暗藏并流转在一组画面之中。

“暗牖悬蛛网，空梁落燕泥”是当时传诵的名句。据说隋炀帝后来杀害薛道衡，罪状是薛道衡上《文皇帝颂》(隋文帝颂)，借古讽今；但还有一个原因，就是炀帝嫉妒薛道衡的才华，杀之前问道：“还能作空梁落燕泥否?”郑宾于在《中国文学流变史》中认为薛道衡“既能于诗句中表现出那极其幽深的境界，而用字造语又很巧饰，如此奇才，安能不为炀帝所忌?”窗暗，梁空，蛛网悬挂，燕泥落下，在工整的对偶和确切、形象的语言运用中，把门庭冷落的情况以及思妇极端凄凉悲苦的心情准确地表达了出来。结尾“前年过代北，今岁往辽西”，以民歌式的流畅语调串成时间和地点的工整对仗，表现连年征战无休无止，一反全篇以艳词丽语铺写怨情的主旨，转而以“那能惜马蹄”为行人的“一去无消息”开脱，怨而不怒，有《古诗十九首》之情致。

3. 民歌乐府

民歌乐府在隋代也得到了继续发展，相传有丁六娘的《十索》，今存四首：

裙裁孔雀罗，红绿相参对。
映以蛟龙锦，分明奇可爱。
粗细君自知，从郎索衣带。

为性爱风光，偏憎良夜促。
曼眼腕中娇，相看无厌足。
欢情不耐眠，从郎索花烛。

君言花胜人，人今去花近。
寄语落花风，莫吹花落尽。
欲作胜花妆，从郎索红粉。

二八好容颜，非意得相关。
逢桑欲采折，寻枝倒懒攀。
欲呈纤纤手，从郎索指环。

写出了一个娇憨女子与情人幽会时的各种情态，颇似南

朝乐府民歌的直率和大胆。《乐府诗集》收录了无名氏的《十索》二首,《古诗纪》中认为也是丁六娘所作:

含娇不自转,送眼遥相望。
无那关情伴,共入同心帐。
欲防人眼多,从郎索锦障。

兰房下翠帷,莲帐舒鸳锦。
欢情宜早畅,密意须同寝。
欲共作缠绵,从郎索花枕。

◎ 狩猎出行图

这两首写性爱的露骨较前四首更甚。萧涤非先生在《汉魏六朝乐府文学史》中评其为“亦《子夜》《读曲》之流也”。

隋代民歌中也有反映当时社会现实的诗篇，无名氏的《挽舟者歌》值得称道：

我兄征辽东，饿死青山下。
今我挽龙舟，又阻隋堤道。
方今天下饥，路粮无些小。
前去三千程，此身安可保！
寒骨枕荒沙，幽魂泣烟草。
悲损门内妻，望断吾家老。
安得义男儿，焚此无主尸。
引其孤魂回，负其白骨归！

这首诗是下层劳动者在虐政下诉说痛苦之词，语言质朴，感情真挚。采用主人公自述的口气，在抒情中叙述人物命运，并以景物点缀以渲染悲愁气氛，与南北朝乐府民歌和汉乐府的表现方式均有不同，其表现艺术为杜甫、张籍、王建的某些新题乐府提供了借鉴。全诗纯用白描手法，是诗歌史上值得重视的作品。

（二）战士军前半死生，美人帐下犹歌舞——古题乐府

唐代诗人的乐府诗，大致可分为两类：一是古题乐府，其题目自古乐府鼓吹曲、横吹曲、相和歌、清商曲、杂曲歌等沿袭而来，但内容往往能有所变化创造，推陈出新；二是新题乐府，体式和古题乐府相近，但根据所反映的内容自制新题。李白擅长古题乐府，白居易专写新题乐府，杜甫、元稹、张籍、王建等人则古题、新题都写。这两类乐府诗，在形式、技巧上都受到古乐府的深刻影响，在当时为文人案头之作。

◎ 杜甫《咏怀古迹五首》之一诗意图

关于拟乐府和新题乐府的区别，明朝唐诗专家胡震亨的观点最为详细：“乐府内又有往题、新题之别。往题者，汉魏以下、陈隋以

上乐府古题，唐人所拟作也；新题者，古乐府所无，唐人新制为乐府题者也。”（《唐音癸签·体凡》）往题根据诗的题目即可判别，新题属于作者自制，又该如何判断其是否属于乐府呢？胡氏接着做了进一步说明：“其题或名歌，亦或名行，或兼名歌行；又曰引者，曰曲者，曰谣者，曰词者，曰篇者；有曰咏者，曰吟者，曰叹者，曰唱者，曰弄者；复有曰思者，曰怨者，曰悲若哀者，曰乐者。凡此多属之乐府，然非必尽谱之于乐。”据此，我们可以从诗的题目上来判断其是不是乐府诗。

1. 初唐的歌行体乐府

初盛唐乐府是六朝乐府向唐乐府转变的关键时期，初盛唐文人一方面继承前代乐府诗丰富的艺术养料，另一方面又力求新变，在复古与变化中获得生机。沿用乐府古题进行创作是初盛唐乐府诗的一大特色，所借用的古题和作品的数量都十分可观，取材宽广，内容丰富，体现出一定的时代气息。

歌行体诗是乐府诗的一种。汉乐府歌诗中有许多以“歌”“行”作题名。如《燕歌行》《短歌行》《长歌行》《艳歌行》《饮马长城窟行》等等。“歌”自然是由人歌唱的，而“行”本身就是乐曲之意。所谓“行者，曲也”。明代诗论家王世贞指出：“七言歌行，靡非乐府，然至唐始畅。”（《艺苑卮言》卷一）道出了歌行体诗勃兴于唐的现象。

初唐时期，歌行体乐府大放异彩，一些著名诗人写作了许多优秀的歌行乐府，《春江花月夜》《代悲白头翁》《长安古意》《帝京篇》《古剑篇》等，都体现出了气象雄阔、辞采瑰奇、意境高远的特色，尤以“初唐四杰”所写最为集中。

被誉为“初唐四杰”的王勃、杨炯、卢照邻、骆宾王，他们的共同特点是才华横溢，渴望建功立业，但又仕途不顺，地位低下，经历也都坎坷不平，有的坐过牢，有的从过军。正是这种坎坷的经历使他们接触到了较为广阔的社会生活，为他们的诗歌创作提供了多方面的题材。同时，他们对初唐诗坛沿袭齐梁诗风的习气深为不满。丰富的生活经历和改革诗风的愿望，使他们的诗歌开始摆脱齐梁浮艳缛丽的习气而显现出新的风貌。

卢照邻（637—689，字升之）的《长安古意》：

长安大道连狭斜，青牛白马七香车。
玉辇纵横过主第，金鞭络绎向侯家。
龙衔宝盖承朝日，凤吐流苏带晚霞。
百尺游丝争绕树，一群娇鸟共啼花。
游蜂戏蝶千门侧，碧树银台万种色。
复道交窗作合欢，双阙连甍垂凤翼。
梁家画阁天中起，汉帝金茎云外直。
楼前相望不相知，陌上相逢讵相识？

◎ 卢照邻

借问吹箫向紫烟，曾经学舞度芳年。
得成比目何辞死，愿作鸳鸯不羡仙。
比目鸳鸯真可羡，双去双来君不见。
生憎帐额绣孤鸾，好取门帘帖双燕。
双燕双飞绕画梁，罗帷翠被郁金香。
片片行云着蝉翼，纤纤初月上鸦黄。
鸦黄粉白车中出，含娇含态情非一。
妖童宝马铁连钱，娼妇盘龙金屈膝。

御史府中乌夜啼，廷尉门前雀欲栖。
隐隐朱城临玉道，遥遥翠幰没金堤。
挟弹飞鹰杜陵北，探丸借客渭桥西。
俱邀侠客芙蓉剑，共宿娼家桃李蹊。
娼家日暮紫罗裙，清歌一啭口氛氲。
北堂夜夜人如月，南陌朝朝骑似云。
南陌北堂连北里，五剧三条控三市。
弱柳青槐拂地垂，佳气红尘暗天起。
汉代金吾千骑来，翡翠屠苏鹦鹉杯。
罗襦宝带为君解，燕歌赵舞为君开。
别有豪华称将相，转日回天不相让。
意气由来排灌夫，专权判不容萧相。
专权意气本豪雄，青虬紫燕坐春风。
自言歌舞长千载，自谓骄奢凌五公。
节物风光不相待，桑田碧海须臾改。
昔时金阶白玉堂，即今惟见青松在。
寂寂寥寥扬子居，年年岁岁一床书。
独有南山桂花发，飞来飞去袭人裾。

这首长篇七言诗以铺陈的手法，描写长安车马、宫阙、豪宅的繁华富丽和权贵们竞逐豪奢的享乐生活，描绘出了一幅王孙公子、将相侠客等各种人物纵情声色的夜游图。诗里又指出这一切繁华癫狂的生活，最终都将归于幻灭虚无。最后四句，作者以汉代穷居著书的扬雄自况，写自己在长安寂寞清贫的生活，寄寓怀才不遇的感慨，并与前面所写的豪门贵族生活形成鲜明的对照。

骆宾王（640—684）擅长七言歌行，名作《帝京篇》内容和《长安古意》相近，且篇幅更长，“当时以为绝唱”。

◎ 骆宾王

《从军行》是杨炯（650—693）的代表作：

烽火照西京，心中自不平。
牙璋辞凤阙，铁骑绕龙城。
雪暗凋旗画，风多杂鼓声。
宁为百夫长，胜作一书生。

表达了当时许多士子向往边塞生活的壮志豪情。

如果说《长安古意》《帝京篇》等是以描绘帝京长安的雄壮繁华为主，同时又表现了感士不遇的慷慨之气，那么，另一类作品则着重表现了诗人的主观世界。这类作品如骆宾王的《畴昔篇》、卢照邻的《行路难》《失群雁》、郭震的《古剑篇》等。《失群雁》咏叹一个因受伤而失群的大雁的遭遇，托物言志，寓托诗人悲凉身世的感慨。《行路难》中吟咏道："巢倾枝折凤归去，条枯叶落任风吹。一朝零落无人问，万古摧残君讵知。"无疑是诗人自慨身世。

郭震的《古剑篇》借宝剑的废弃来抒发怀才不遇的忧伤，却又更多地洋溢着昂扬奋发的激情：

君不见昆吴冶铁飞炎烟，红光紫气俱赫然。
良工锻炼凡几年，铸得宝剑名龙泉。
龙泉颜色如霜雪，良工咨嗟叹奇绝。
琉璃玉匣吐莲花，错镂金环映明月。
正逢天下无风尘，幸得周防君子身。
精光黯黯青蛇色，文章片片绿龟鳞。
非直结交游侠子，亦曾亲近英雄人。
何言中路遭弃捐，零落飘沦古狱边。
虽复尘埋无所用，犹能夜夜气冲天。

宝剑要在战争时期才会派上大用场，和平时期它也只能为君子防身，这似乎暗含生不逢时之意。但诗人仍然赞扬宝剑在遭弃置的情况下气冲九天，并希望有朝一日能够建功立业、大展宏图。这首诗以宝剑暗喻英雄，语言之豪放，情调之昂扬，都已接近盛唐，曾受到“诗圣”杜甫的高度赞扬。

继“四杰”之后，陈子昂（661—702，字伯玉）腾空而起，声遏行云，唱出了时代的最强音，即那首几乎尽人皆知的《登幽州台歌》：

前不见古人，后不见来者。
念天地之悠悠，独怆然而涕下。

这首诗以无限的时间和无穷的空间为背景，高耸起一个伟大而孤傲的自我形象，在这之前和之后，都没有人与他同伍，他是独一无二的，给人以崇高的美感。这是对新的人格理想的呼唤和塑造，表现了陈子昂鲜明的创新精神，这也是唐代具有浪漫精神的理想人格的象征，读此诗令人想起唐代诗人李白。

初唐歌行中还有一些著名篇章，显示出诗人对于宇宙认知的新的高度，有深刻的哲理意味。如张若虚的《春江花月夜》：

春江潮水连海平，海上明月共潮生。

滟滟随波千万里，何处春江无月明。
江流宛转绕芳甸，月照花林皆似霰。
空里流霜不觉飞，汀上白沙看不见。
江天一色无纤尘，皎皎空中孤月轮。
江畔何人初见月？江月何年初照人？
人生代代无穷已，江月年年望相似。
不知江月待何人，但见长江送流水。
白云一片去悠悠，青枫浦上不胜愁。
谁家今夜扁舟子？何处相思明月楼？
可怜楼上月徘徊，应照离人妆镜台。
玉户帘中卷不去，捣衣砧上拂还来。
此时相望不相闻，愿逐月华流照君。
鸿雁长飞光不度，鱼龙潜跃水成文。
昨夜闲潭梦落花，可怜春半不还家。
江水流春去欲尽，江潭落月复西斜。
斜月沉沉藏海雾，碣石潇湘无限路。
不知乘月几人归，落月摇情满江树。

这首诗是初唐七言歌行中的翘楚：此诗从月出写到月落，把客观的实境和诗中人的梦境结合在一起，写得迷离惝恍，整首诗的感情也像一场梦幻，随着月下景物的推移逐渐展开。亦虚亦实，忽此忽彼，而其中自有深邃的人生哲理。此诗词句优美，被称为“孤篇盖全唐”的杰作，闻一多称之为：“这是诗中的诗，顶峰上的顶峰。”该诗曾被中国当代著名音乐家彭修文改编为民族管弦乐曲，并广为流传。

刘希夷的《代悲白头翁》充满了对人生的哲理认知。面对暮春落花，诗人慨叹道：

洛阳城东桃李花，飞来飞去落谁家。
洛阳女儿好颜色，坐见落花长叹息。
今年花落颜色改，明年花开复谁在！
已见松柏摧为薪，更闻桑田变成海。
古人无复洛城东，今人还对落花风。
年年岁岁花相似，岁岁年年人不同。

闻一多先生称此诗“泄露了天机”，又说：“所谓泄露天机者，便是悟到宇宙意识之谓。”（《唐诗杂论·宫体诗的自赎》）

2. 唐代的边塞乐府

唐开元、天宝年间，经济空前繁荣，国力极度强大，唐诗也在这一时期发展到了繁荣的顶峰。各个诗派的不同诗人们纷纷拿起了乐府这一达情言志的重要工具，利用这一较为自由的诗体来表现他们的英雄情怀和人格理想。这个时期的乐府诗，无论是内容的丰富、风格的多样，还是意境的深邃、气势的磅礴，不仅超过了初唐，也超过了前代。一个重要的标志是，伟大的诗人李白等均涉足这一领域，他们的乐府诗也都达到了一个前无古人后无来者的高度。

自隋代以来，边塞题材的乐府诗不断增多，“初唐四杰”也写了不少这一内容的作品。到了盛唐，一部分仕途失意的文人，把边塞立功当作求取功名的手段。他们有着边塞生活的经历，采用乐府古题来写大漠风光和心中感受，从而使这一时期的边塞诗达到了一个新的高度。

◎ 王维《观猎》诗意图

提起王维（701—761，字摩诘），人们多会把他和山水田园诗联系起来。其实，王维年轻时也写了许多昂扬奋进的游侠、边塞诗，表现了诗人的英雄气概和壮志情怀。如《少年行》：

新丰美酒斗十千，咸阳游侠多少年。
相逢意气为君饮，系马高楼垂柳边。

在繁华的京都咸阳，新丰美酒和咸阳少年一样，都是一种十分美好的存在。新丰美酒，似乎天生就为少年游侠增色而设；少年游侠，没有新丰美酒也显不出他们的侠义风流。对侠少们来说，道上相逢，攀谈数语，就可以彼此倾心，一见如故。路逢知己，彼此都感到要干上一杯。那么，我们暂且把马系在高楼下的杨柳边上吧。诗中洋溢着青春年少的浪漫气息和理想化色彩。

开元二十五年（737），河西节度使崔希逸战胜吐蕃，唐玄宗命王维以监察御史的身份出塞慰问，察访军情。赴边途中王维写下了这首《使至塞上》：

单车欲问边，属国过居延。
征蓬出汉塞，归雁入胡天。
大漠孤烟直，长河落日圆。

◎ 王维

萧关逢侯骑，都护在燕然。

诗人轻车前往，要去哪里呢？目的地在居延（今甘肃张掖县西北）之外，远在西北边塞。自己像随风而去的蓬草一样出临边塞，像振翮北飞的大雁一样进入胡地。辽阔无际的大漠上，一缕孤烟直直地升向天空，西边的天际，一条长河蜿蜒而过，圆圆的太阳正在缓缓落下。到了边塞，却没有遇到将官，接待的兵士告诉使臣：首将正在燕然前线。

“大漠孤烟直，长河落日圆”句历来为人们所称道，这十个字写出了边地独特的风光。“孤烟”指用狼粪作燃料的烟，“古之烟火，用狼烟，取其直而聚，虽风吹之不斜”。清人赵殿成说：“亲见其景者，始知‘直’字之佳。”《红楼梦》第四十八回里说：“‘大漠孤烟直，长河落日圆’。想来烟如何直？日自然是圆的。这‘直’字似无理，‘圆’字似太俗。合上书一想，倒像是见了这景的。要说再找两个字换这两个，竟再找不出两个字来。”这段话道出了这两句诗高超的艺术境界。由此也可知当时曹雪芹并不知道狼烟“直而聚”的特性。

王维还有一首著名的送别之作《渭城曲》：

> 渭城朝雨浥轻尘，客舍青青柳色新。
> 劝君更尽一杯酒，西出阳关无故人。

渭城即古城咸阳，阳关位于敦煌西南，因居于玉门关之南而得名。渭城的早晨，下起了绵绵细雨，雨水润湿了路面的轻尘，小草发出了绿芽。客店外草色青青，柳枝也焕然一新。老朋友啊请您和我再干一杯酒吧，此去西行一出阳关后，就很难见到熟人了。

这首诗的题目原为《送元二使安西》，后因谱入乐府，故用第一句的开头二字命名为《渭城曲》，收入《乐府诗集·近代曲辞》中。明代李东阳在《麓堂诗话》中称赞这首诗：“此辞一出，一时传诵不足，至为三叠歌之。后之咏别者，千言万语，殆不能出其意之外。”对之颇为推崇。这首诗的广为传诵可在后人的许多诗句中找到证据，如刘禹锡的“旧人唯有何勘在，更与殷勤唱渭城”（《与歌者何勘》）、白居易的“相逢且莫推辞醉，听唱阳关第四声”（《对酒》）等。可以说《渭城曲》是唐朝以来送别诗的绝唱。

盛唐诗人高适（702—765，字达夫），开元年间北上蓟门、漫游燕赵，有着边塞生活的体验。边疆胡地的山水风光与军旅生活给他带来难能可贵的劲健风骨。高适的代表作是开元二十六年（738）创作的《燕歌行》，此诗极负盛名，也是唐代边塞诗中首屈一指的杰作：

汉家烟尘在东北，汉将辞家破残贼。
男儿本自重横行，天子非常赐颜色。
摐金伐鼓下榆关，旌旆逶迤碣石间。
校尉羽书飞瀚海，单于猎火照狼山。
山川萧条极边土，胡骑凭陵杂风雨。
战士军前半死生，美人帐下犹歌舞！
大漠穷秋塞草腓，孤城落日斗兵稀。
身当恩遇常轻敌，力尽关山未解围。
铁衣远戍辛勤久，玉箸应啼别离后。
少妇城南欲断肠，征人蓟北空回首。
边庭飘飖那可度，绝域苍茫更何有！
杀气三时作阵云，寒声一夜传刁斗。
相看白刃血纷纷，死节从来岂顾勋。
君不见沙场征战苦，至今犹忆李将军！

诗的主旨是谴责将领骄傲轻敌，荒淫失职，造成战争失败，使广大兵士承受了极大的痛苦和牺牲。诗人写边塞战争，讽刺了不恤兵士的将军。第一段八句写出师，第二段写战斗危急而失利。“胡骑”迅急剽悍，像狂风暴雨，卷地而来。汉军奋力迎敌，杀得昏天黑地，不辨死生。然而，就在此时此刻，那些将军们却远离阵地寻欢作乐：“美人帐下犹歌舞！”这样严酷的事实对比，有力地揭露了军中将军和兵士的矛盾，暗示了必败的原因。第三段八句写被围，第四段四句写死斗的结局。士兵们与敌人短兵相接，浴血奋战，那种视死如归的精神，岂是为了取得个人的功勋！诗人的感情包含着悲悯和礼赞，而“岂顾勋”则是讥讽了冒进贪功的汉将。

最末二句“君不见沙场征战苦，至今犹忆李将军！”西汉时威震北方的飞将军李广，处处爱护士卒，使士卒“咸乐为之死”。这与那些骄横的将军形成了鲜明的对比。点出了全诗的主题。

他的《塞上听笛》意境优美：

雪净胡天牧马还，月明羌笛戍楼间。
借问梅花何处落，风吹一夜满关山。

边关解冻，雪融春归，战士们在傍晚时分赶着马群归来，远处的戍楼不时传来悠扬的笛声。这是一幅边塞和平宁静的美

◎ 高适《听张立本女吟》诗意图

好风光图画，充满了盛唐的开朗和壮阔。这时，戍楼中传来熟悉的《梅花落》曲调，风传笛曲，诗人感到风吹的仿佛不是笛声，而是片片落梅，那梅花随着笛声一夜之间就洒满了关山。这样的意境令人无限神往。读《塞上听笛》，使人如闻悠扬的羌笛，如见飘飞的落梅，如感浓重的乡愁。

著名诗人王昌龄（698—757，字少伯）尤擅七绝，被人赞为“诗家夫子”“超凡入圣”。他有乐府诗二十二首，主要内容是写边塞征战和宫女思妇，他的边塞诗多以乐府旧题写边塞景色和战士奋勇征战的报国之情，《出塞》被推为唐人七绝的压卷之作：

秦时明月汉时关，万里长征人未还。
但使龙城飞将在，不教胡马度阴山。

悲壮浑然，大气磅礴，充满劲健、阳刚之气。他的七首《从军行》更是荡人心魄，被推为边塞诗中的名作。有的写战士的爱国热情和胜利的心情：

青海长云暗雪山，孤城遥望玉门关。
黄沙百战穿金甲，不破楼兰终不还。
大漠风尘日色昏，红旗半卷出辕门。
前军夜战洮河北，已报生擒吐谷浑。

◎ 王昌龄《西宫秋怨》诗意图

还有的写将士的“边愁”：

烽火城西百尺楼，黄昏独上海风秋。
更吹羌笛关山月，无那金闺万里愁。
琵琶起舞换新声，总是关山旧别情。
撩乱边愁听不尽，高高秋月照长城。

后诗借长城月色的苍凉来衬托乐曲的离别忧愁之思，融情入景，情景交融，很有艺术感染力。

王昌龄一些描写女性的诗，也很有意味。他善于代女性言情，其中宫怨诗尤其被人称道。如《长信秋词》（其三）：

◎ 班昭

奉帚平明金殿开，且将团扇共徘徊。
玉颜不及寒鸦色，犹带昭阳日影来。

长信宫是汉代宫殿，汉成帝时宫女班婕妤在长信宫中苦闷寂寞，作了许多诗歌以自伤，最著名的是《怨歌行》。诗以团扇秋天被抛弃为喻，写宫女受冷落被弃置的情景。每天黎明，得不到皇帝宠爱的宫女拿着笤帚清扫庭院，然后就只有与团扇为伴，消磨岁月了。宫女姣好的容颜还不如空中飞过的寒鸦幸运，因为它们能从昭阳殿上飞过，它们的翅膀还有机会沐浴一点皇帝的光泽。诗中的昭阳日影，交织着宫女们的希望和失望，这是一种青春逝去、生命无着的幽怨和无奈，也是古代宫中无数女性不幸生活的写照。他的《闺怨》诗中的“忽见陌头杨柳色，悔教夫婿觅封侯”以眼前景引起往事，以矛盾的心情表达怨思，可谓体贴入微，意味深长。

李颀（690—751）也是这一时期著名的边塞诗人，他的代表作品是《古从军行》：

白日登山望烽火，黄昏饮马傍交河。
行人刁斗风沙暗，公主琵琶幽怨多。
野云万里无城廓，雨雪纷纷连大漠。
胡雁哀鸣夜夜飞，胡儿眼泪双双落。
闻道玉门犹被遮，应将性命逐轻车。
年年战骨埋荒外，空见蒲桃入汉家。

先写紧张的从军生活，白日山上看烽火，黄昏河边饮战马，夜里刁斗悲怆，琵琶幽怨，景象肃穆凄凉。刁斗是一种铜制的锅，白天用它烧饭，夜里做打更的柝用。接着渲染边陲凄冷酷寒的景象，四顾荒野，大雪荒漠，夜雁悲鸣。最后写如此恶劣的环境，本应班师回朝，然而皇上不准。可千军万马拼死作战的结果，却只换得葡萄种子归国。足见君王之草菅人命。全诗句句蓄意，步步紧逼，最后才画龙点睛，点明主题，显出它的讽刺笔力。

据《史记·大宛列传》记载，汉武帝太初元年，汉军攻大宛，攻战不利，请求罢兵。汉武帝闻之大怒，派人遮断玉门关，下令："军有敢入者辄斩之。"这里暗刺当朝皇帝一意孤行，穷兵黩武。"蒲桃"即葡萄。汉武帝时为了求天马（一种产于今阿拉伯的良马），便乱启战端。当时随天马入中国的还有蒲桃和苜蓿的种子。"空见蒲桃入汉家"用此典故，讥讽好大喜功的帝王，牺牲了无数人的性命，换到的只有区区的蒲桃而已。

李颀的《古意》是一首很耐琢磨的诗：

男儿事长征，少小幽燕客。
赌胜马蹄下，由来轻七尺。
杀人莫敢前，须如猬毛磔。
黄云陇底白雪飞，未得报恩不能归。
辽东小妇年十五，惯弹琵琶解歌舞。
今为羌笛出塞声，使我三军泪如雨！

前半部分写一个顶天立地的男子汉，他生长于自古多慷慨悲歌之士的幽燕之地。他在马蹄之下敢与伙伴们打赌，从来就不把七尺之躯看得太重；他的胡子又多又硬，在战场上奋勇杀敌，以致敌人不敢向前。辽阔的原野上白云飞渡，好男儿志在报国，因为还没有报答国恩，所以不能回故乡。

◎ 王之涣《登鹳雀楼》诗意图

后半部分辽东小妇突然出场，这个正值花样年华年仅十五岁的小女子既会弹琵琶又能歌善舞，她为将士们演奏了一首出塞曲，三军将士即刻泪飞如雨！

这两部分看似松散，其实内在含义紧紧相连。写男儿的英勇，也写男儿的柔情。这柔情既在“不能归”中有所流露，又在“泪如雨”中得到充分表现。后半部分只写三军“泪如雨”，而男儿的伤感也就不言自明。可谓高妙。

其他边塞诗人如王之涣的《凉州词》传诵甚广：

黄河远上白云间，一片孤城万仞山。

羌笛何须怨杨柳，春风不度玉门关。

此诗以孤城的荒凉和羌笛哀怨的《折杨柳》乐曲，表现出边塞连春风都吹不来的现状，表达了对将士们深深的同情。王翰的《凉州词》：“葡萄美酒夜光杯，欲饮琵琶马上催。醉卧沙场君莫笑，古来征战几人回？”写将士们正要举杯痛饮却被催上战场的复杂心情。镇守边关的将士们生死未卜，而这恰是送其“西出阳关”的亲人们不愿正视的残酷现实。

崔颢也有边塞乐府诗《雁门胡人歌》：

高山代郡东接燕，雁门胡人家近边。
解放胡鹰逐塞鸟，能将代马猎秋田。
山头野火寒多烧，雨里孤峰湿作烟。
闻道辽西无斗战，时时醉向酒家眠。

雁门的胡民，难得暂无战事，得以雄鹰逐鸟，战马代耕，醉卧酒家。“山头野火寒多烧，雨里孤峰湿作烟”写边地景色，新鲜别致。

李贺（790—816，字长吉）是中唐浪漫主义诗人的代表，有积极用世的政治怀抱，但却郁郁不得志，27岁就离开了人世。他在乐府诗中表达了自己怀才不遇的愤懑：“我当二十不得意，一心愁谢如枯兰。”（《开愁歌》）在《致酒行》中表达了远大抱负和冰冷现实之间的矛盾：

零落栖迟一杯酒，主人奉觞客长寿。

主父西游困不归，家人折断门前柳。

吾闻马周昔作新丰客，天荒地老无人识。

空将笺上两行书，直犯龙颜请恩泽。

我有迷魂招不得，雄鸡一声天下白。

少年心事当拏云，谁念幽寒坐呜呃。

他最著名的乐府边塞诗《雁门太守行》：

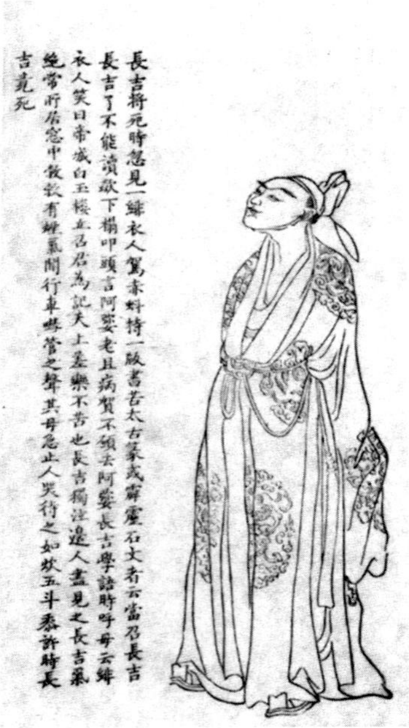

◎ 李贺

黑云压城城欲摧，甲光向日金鳞开。

角声满天秋色里，塞上胭脂凝夜紫。

半卷红旗临易水，霜重鼓寒声不起。

报君黄金台上意，提携玉龙为君死。

写队伍在寒夜里与敌人交锋的情景和他们英勇赴战、报效君王的决心。战场的气氛浓郁，给人身临其境之感。李贺的乐府诗境界奇崛冷僻，无论是语言还是内容，均在乐府中别成一格，被誉为“大历之后，解乐府遗法者，唯李贺一人”（毛先舒《诗辨坻》）。

晚唐诗人陈陶的《陇西行》流传甚广：

誓扫匈奴不顾身，五千貂锦丧胡尘。
可怜无定河边骨，犹是春闺梦里人。

《陇西行》是乐府《相和歌·瑟调曲》旧题，陇西即今甘肃、宁夏陇山以西的地方。这首《陇西行》反映了唐代长期的边塞战争给人民带来的痛苦和灾难。

◎《进酒图》

3. 李白的拟古乐府

唐朝是我国诗歌史上最为辉煌灿烂的时代，如果我们把唐诗比做中国诗歌的珠穆朗玛峰，那么李白就是屹立在峰顶的人。李白是盛唐文化孕育出来的天才诗人，他的非凡的自负和自信，狂傲的独立人格，体现了盛唐文人的时代性格和精神风貌。李白将自己豪放洒脱和自由创造的浪漫气质带进乐府，从而使古题乐府获得了新的生命，把乐府诗创作推向了一个难以企及的高度。唐代诗人贺知章称李白为“谪仙人”，杜甫赞美李白“笔落惊风雨，诗成泣鬼神”，很大程度上是因为李白乐府诗所取得的杰出成就和无穷魅力。

李白（701—762，字太白）的乐府诗有着不同于前朝乐府的显著特色。首先，他的乐府是最为奔放的自由诗，完全突破了旧题乐府的创作模式，形成了大开大合、行云流水的抒情方式。如名篇《将进酒》：

君不见黄河之水天上来，奔流到海不复回。
君不见高堂明镜悲白发，朝如青丝暮成雪。
人生得意须尽欢，莫使金樽空对月。
天生我材必有用，千金散尽还复来。
烹羊宰牛且为乐，会须一饮三百杯。
岑夫子，丹丘生，将进酒，杯莫停。
与君歌一曲，请君为我倾耳听。
钟鼓馔玉不足贵，但愿长醉不复醒。
古来圣贤皆寂寞，惟有饮者留其名。
陈王昔时宴平乐，斗酒十千恣欢谑。
主人何为言少钱，径须沽取对君酌。
五花马，千金裘，

呼儿将出换美酒，与尔同销万古愁。

此诗约作于天宝十一载（752），他当时与友人岑勋在嵩山另一好友元丹丘的颍阳山居做客。人生快事莫若置酒会友，作者又正值怀用世之才而得不到赏识，于是满腔激愤之意借酒兴诗情，来了一次淋漓尽致的抒发。

开头先写一路奔腾蔚为壮观的黄河之水，给人以山风扑面之感，第二句情绪陡然下落，由天上水落到眼前镜以及镜中的白发。悲叹人生短促，而不直言自伤老大，却说“高堂明镜悲白发”，以黄河的伟大永恒反衬生命的渺小脆弱。这个开端充满着悲感，却又是一种巨人式的感伤，具有惊心动魄的艺术力量。情感的急剧变化，给人以应接不暇之感。

“人生得意须尽欢”似乎沉浸于一种及时行乐中，然而接着的“天生我材必有用”，使情绪再次高昂，从貌似消极的现象中露出了深藏其内的怀才不遇而又渴望用世的积极内容来。正是“长风破浪会有时”，为什么不为这样的未来痛饮高歌呢！金钱又算得了什么——“千金散尽还复来！”这又是一个高度自信的惊人之句。接下来的“自古圣贤皆寂寞”再次透露了诗人欲建功立业之心思。全诗结束在“愁”字上，凝聚了诗人对年华流逝的惊惧，对人生坎坷的慨叹，对有志难酬的郁闷。然而，由于诗人豪迈、自信、狂放的个性，这种愁也显得大气磅礴，是一种“万古愁”，气势恢宏、情调悲壮，因而具有穿越时空流传千载直达心灵的力量。

李白善于化用古诗，而使古乐府之意更显，如《将进酒》一篇，古辞是一篇短小的劝酒歌，李白的拟作“黄河之水天上来”，仍然是一篇劝酒歌，但篇幅数倍于古辞，节奏表达的情绪也完全不同于古辞。胡震亨云：“太白于乐府最深，古题无一弗拟，或用其本意，或翻案另出新意，合而若离，离而实合，曲尽拟古之妙。”又说：“拟古乐府，至太白几无憾，以为乐府第一手矣。”（《唐音癸签》）

◎ 李白《夏景》诗意图

李白的乐府诗最引人注意的就是其中表现出的一己之才情，也就是说其中有“我”在，篇章结构的变化完全由作者的情感变化牵引着。诗中所呈现出的他人无法模拟的个性特色，构成了李白乐府鲜明独特的风格。如《行路难》：

金樽清酒斗十千，玉盘珍羞直万钱。
停杯投箸不能食，拔剑四顾心茫然。
欲渡黄河冰塞川，将登太行雪满山。
闲来垂钓碧溪上，忽复乘舟梦日边。
行路难，行路难！多歧路，今安在？
长风破浪会有时，直挂云帆济沧海。

《行路难》是乐府古题，主要是咏叹世路艰难，李白此作的主题与历来拟作无异，而且明显受了鲍照影响。鲍照《拟行路难》固然充满悲愤不平，但诗人的内心世界还是稳定的：“弃置罢官去，还家自休息”，“自古圣贤尽贫贱，何况我辈孤且直”，他是从自甘贫贱和孤高自许中得到了精神上的解脱。而李白的悲剧在于，他不但在现实中找不到出路，精神上亦无法解脱，内心世界总是翻滚着悲愤的岩浆，一旦喷射便势不可遏。“欲渡黄河冰塞川，将登太行雪满山”，既然世途艰险如此，那就弃世归隐吧！可是接着又说“闲来垂钓碧溪上，忽复乘舟梦日边”，垂钓于碧溪算是归隐，可是连做梦都梦见自己又回到皇帝身边，仍然是执着于济世。然而，现实中的道路又走不通，正如他在《行路难》其二中所说的："大道如青天，我独不得出！"既无法入世，又无法归隐，这才高声唱出了"行路难，行路难！多歧路，今安在？"仕与隐，封建时代知识分子的出路只有这么两条，可对于他来说，这两条路都不通。《行路难》三首反复咏叹的便都是这种无法排解的歧路彷徨之忧伤。

◎ 李白《峨眉山月歌》诗意图

李白是一位杰出的浪漫主义诗人，这一点已成共识。他的“少时不识月，呼作白玉盘”以及“飞流直下三千尺，疑是银河落九天”甚至连几岁的孩子都能随口道出。然而，李白的豪放与浪漫背后，还隐含着深沉的悲伤。如果不了解这一点，就谈不上真正地理解李白。如“白发三千丈，缘愁似个长”（《秋浦歌》其十五），他的愁就像一夜之间长出的三千丈的白发一样长。“白日不照吾精诚，杞国无事忧天倾。”（《梁甫吟》）“烈士击玉壶，壮心惜暮年。三杯拂剑舞秋月，忽然高咏涕泗涟。”（《玉壶吟》）“我寄愁心与明月，随风直到夜郎西”（《峨眉山月歌送蜀僧晏入京》）等等。他的豪情，是出于积极的人生态度；而他的悲怆，则是出于对现实的清醒认识。

李白直接反映社会生活的作品也有不少。有写征人思妇的，写征人和边塞生活的等。他的边塞诗《塞下曲》表达了盛唐时期昂扬向上的精神和诗人一心报国的情怀：

五月天山雪，无花只有寒。
笛中闻折柳，春色未曾看。
晓战随金鼓，宵眠抱玉鞍。
愿将腰下剑，直为斩楼兰。

五月的内地已经是繁花满眼了，可在边塞天山，只有雪后的寒冷，根本看不到花。羌笛虽然在吹奏着《折杨柳》的曲子，但在这里看不到春天的颜色。白天在鼓声中行军作战，晚上抱着马鞍子入睡。这是写士卒的生活场景，他们守边备战，时刻保持战斗状态，争先立功的心态也流露了出来。尽管天气寒冷，但大家仍然充满了战斗的豪情，愿意用腰中的宝剑去消灭敌人。最后一句借用傅介子慷慨复仇的故事，表现诗人甘愿赴身疆场、为国杀敌的雄心壮志。傅介子是西汉大臣，元凤四年（前77）奉命出使楼兰，于宴席中斩杀与汉朝交恶的楼兰王，受到了皇帝的奖赏，他因立功被封为义阳侯。

李白写征妇的诗如《子夜吴歌》：

长安一片月，万户捣衣声。
秋风吹不尽，总是玉关情。
何日平胡虏，良人罢远征。

《子夜吴歌》原为六朝乐府吴声歌曲。《唐书·乐志》：“《子夜吴歌》者，晋曲也。晋有女子名子夜，造此声，声过哀苦。”《乐府解题》：“后人更为四时行乐之词，谓之《子夜四时歌》。”李白的《子夜吴歌》也是分咏四季，这是第三首咏秋，并由原来的五言四句扩展为五言六句。

诗的首句将读者带入一片银白色的世界：整个长安城笼罩在清冷的月光之下，这时，千家万户传来了此起彼伏的捣衣声。天气凉了，该是给家人做寒衣的时候了。可是，良人还在玉关外，这寒衣也不知什么时候能够送到他的手中。秋风不停地吹，对良人的思念也随着秋风永无休止。什么时候能够平定胡虏啊，那时，良人就不用再去远征了。表达了思妇希望丈夫早日安定边疆，返回家园和亲人团聚的愿望。沈德潜在《唐诗别裁集》中说："诗贵寄意，有言在此而意在彼者。李白《子夜吴歌》，本闺情语而忽冀罢征。"李白诗的思想深度超过了乐府古题之意。在表现手法上，有景有情，情景交融。王夫之在《姜斋诗话》中说："景中情者，如'长安一片月'，自然是孤栖忆远之情。"又在《唐诗评选》中赞曰："前四语是天壤间生成好句，被太白拾得。"的确，诗中的明月、秋风、捣衣声、玉关情，构成了一幅立体的优美画面。

李白的诗很多由古乐府化来。如《水经注·江水》中有乐府："朝见黄牛，暮见黄牛，三朝三暮，黄牛如故。"李白作诗曰："三朝见黄牛，三暮行太迟。三朝又三暮，不觉鬓成丝。"南朝民歌云："春风复多情，吹我罗裳开。"李白反其意云："春风复无情，吹我梦魂散。"李白十分注意向汉魏六朝的民歌学习，从中获得丰富的养料，充实和发展自己的创作，如《采莲曲》就颇有民歌的味道：

若耶溪旁采莲女，笑隔荷花共人语。
日照新妆水底明，风飘香袂空中举。
岸上谁家游冶郎，三三五五映垂杨。

紫骝嘶入落花去，见此踟蹰空断肠。

这首诗是李白漫游会稽一带所作。诗人写笑意盈盈的吴越采莲女，写她们明媚照眼的新妆，写她们采莲时飘飘舞动的香袖，以此向读者传达她们动人之美。接着，又借鉴乐府《陌上桑》写罗敷的手法，用游冶郎的徘徊搔首来反衬她们的娇美，使采莲女的形象更加生动传神。

李白乐府虽然以拟古为主，但自制的新题也不少，名篇如《静夜思》《横江词》六首，郭茂倩《乐府诗集》即将其归入“新乐府”之属。无论拟古或新制，都表现出鲜明的个性并特别富于创新精神，这是李白乐府超出一般文人乐府的地方。

李白还有一类应诏类乐府，即应皇帝的需要而写的乐府。唐明皇是个既通晓音律又酷爱法曲的君王，曾设立太乐署和鼓吹署，又设梨园两处、教坊五所，人数多至几万。李白的《清平调》三章，是唐玄宗嫌原有歌词陈旧，命李白创新作以进，再命梨园配曲、李龟年演唱的新歌。

这天，玄宗和杨贵妃在宫中沉香亭畔观赏刚开的牡丹花，因命李白写新乐章，李白提笔立就。如第三首：

名花倾国两相欢，长得君王带笑看。
解释春风无限恨，沉香亭北倚阑干。

◎（清）康涛《华清出浴图》

诗人把牡丹花和杨贵妃放在一起写，花即人，人即花，“名花倾国”同蒙唐玄宗的恩泽，都得到了君王的喜欢，君王既带笑，当然无恨，恨都为之消释了。人倚栏杆看花，花傍栏杆悦人，何等的风雅妩媚呀。

严羽《沧浪诗话》曰："盛唐诸公，唯在兴趣，羚羊挂角，无迹可求。故其妙处，透彻玲珑，不可凑泊。如空中之音、相中之色，水中之影、镜中之象，言有尽而意无穷。"以此来评价李白的乐府诗，也是十分恰当的。

（三）文章合为时而著，歌诗合为事而作——新乐府运动

与此前的乐府诗比较，中唐乐府诗被赋予了更严肃、更深刻的社会政治内容，诗人们主动肩负起拯救民族、复兴国家的使命，乐府诗的创作更富有自觉性和功利性。

盛唐诗人运用乐府诗体，写了许多反映社会现实的诗，但他们不用乐府旧题，而是自己创造新的题目，例如杜甫的《兵车行》《丽人行》和"三吏""三别"等，这一类诗被称为"新题乐府"。新题乐府是相对古题乐府而言的。明胡震亨在《唐音癸签》卷一中有一句非常恰切的概括："新题者，古乐府所无，唐人新制为乐府题者。"

安史之乱后，一些关心王朝命运的文人力图寻求解决社会问题的良方，他们把文学当作宣传政治主张的手段，于是，以批判现实为宗旨的新乐府运动便逐渐兴起。中唐新乐府诗人力求乐府诗的形式服务于所表现的讽喻内容，其新乐府语言平易、通俗，彻底改变了诗歌语言过分雕琢的积习，使作品的

思想情感易于显露，有利于实现诗歌观风俗、知民病的社会效果。

1. 新乐府的先导

（1）元结、顾况、戴叔伦

中唐时期，元结、顾况、戴叔伦等人用诗歌反映现实，是白居易新乐府运动的先声。

元结（719—772，字次山）是一个关心民生疾苦的诗人。他在《系乐府序》里说，诗歌能够达到“上感于上，下化于下”，即对皇帝和广大人民负责的政治目的，他最早提出了这一观点，因而成为“新乐府运动”的先驱。他的《系乐府十二首》写于天宝十年，是唐代较早的新乐府诗。其《农臣怨》写农民在灾荒岁月的哭诉，但眼泪流尽之后还得回家种地，表达了作者的同情和无奈：

农臣何所怨，乃欲干人主。
不识天地心，徒然怨风雨。
将论草木患，欲说昆虫苦。
巡回宫阙傍，其意无由吐。
一朝哭都市，泪尽归田亩。
谣颂若采之，此言当可取。

《春陵行》是元结的代表作之一，曾博得杜甫的激赏。杜甫在《同元使君春陵行》诗中说："观乎《春陵》作，欻见俊哲情……道州忧黎庶，词气浩纵横。两章（指《春陵行》及《贼退示官吏》）对秋月，一字偕华星。"称赞元结的诗每个字都像明亮的星星那样光彩夺目。《春陵行》全诗如下：

军国多所需，切责在有司。
有司临郡县，刑法竞欲施。
供给岂不忧？征敛又可悲。
州小经乱亡，遗人实困疲。
大乡无十家，大族命单羸。
朝餐是草根，暮食仍木皮。
出言气欲绝，意速行步迟。
追呼尚不忍，况乃鞭扑之！
邮亭传急符，来往迹相追。
更无宽大恩，但有迫促期。
欲令鬻儿女，言发恐乱随。
悉使索其家，而又无生资。
听彼道路言，怨伤谁复知！
"去冬山贼来，杀夺几无遗。
所愿见王官，抚养以惠慈。
奈何重驱逐，不使存活为！"

安人天子命，符节我所持。
州县忽乱亡，得罪复是谁？
逋缓违诏令，蒙责固其宜。
前贤重守分，恶以祸福移。
亦云贵守官，不爱能适时。
顾惟孱弱者，正直当不亏。
何人采国风，吾欲献此辞。

唐代宗广德元年（763），元结任道州刺史。道州（旧称春陵）原有四万多户人家，但几经兵荒马乱，剩下的还不到原来的十分之一。人民疲困不堪，而官府横征暴敛却有增无减。元结作为地方官，本着对皇帝负责、对人民负责的态度，在诗中提出了自己的主张。诗中说，国家要粮食，就命令地方官向老百姓要，可官吏频繁施用重刑催逼，老百姓怎么受得了呢？他设想了各种催缴租税的办法：让他们卖儿卖女——不行，那样会逼得他们铤而走险；抄家以偿租赋——也不行，他们还靠什么生活呢？如果州县百姓搞动乱或者逃跑，罪责肯定是我的；可是如果违抗皇帝的命令，责任也不小。思来想去他决心笃行守分爱民的正直之道，甚至不顾抗诏获罪，毅然作出了违令缓租的决定。最后他献辞上书，“吾将守官，静以安人，待罪而已”（《春陵行序》）。元结真是一个好官，真正做到了“上感于上，下化于下”，难怪杜甫要如此推崇他。

他的《去乡悲》写老百姓背井离乡逃难路上的景象：

踌躇古塞关，悲歌为谁长。
日行见孤老，羸弱相提将。
闻其呼怨声，闻声问其方。
方言无患苦，岂弃父母乡。
非不见其心，仁惠诚所望。
念之何可说，独立为凄伤。

◎ 顾况

这类诗篇平实真切，读之令人感慨忧伤。

顾况（727—815，字逋翁）也写了一些乐府诗，他的《公子行》讽刺了王孙公子的豪奢生活：

轻薄儿，面如玉，紫陌春风缠马足。
双登悬金缕鹘飞，长衫刺雪生犀束。
绿槐夹道阴初成，珊瑚几节敌流星。
红肌拂拂酒光狞，当街背拉金吾行。

朝游鼕鼕鼓声发，暮游鼕鼕鼓声绝。
入门不肯自升堂，美人扶踏金阶月。

全诗通过公子一天内的所作所为，集中概括了这一阶层声色犬马的腐朽生活，从一个侧面揭露了中唐时期上层社会的腐败。

戴叔伦（732—789，字幼公）的《女耕田行》是新乐府的佳作，这首诗通过二女耕田的故事反映了战乱时代中农村民生困苦凋敝的现实。全诗如下：

乳燕入巢笋成竹，谁家二女种新谷。
无人无牛不及犁，持刀斫地翻作泥。
自言家贫母年老，长兄从军未娶嫂。
去年灾疫牛囤空，截绢买刀都市中。
头巾掩面畏人识，以刀代牛谁与同。
姊妹相携心正苦，不见路人惟见土。
疏通畦垄防乱苗，整顿沟塍待时雨。
日正南冈下饷归，可怜朝雉扰惊飞。
东邻西舍花发尽，共惜余芳泪满衣。

以乳燕有巢、幼笋成竹的眼前景起兴，反衬了弱女孤苦劳作、青春将逝而仍无归宿的境遇。这是安史之乱后农村壮丁减少、民生凋敝的真实写照。

（2）杜甫的新题乐府实践

郭茂倩在《乐府诗集·新乐府辞》里将杜甫的《悲陈陶》《悲青坂》《哀江头》《哀王孙》《兵车行》五首列入新题乐府，《丽人行》归入杂曲歌辞。

◎ 杜甫

杜甫（712—770，字子美）生活在唐王朝盛衰之变的历史转折期，他以一个政治家、史学家的眼光洞察社会，又以一个文学家、诗人的敏锐和艺术表现力反映社会，所以他的乐府新题具有强烈的现实性和时代感。杜甫本着汉乐府“缘事而发”的精神自创新题，是中唐“新乐府运动”的先导者。元稹在《乐府古题序》中明确指出：“沿袭古题，唱和重复，于文或有短长，于义咸为赘剩……近代唯诗人杜甫《悲陈陶》《哀江头》《兵车》《丽人》等，凡所歌行，率皆即事名篇，无复依傍。”

杜甫的诗作被人们称为“诗史”，即用诗写就的历史。凡当时发生的重大事件，杜甫在诗中都有记叙。在困守长安时期，他自创《丽人行》，被人评为“不讳宫掖，拟之乐府，亦

《羽林郎》之亚也”（杨伦《杜诗镜铨》卷二）。说明它既承古题又出新意。《兵车行》是杜甫从当时因开边而征兵的时事出发所创的新题，浦起龙云“是为乐府创体，实乃乐府正宗”，并称它不同于齐梁间“非有所感发规讽”之作（浦起龙《读杜心解》卷二）。“安史之乱”爆发后，他潜行于长安曲江边，感时伤事，作《哀江头》；陈陶兵败，诗人深痛“四万义军同日死”，创制了《悲陈陶》。“三吏”“三别”则是杜甫创制的大型新题乐府组诗，每个题目都从某一事件中提炼而成，“格本前人，而调出己创”。杜甫的新题乐府涉及广泛的社会生活和自己的人生感慨，也都具有“自立新题、自创己格、自叙时事”的鲜明特征。

作为一位伟大的现实主义诗人，杜甫的许多诗作反映了现实生活，并对一些不合理的现象毫不留情地讽刺。如当时的杨玉环，即杨贵妃深受皇帝宠爱，她的同族兄弟杨国忠也位及丞相，杨氏兄妹一时势倾天下，炙手可热。杜甫在《丽人行》中揭露了他们的骄奢淫逸：

三月三日天气新，长安水边多丽人。
态浓意远淑且真，肌理细腻骨肉匀。
绣罗衣裳照暮春，蹙金孔雀银麒麟。
头上何所有？翠微盍叶垂鬓唇。
背后何所见？珠压腰衱稳称身。

◎（宋）佚名《太真上马图》

就中云幕椒房亲，赐名大国虢与秦。
紫驼之峰出翠釜，水精之盘行素鳞。
犀箸餍饫久未下，鸾刀缕切空纷纶。
黄门飞鞚不动尘，御厨络绎送八珍。
箫鼓哀吟感鬼神，宾从杂遝实要津。
后来鞍马何逡巡？当轩下马入锦茵。
杨花雪落覆白苹，青鸟飞去衔红巾。
炙手可热势绝伦，慎莫近前丞相嗔。

杜甫将他在长安曲江目击到的杨氏兄妹在曲江游春的种种“表演”，从穿着、吃喝到丑闻，通过客观描写予以曝光，充分表现出杨氏兄妹炙手可热的权势和荒淫无度的生活，表现了诗人深广的政治忧虑。整首诗不空发议论，只是陈述事实，而讽意自见，是一首绝妙的讽刺诗，其中深藏着杜甫对国事的关切。正如浦起龙所说："无一刺讥语，描摹处语语刺讥；无一慨叹声，点逗处声声慨叹。"（《读杜心解》卷二）又说："此诗刺诸杨游宴曲江之事……本写秦、虢冶容，乃概言丽人以隐括之，此诗家含蓄得体处。"

又如《兵车行》：

车辚辚，马萧萧。行人弓箭各在腰。
爷娘妻子走相送，尘埃不见咸阳桥。
牵衣顿足拦道哭，哭声直上干云霄。
道旁过者问行人，行人但云点行频。
或从十五北防河，便至四十西营田。
去时里正与裹头，归来头白还戍边。
边庭流血成海水，武皇开边意未已。
君不闻汉家山东二百州，千村万落生荆杞。
纵有健妇把锄犁，禾生陇亩无东西。
况复秦兵耐苦战，被驱不异犬与鸡。
长者虽有问，役夫敢申恨？
且如今年冬，未休关西卒。
县官急索租，租税从何出？

信知生男恶，反是生女好。

生女犹得嫁比邻，生男埋没随百草。

君不见青海头，古来白骨无人收。

新鬼烦冤旧鬼哭，天阴雨湿声啾啾。

诗的开头从车声马嘶落笔，先描写了行人腰间的弓箭，再对“爷娘妻子走相送”“牵衣顿足拦道哭”的情景稍做勾勒，便通过典型的细节刻画出了包含巨大历史容量的场面，概括了汉唐统治者穷兵黩武所造成的百姓妻离子散的悲惨情景。接着，诗人又借鉴陈琳《饮马长城窟行》用对话展开故事，将数万民夫的命运集中体现在一个太原卒身上的手法，在成千上万士卒与亲属渭桥送别的这一场景中，构思出一个历经征战之苦的老战士，借他对生平的自述，展现了从关中到山东、从边庭到内地、从士卒到农夫，广大人民深受兵赋徭役之害的历史和现实。诗里运用了秦代民谣、汉代古诗的典故、北朝乐府民歌的对话方式和一些口语，使读者有身临现场的真切感。《唐宋诗醇》云：“此体创自老杜，讽刺时事而托为征夫问答之词。言之者无罪，闻之者足以为戒，《小雅》遗音也。篇首写得行色匆匆，笔势汹涌，如风潮骤至，不可逼视。以下出点行之频，出开边之非，然后正说时事，末以惨语结之。词意沉郁，音节悲壮，此天地商声，不可强为也。”充分体现了杜甫新题乐府的独创性。

公元756年冬，唐军跟安史叛军作战，唐军四五万人几乎全军覆没。来自西北十郡（今陕西一带）人家的子弟兵血染陈陶战场，景象惨烈。杜甫这时被困长安，《悲陈陶》即为这次战事而作：

孟冬十郡良家子，血作陈陶泽中水。
野旷天清无战声，四万义军同日死。
群胡归来血洗箭，仍唱胡歌饮都市。
都人回面向北啼，日夜更望官军至。

杜甫没有实录陈陶战役的过程，而是将“四万义军”的巨大数字与“同日死”的短促时间并在一句之中，强调无数生命毁于一旦的悲惨，着意描绘了战败后陈陶血流成泽、尸横遍野的场面。诗的后四句，从陈陶战场转写长安。叛军得志骄横，在长安招摇过市。长安人则北向而哭，向着陈陶战场，更加渴望官军收复长安。以叛军“血洗箭”和“都人悲啼”的情状加以对比，凸显战争的残酷。

《哀江头》则以抒情为体，从第三人称的视点写诗人自己潜游曲江的行踪，哀叹曲江之昔盛今衰，带出玄宗西逃、贵妃死于马嵬的史实：

少陵野老吞声哭，春日潜行曲江曲。

江头宫殿锁千门，细柳新蒲为谁绿。
忆昔霓旌下南苑，苑中万物生颜色。
昭阳殿里第一人，同辇随君侍君侧。
辇前才人带弓箭，白马嚼啮黄金勒。
翻身向天仰射云，一箭正坠双飞翼。
明眸皓齿今何在，血污游魂归不得。

◎ 杜甫《江畔独步寻花》

清渭东流剑阁深，去住彼此无消息。
人生有情泪沾臆，江水江花岂终极。
黄昏胡骑尘满城，欲往城南忘南北。

如果我们将此诗和《丽人行》一起读，则会发现，《丽人行》写杨贵妃的黄金时代，这首诗是写她的悲剧性下场。诗的开头写作者潜行曲江，忆昔日此地的繁华，而今却萧条零落，进而追忆贵妃生前游幸曲江的盛事。再转入叙述贵妃归天、玄宗往蜀、生离死别的悲惨情景。诗人借贵妃的命运来反映玄宗后期政治从腐败走向崩溃。其实，杜甫的大部分诗篇都是当时政治和社会的一面镜子，历代文艺批评家都指出他的诗是“诗史”，的确如是。

杜甫的乐府诗善于选取典型情节来反映时代的苦难，如“三吏”“三别”这组诗的主题是指责统治者将战争的灾难全部推向人民，同时又激励人民忍着眼泪支持平叛战争。《新婚别》中“暮婚晨告别”的征夫，《垂老别》中暮年从军的老翁，《无家别》中还乡后无家可归重又被征的军人，《新安吏》中不够征兵年龄的中男，《石壕吏》中衰老无力的老妇，都是不该服役而被赶上战场的。他们各有其对人生的留恋和牵挂，然而死之归宿既不可免，只能割舍正常的亲情，为国家承担起他们实在无力承担的责任。《新婚别》中的新妇只做了一夜夫妻，身份尚不分明，却决心为“往死地”的征夫守节终生，并鼓励丈夫“努力事戎行”，全诗如下：

兔丝附蓬麻，引蔓故不长。
嫁女与征夫，不如弃路旁。
结发为君妻，席不暖君床。
暮婚晨告别，无乃太匆忙？
君行虽不远，守边赴河阳。
妾身未分明，何以拜姑嫜？
父母养我时，日夜令我藏。
生女有所归，鸡狗亦得将。
君今往死地，沈痛迫中肠。
誓欲随君去，形势反苍黄。
勿为新婚念，努力事戎行。
妇人在军中，兵气恐不扬。
自嗟贫家女，久致罗襦裳。
罗襦不复施，对君洗红妆。
仰视百鸟飞，大小必双翔。
人事多错迕，与君永相望。

这首诗借一个新嫁娘之口，写她对刚结婚一天就要上前线的丈夫的叮嘱。菟丝附在矮小的蓬麻身上，蔓儿自然不会很长。把女儿嫁给出征打仗的人，还不如把她扔在道路旁！自从作了你的妻子，到现在还没坐暖你的床。昨晚成婚，今晨你就告别，是不是过于匆忙？你此行虽说不算遥远，奔赴河阳去守卫边防，但我的身份尚未明确，叫我如何去拜见公婆呢？当初父母抚养我的时候，日夜叫我深居闺房。女儿一旦嫁了出去，无论丈夫是鸡是狗都得跟着他。你现在要前往九死一生的战场，怎不让人悲伤！我本来想与你同去，又怕触犯军中忌讳把事情弄砸。你不要惦记着我们刚刚新婚，好好地去当兵打仗吧。

新婚即别，本是一件伤心事，而新嫁娘却如此深明大义，鼓励丈夫保家卫国好好打仗，体现了儒家温柔敦厚、怨而不怒、哀而不伤的思想。

战争给百姓带来的创伤是持久的，《垂老别》中的老翁“子孙阵亡尽”，只剩下一个“岁暮衣裳单”的老妻，也不得不忍痛抛弃；《无家别》中的战士侥幸生还，尽管田园荡尽，但仍未丧失“当春理农务”的生趣，然而就连这点可怜的幻想都被再度征发所剥夺。这就集中了战乱所造成的生离死别中最不合人情的残酷情景，从各个角度反映了战争的旷日持久，更深切地表现了民不聊生已达极致的社会现状。

杜甫的新题乐府突破了汉魏古乐府及拟乐府表现力的局限，大大扩展了乐府的规模和容量，使传统的叙事方式产生史诗般的艺术魅力。杜甫诗歌中那种质朴率真、充满人情味的语言艺术，就是自觉接受汉乐府影响的结果。他的“三吏”“三别”《兵车行》等即事名篇的新乐府，创造性地发展了汉乐府的语言风格，对后来的元稹、白居易等人的新乐府创作产生了直接的影响。

2. 新乐府运动的主将——白居易

杜甫逝世三十余年后，白居易（772—846，字乐天，号香山居士）提出“为君为臣为民为物为事而作，不为文而作”（《新乐府序》）、“文章合为时而著，歌诗合为事而作”（《与元九书》）的诗歌主张，白居易是杜甫之后的又一位杰出的现实主义诗人，新乐府运动在中唐发生并得到发展，白居易起到了十分关键的作用。

新题乐府的概念，最早见于中唐李绅、元稹、白居易等人的著述。如元稹《和李校书新题乐府十二首并序》：“予友李公垂贶予乐府新题二十首，雅有所谓，不虚为文。予取其病时之尤急者，列而和之，盖十二而已。”又《叙诗寄乐天书》中云：“词实乐流，而止于模象物色者，为新题乐府。”白居易在《与元九书》一文中说：“自武德至元和，因事立题，题为新乐府。”

从社会背景来看，长达八年的安史之乱导致唐朝由盛转衰。这场叛乱破坏了中原地区的生产，动摇了唐朝的政治和社会基础。继之而来的藩镇割据、宦官专权、外敌入侵等，使得战祸不停，赋役繁重。上层官僚的享乐生活与劳动人民的悲惨

◎ 白居易《自述》诗意图

处境形成鲜明的对比，阶级矛盾日趋尖锐。这是中唐新乐府运动所以兴起的社会根源。

当时，许多文人开始写作一些讽刺现实的乐府作品，如诗人元结写有《系乐府二十首》，在序中明确提出诗歌的规讽教育作用，为元、白发起新乐府运动作了理论上的准备。

李绅写有《乐府新题二十首》，可惜现在已经失传。元稹赞扬李诗“雅有所谓，不虚为文”（《和李校书新题乐府十二首》序），李绅的乐府诗与白居易“篇篇无空文，句句必尽规”

（《寄唐生》）的精神是一致的。之后，元稹作《新题乐府十二首》，给了白居易不小的启发。元和十年（815），白居易给他的好朋友元稹写了一封信即《与元九书》，正式提出了“文章合为时而著，歌诗合为事而作”的文学主张，也就是他在《乐府诗序》里所说的“为君为臣为民为物为事而作”；在《寄唐生》诗中，白居易说自己作“乐府诗”的目的是：“非求宫律高，不务文字奇。惟歌生民病，愿得天子知。”

在形式上，白居易提出了新乐府诗的四个写作准则：“其辞质而径，欲见之者易谕也。其言直而切，欲闻之者深诫也。其事核而实，使采之者传信也。其体顺而肆，可以播于乐章歌曲也。”为了达到这四点要求，他做了多方面的努力。这对促进新乐府运动的发展起到了重要作用。

正是在白居易的提倡下，新乐府的创作从个别诗人的分散创作，成为一批诗人的共同行动，从而形成了一场声势浩大的新乐府运动。

白居易既有明确的新乐府创作理论，又有大量的创作实践。他的《新乐府》五十首作于元和四年，至元和七年大体改定。这是一组有着明确政治目的、经过严密组织构建的系统化诗作，内容丰富，涉及王化、治乱、礼乐、任贤、时风、边事、宫女诸多方面，但其中写得好而且有价值的，仍然是反映民生疾苦、揭露弊政和权贵丑恶的那些篇章。

白居易在《新乐府》总序中说：“篇无定句，句无定字，系于意，不系于文。首句标其目，卒章显其志，《诗三百》之义也。”这段话说出了《新乐府》体裁上的特色。在具体篇目上，一篇专咏一事，篇题即所咏之事，篇下小序即该篇主旨。如《上阳白发人》，小序中说“愍怨旷也”：

上阳人，上阳人，红颜暗老白发新。
绿衣监使守宫门，一闭上阳多少春。
玄宗末岁初选入，入时十六今六十。
同时采择百余人，零落年深残此身。
忆昔吞悲别亲族，扶入车中不教哭。
皆云入内便承恩，脸似芙蓉胸似玉。
未容君王得见面，已被杨妃遥侧目。
妒令潜配上阳宫，一生遂向空房宿。
宿空房，秋夜长，夜长无寐天不明。
耿耿残灯背壁影，萧萧暗雨打窗声。
春日迟，日迟独坐天难暮。
宫莺百啭愁厌闻，梁燕双栖老休妒。
莺归燕去长悄然，春往秋来不记年。
唯向深宫望明月，东西四五百回圆。
今日宫中年最老，大家遥赐尚书号。
小头鞋履窄衣裳，青黛点眉眉细长。
外人不见见应笑，天宝末年时世妆。

上阳人，苦最多。少亦苦，老亦苦。
少苦老苦两如何！
君不见昔时吕向《美人赋》，
又不见今日上阳白发歌！

《上阳白发人》是《新乐府》中的第七首。这首诗写洛阳上阳宫的一个老宫女的痛苦生活。“愍怨旷”，“愍”即同情。“怨旷”指成年了仍没婚配的人，这里指宫女。

嫔妃制度是封建社会的一大罪恶。封建帝王为了满足自己的淫欲，强选民女，有些宫女从未与皇帝见面，终身幽禁宫中，她们的青春和幸福就这样被葬送了。元和四年（809）三月，白居易在上呈皇帝的奏状《请拣放后宫内人》（即请挑出一些宫女把她们放出来）中指出：“宫内人教，积久渐多。伏虑驱使之余，其数尤广。上则虚给衣食，有供亿靡费之烦；下则离隔亲族，有幽闭怨旷之苦。事宜省费，物贵徇情。”《上阳白发人》即于启奏之外为同一目的而写的作品。这首诗题下自注：“天宝五载（746）以后，杨贵妃专宠，后宫无复进幸矣。六宫有美色者，辄置别所，上阳是其一也。贞元中尚存焉。”可见此诗所述内容具有一定的真实性。

又如《红线毯》，小序中说：“忧蚕桑之费也。”原文如下：

红线毯，择蚕缲丝清水煮，拣丝练线红蓝染。
染为红线红于花，织作披香殿上毯。
披香殿广十丈余，红线织成可殿铺。
彩丝茸茸香拂拂，线软花虚不胜物。
美人踏上歌舞来，罗袜绣鞋随步没。
太原毯涩毳缕硬，蜀都褥薄锦花冷，
不如此毯温且柔，年年十月来宣州。
宣州太守加样织，自谓为臣能竭力。
百夫同担进宫中，线厚丝多卷不得。
宣州太守知不知？一丈毯，千两丝。
地不知寒人要暖，少夺人衣作地衣！

这是《新乐府》的第二十九首。“红线毯”，是一种丝织地毯。此类红线毯是宣州（今安徽省宣城市）所管织造户织贡的。据《新唐书·地理志》记载，宣州上贡的产品中有“丝头红毯”，即此篇所谓“年年十月来宣州”的“红线毯”。

诗下小序，表明此诗是为忧虑蚕桑耗费之巨而作。咏“红线毯”为何“忧蚕桑之费”呢？因为红线毯是高档丝织品，织毯以蚕丝为原料。诗的第一段即第一至第五句，就是记叙用茧丝织成红线毯的精工细作的过程。首句“红线毯”乃“首句标其目”（《新乐府序》）。

第二段从第六至第十四句，写已织就的红线毯的精美。

先是表现红线毯面积之大："披香殿广十丈余，红线织成可殿铺。""可"字极为传神，说明毯与宫殿地面大小正好吻合而铺满，足见地方官阿谀奉承之心计。接着是突出红线毯质地的"温且柔"。地毯不仅面积大而且质地精良，以此见其精美绝伦。

前两部分写"红线毯"乃手段，抨击进奉者——"宣州太守"才是目的。第三段从第十五句至第十八句将讽刺的锋芒直指"宣州太守"，可谓"其言直而切"（《新乐府序》），丝毫不委婉曲折。

第四段从第十九至第二十三句，诗人的忧心忡忡已转化为满腔愤怒，并发展到不可遏止的程度。"宣州太守知不知？"这不是一般的询问口吻，是一种反诘语气，是有力的抨击！宣州太守你知道吗？"一丈毯"就需"千两丝"，那么"披香殿广十丈余"，又该耗费多少蚕丝啊！诗人内心痛苦而愤慨，以致不能不喊出更为振聋发聩的最后两句："地不知寒人要暖，少夺人衣作地衣！"这是控诉，更是怒斥。

《红线毯》的写作充分体现了白居易的新乐府写作主张，即"质而径""直而切"，或者说"意太切则言激"（《和答诗十首序》），语言质朴直率，感情激烈直露，记事直截了当，通俗易懂。

白居易其他的乐府诗也揭露了当时社会的许多弊病，如揭露"宫市"这一弊政的《卖炭翁》；同情在天灾人祸中挣扎的农民，斥责不恤民生的地方贪官污吏的《杜陵叟》；批判统治阶层生活奢侈腐朽，揭示贫富尖锐对立的《轻肥》《买花》《歌舞》；评论边事的《新丰折臂翁》《城盐州》《西凉伎》《缚戎人》等等。

◎《卖炭翁》诗意图

由于白居易写作新乐府的目的是“惟歌生民病，愿得天子知”，把讽喻诗当作了谏诤的手段之一，因此，在他的新乐府中体现了他的良苦用心。如《新乐府》中猛烈抨击“害民”的“贪吏”、“蔽君”的“奸臣”，而尽量避免“刺”痛皇帝。《上阳白发人》渲染“怨旷”宫女之苦，旨在引起皇帝的怜悯之情，实行“仁政”。《杜陵叟》同情农民之困，但揭露的矛头只指向“急敛暴征”的“长吏”，宣扬皇帝之心是“恻忍”的。《缭绫》慨叹女工之劳，批评昭阳舞人不知爱惜，回避了皇帝的罪责。《上阳白发人》《杜陵叟》《缭绫》是五十首中写得较好的三首诗，也都或多或少地带有这样的特点。

除了新乐府诗外，白居易在长篇歌行的创作方面也达到了极高的水平。最著名的当属长篇叙事诗《长恨歌》和《琵琶行》。这两首诗在当时流传甚广，“童子解吟《长恨》曲，胡儿能唱《琵琶》篇”可证。

白居易脍炙人口的名篇《长恨歌》作于元和元年（806），当时诗人正在盩厔县（今陕西周至）任县尉。他和友人陈鸿、王质夫一起游览仙游寺，谈起唐玄宗、杨贵妃的故事，有感而发。在这首长篇叙事诗里，作者以精练的语言、优美的形象、叙事和抒情结合的手法，叙述了唐玄宗、杨贵妃在安史之乱中

◎（唐）佚名《宫乐图》

的爱情悲剧。

唐玄宗、杨贵妃都是历史上真实存在的人物，诗人并不拘泥于历史，而是借着历史的一点影子，根据当时人们的传说、街坊的歌唱，从中演化出一个回旋曲折、婉转动人的故事，用回环往复、缠绵悱恻的艺术形式描摹、歌咏出来。由于诗中的故事、人物都是艺术化的，是现实中人的复杂真实的再现，所以能够在历代读者的心中荡起阵阵涟漪。

汉皇重色思倾国，御宇多年求不得。
杨家有女初长成，养在深闺人未识。
天生丽质难自弃，一朝选在君王侧。
回眸一笑百媚生，六宫粉黛无颜色。
春寒赐浴华清池，温泉水滑洗凝脂。
侍儿扶起娇无力，始是新承恩泽时。
云鬓花颜金步摇，芙蓉帐暖度春宵。
春宵苦短日高起，从此君王不早朝。
承欢侍宴无闲暇，春从春游夜专夜。
后宫佳丽三千人，三千宠爱在一身。
金屋妆成娇侍夜，玉楼宴罢醉和春。
姊妹弟兄皆列土，可怜光彩生门户。
遂令天下父母心，不重生男重生女。
骊宫高处入青云，仙乐风飘处处闻。

缓歌慢舞凝丝竹，尽日君王看不足。
渔阳鼙鼓动地来，惊破霓裳羽衣曲。
九重城阙烟尘生，千乘万骑西南行。
翠华摇摇行复止，西出都门百余里。
六军不发无奈何，宛转蛾眉马前死。
花钿委地无人收，翠翘金雀玉搔头。
君王掩面救不得，回看血泪相和流。
黄埃散漫风萧索，云栈萦纡登剑阁。
峨嵋山下少人行，旌旗无光日色薄。
蜀江水碧蜀山青，圣主朝朝暮暮情。
行宫见月伤心色，夜雨闻铃肠断声。
天旋日转回龙驭，到此踌躇不能去。
马嵬坡下泥土中，不见玉颜空死处。
君臣相顾尽沾衣，东望都门信马归。
归来池苑皆依旧，太液芙蓉未央柳。
芙蓉如面柳如眉，对此如何不泪垂。
春风桃李花开夜，秋雨梧桐叶落时。
西宫南内多秋草，落叶满阶红不扫。
梨园弟子白发新，椒房阿监青娥老。
夕殿萤飞思悄然，孤灯挑尽未成眠。
迟迟钟鼓初长夜，耿耿星河欲曙天。
鸳鸯瓦冷霜华重，翡翠衾寒谁与共。

悠悠生死别经年，魂魄不曾来入梦。
临邛道士鸿都客，能以精诚致魂魄。
为感君王辗转思，遂教方士殷勤觅。
排空驭气奔如电，升天入地求之遍。
上穷碧落下黄泉，两处茫茫皆不见。
忽闻海上有仙山，山在虚无缥渺间。
楼阁玲珑五云起，其中绰约多仙子。
中有一人字太真，雪肤花貌参差是。
金阙西厢叩玉扃，转教小玉报双成。
闻到汉家天子使，九华帐里梦魂惊。
揽衣推枕起徘徊，珠箔银屏逦迤开。
云鬓半偏新睡觉，花冠不整下堂来。
风吹仙袂飘摇举，犹似霓裳羽衣舞。
玉容寂寞泪阑干，梨花一枝春带雨。
含情凝睇谢君王，一别音容两渺茫。
昭阳殿里恩爱绝，蓬莱宫中日月长。
回头下望人寰处，不见长安见尘雾。
唯将旧物表深情，钿合金钗寄将去。
钗留一股合一扇，钗擘黄金合分钿。
但教心似金钿坚，天上人间会相见。
临别殷勤重寄词，词中有誓两心知。
七月七日长生殿，夜半无人私语时。

在天愿作比翼鸟，在地愿为连理枝。

天长地久有时尽，此恨绵绵无绝期。

关于《长恨歌》的主题，自此诗问世以来就争论不休。主要观点有三种：其一是爱情主题说，认为是颂扬李杨的爱情诗作，肯定他们对爱情的真挚与执着；其二为政治主题说，认为诗的重点在于讽喻，在于揭露“汉皇重色思倾国”必然带来的“绵绵长恨”，谴责唐明皇荒淫导致安史之乱以垂诫后世君主；其三为双重主题说，认为它既揭露了唐明皇的重色误国，又歌颂了李杨二人的爱情。

诗的前半部分写贵妃之美和明皇对她的宠爱，以及由此引发的安史之乱导致贵妃命丧黄泉，写明“长恨”的原因；后半

◎（唐）李昭道《明皇幸蜀图》

部分用饱含同情的笔触写唐明皇对杨贵妃的刻骨相思，从而使诗的主题转为对他们专一爱情的歌颂。前半部分写实，后半部分诗人充分发挥想象力，用浪漫的手法写明皇派方士四处寻找贵妃，表达了“上穷碧落下黄泉，两处茫茫皆不见”的痛苦。而海上仙山里的贵妃也同样在思念着君王，“回头下望人寰处，不见长安见尘雾”正流露了这种相思之情。她将头上戴的花钿和金钗托使者带给唐明皇，表达了自己与明皇不离不弃、“在天愿作比翼鸟，在地愿为连理枝”的美好愿望。然而这一切都只不过是一场美好的梦幻，阴阳两隔，人间天上，何由得见！所以诗的结尾诗人感叹“天长地久有时尽，此恨绵绵无绝期”，这种相爱却不能相守的绵绵长恨比天地还要久长！

作者在写作这首诗时投入了深挚的感情，加之高超的艺术表现手法，读者在品味这首长诗尤其是其后半部分时，常常会忘记明皇和贵妃的身份，从而沉浸在对爱情的相思和倾诉之中，并且每一个有类似经历的人，都可从中产生心灵的共鸣。这也就是不同时代的人们都不约而同地喜爱这首长歌的原因。

《琵琶行》也同样令人感慨和唏嘘。这首诗写于元和十一年秋，即白居易贬官江州司马的第二年。这天晚上，白居易在江边送朋友远行。客人已经登上了船，送别的酒宴也已经摆好，举杯欲饮时却发现没有音乐助兴，只好闷闷地喝着。想到很快就要离别了，心里十分悲伤。抬眼望去，江水茫茫，一片惨白的月亮影子沉浸在江水中。

这时，忽然传来了一阵弹奏琵琶的声音，乐音是那么动人，以至于主人沉醉于音乐忘了回家，客人也忘记了开船。寻着琵琶的声音悄悄地问：这是谁弹奏了这么动听的琵琶呀？琵琶声停了，弹琵琶的是一位女子，面对问话，她欲言又止。

于是赶快将两条船移到一处，邀请她出来见面，再把酒杯斟满，把灯点亮，有音乐才真正称得上是良宵宴会呀。可是在千万遍地央求呼唤之后，她才答应出来见面，而且还用琵琶遮着半边面容。

后来发生的故事，诗里写得很明白，她在弹奏了琵琶曲之后，江州司马白居易涕泗滂沱，泪湿青衫。

白居易为何如此感动？如此失态？

江州一年的贬谪生活使他体验到了世态的炎凉，而江州地偏无音乐的生活又使他感到压抑而寂寞。他的一腔愁绪正无处倾诉，在遇到这位原在风月场中排名第一、如今沦为商人妇的琵琶女，听到她的富有感情的弹奏，知道了她的悲凉的身世后，诗人的内心产生了强烈的共鸣：白居易少时即有诗名，“野火烧不尽，春风吹又生”广为流传，之后仕途也很风光，先做校书郎，又在皇帝身边做翰林学士。可是后来却被贬官，来到这遥远偏僻的江州。“同是天涯沦落人，相逢何必曾相识”！这样的经历与琵琶女的境遇何其相似，于是，压抑已久的感情便倾泻而出。

全诗如下：

浔阳江头夜送客，枫叶荻花秋瑟瑟。
主人下马客在船，举酒欲饮无管弦。
醉不成欢惨将别，别时茫茫江浸月。
忽闻水上琵琶声，主人忘归客不发。
寻声暗问弹者谁？琵琶声停欲语迟。
移船相近邀相见，添酒回灯重开宴。
千呼万唤始出来，犹抱琵琶半遮面。
转轴拨弦三两声，未成曲调先有情。
弦弦掩抑声声思，似诉平生不得志。
低眉信手续续弹，说尽心中无限事。
轻拢慢捻抹复挑，初为霓裳后六幺。
大弦嘈嘈如急雨，小弦切切如私语。
嘈嘈切切错杂弹，大珠小珠落玉盘。
间关莺语花底滑，幽咽泉流冰下难。
冰泉冷涩弦凝绝，凝绝不通声暂歇。
别有幽愁暗恨生，此时无声胜有声。
银瓶乍破水浆迸，铁骑突出刀枪鸣。
曲终收拨当心画，四弦一声如裂帛。
东船西舫悄无言，唯见江心秋月白。

沉吟放拨插弦中，整顿衣裳起敛容。

自言本是京城女，家在虾蟆陵下住。
十三学得琵琶成，名属教坊第一部。
曲罢曾教善才服，妆成每被秋娘妒。
五陵年少争缠头，一曲红绡不知数。
钿头银篦击节碎，血色罗裙翻酒污。
今年欢笑复明年，秋月春风等闲度。
弟走从军阿姨死，暮去朝来颜色故。
门前冷落鞍马稀，老大嫁作商人妇。
商人重利轻别离，前月浮梁买茶去。
去来江口守空船，绕船月明江水寒。
夜深忽梦少年事，梦啼妆泪红阑干。

我闻琵琶已叹息，又闻此语重唧唧。
同是天涯沦落人，相逢何必曾相识！
我从去年辞帝京，谪居卧病浔阳城。
浔阳地僻无音乐，终岁不闻丝竹声。
住近湓江地低湿，黄芦苦竹绕宅生。
其间旦暮闻何物？杜鹃啼血猿哀鸣。
春江花朝秋月夜，往往取酒还独倾。
岂无山歌与村笛，呕哑嘲哳难为听。
今夜闻君琵琶语，如听仙乐耳暂明。
莫辞更坐弹一曲，为君翻作琵琶行。

感我此言良久立，却坐促弦弦转急。
凄凄不似向前声，满座重闻皆掩泣。
座中泣下谁最多？江州司马青衫湿。

琵琶女和诗人，他们的社会地位并不相同，但诗人把她引为知已，并为之感动落泪。诗人毫不掩饰自己的受感动之深，“座中泣下谁最多？江州司马青衫湿”。一次偶然的相遇，一次心迹的流露，一首琵琶乐曲，成就了一篇流传千年的优美之作。

语言通俗易懂，是白居易新乐府的重要特点。释惠洪《冷斋夜话》里说白居易作诗甚至要求老妪能解，一时间蔚为风气。赵翼赞美白居易用“口头语”，说“世徒以轻俗訾之，此不知诗者也”（《瓯北诗话》）。刘熙载指出：“常语易，奇语难，此诗之初关也。奇语易，常语难，此诗之重关也。香山用常得奇，此境良非易到。”（《艺概》）这些评论，是恰当的。

白居易虚心学习民间文学，将古体诗与民歌体有机地结合起来，形成了《新乐府》的特色：诗句长短参差，生动活泼，具有强大的表现力。他的《新乐府》对后世产生深远的影响，并传播到了日本等邻邦。

3. 新乐府运动的其他诗人

与白居易共同参与新乐府运动的其他诗人如元稹、张籍、

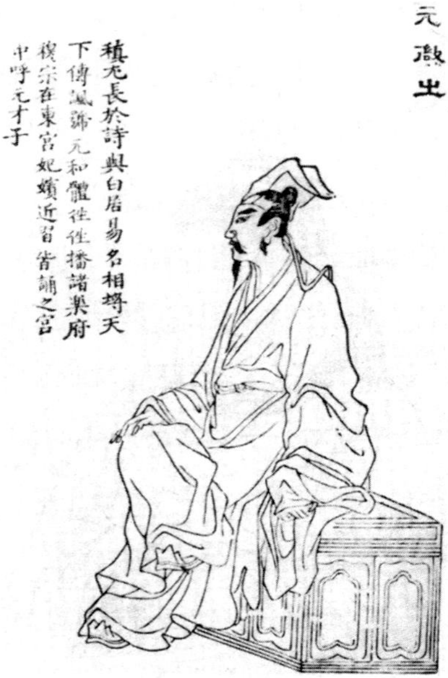

◎ 元稹

王建等，都是白居易志同道合的朋友，也是新乐府运动的中坚。元稹（779—831，字微之）比白居易小六岁，有“元才子”之称。其诗与白居易齐名，时称“元白”，二人有相同的文学观点。元稹在《乐府古题序》里总结了杜甫“即事名篇，无复依傍”的创作特点，反对“沿袭古题”，主张“刺美见事”。他的乐府诗揭露了官军的暴行，同情农民的不幸。如《田家词》：

牛咤咤，田确确。
旱块敲牛蹄趵趵，种得官仓珠颗谷。
六十年来兵簇簇，月月食粮车辘辘。
一日官军收海服，驱牛驾车食牛肉。
归来收得牛两角，重铸锄犁作斤劚。
姑舂妇担去输官，输官不足归卖屋。

愿官早胜仇早覆，农死有儿牛有犊。
誓不遣官军粮不足。

唐朝自安史之乱起，战祸连年不断，繁重的军事开支压得劳动人民喘不过气来。元稹自幼家贫，并亲眼看到战争给农民带来的巨大灾难，鲜明地提出了“息兵革”的主张。元和十二年，他把在江陵、通州的所见所闻写进一组古题乐府诗里，《田家词》就是其中的一首。讽刺官军不能胜敌，只能害民，生动形象地表达了他“息兵革”的政治主张。他的代表作《连昌宫词》借一位老人之口对导致安史之乱的唐明皇的荒淫生活做了全面的揭露。《连昌宫词》篇幅虽长，但却值得一读：

连昌宫中满宫竹，岁久无人森似束。
又有墙头千叶桃，风动落花红蔌蔌。
宫边老翁为余泣，小年进食曾因入。
上皇正在望仙楼，太真同凭阑干立。
楼上楼前尽珠翠，炫转荧煌照天地。
归来如梦复如痴，何暇备言宫里事。
初届寒食一百六，店舍无烟宫树绿。
夜半月高弦索鸣，贺老琵琶定场屋。
力士传呼觅念奴，念奴潜伴诸郎宿。
须臾觅得又连催，特敕街中许燃烛。

春娇满眼睡红绡，掠削云鬟旋装束。
飞上九天歌一声，二十五郎吹管逐。
逡巡大遍凉州彻，色色龟兹轰录续。
李谟压笛傍宫墙，偷得新翻数般曲。
平明大驾发行宫，万人歌舞涂路中。
百官队仗避岐薛，杨氏诸姨车斗风。
明年十月东都破，御路犹存禄山过。
驱令供顿不敢藏，万姓无声泪潜堕。
两京定后六七年，却寻家舍行宫前。
庄园烧尽有枯井，行宫门闭树宛然。
尔后相传六皇帝，不到离宫门久闭。
往来年少说长安，玄武楼成花萼废。
去年敕使因斫竹，偶值门开暂相逐。
荆榛栉比塞池塘，狐兔骄痴缘树木。
舞榭攲倾基尚在，文窗窈窕纱犹绿。
尘埋粉壁旧花钿，乌啄风筝碎珠玉。
上皇偏爱临砌花，依然御榻临阶斜。
蛇出燕巢盘斗栱，菌生香案正当衙。
寝殿相连端正楼，太真梳洗楼上头。
晨光未出帘影黑，至今反挂珊瑚钩。
指似傍人因恸哭，却出宫门泪相续。
自从此后还闭门，夜夜狐狸上门屋。

我闻此语心骨悲，太平谁致乱者谁？
翁言野父何分别，耳闻眼见为君说。
姚崇宋璟作相公，劝谏上皇言语切。
燮理阴阳禾黍丰，调和中外无兵戎。
长官清平太守好，拣选皆言由相公。
开元之末姚宋死，朝廷渐渐由妃子。
禄山宫里养作儿，虢国门前闹如市。
弄权宰相不记名，依稀忆得杨与李。
庙谟颠倒四海摇，五十年来作疮痏。
今皇神圣丞相明，诏书才下吴蜀平。
官军又取淮西贼，此贼亦除天下宁。
年年耕种宫前道，今年不遣子孙耕。
老翁此意深望幸，努力庙谋休用兵。

诗中这位曾经到连昌宫中送过饭的老人说，当时他进入连昌宫的时候，看到皇上和杨贵妃在望仙楼上倚栏而立，宫里金碧辉煌，人们也都打扮得珠光宝气。夜晚是盛大的音乐会，伴奏的是全国闻名的贺老琵琶，还有名妓念奴演唱歌曲。他回来后都无法向认识的人详细讲述宫中的盛况。后来战事爆发，连昌宫连续多年大门紧闭，皇帝已经不再到这里来了。老人分析连昌宫冷落以及国家衰落的原因，认为应该由姚崇、宋璟这样的人做宰相，而不能由杨国忠这样的人专权。诗的最后，老人说，他以前年年在连昌宫前的道路上开荒种地，今年不再让孩子们种了，他希望皇帝能够再回到这里来，好好地打理朝政而不要再用兵打仗了。

这首长诗文字流畅通俗易懂，弥漫着浓郁的兴亡之感。许多评论者将这首诗和白居易的《长恨歌》相提并论。元稹的另一首短诗《行宫》，也写得含蓄有味：

寥落古行宫，宫花寂寞红。
白头宫女在，闲坐说玄宗。

在清冷寂寥、长满青苔的行宫里，花儿还在寂寞地开着。那些白头的宫女们，三三两两地闲坐着，有一搭无一搭地说着当年玄宗皇帝的事。她们说的其实不是玄宗，而是自己内心的寂寞。前人评论说《长恨歌》一百二十句，读者不厌其长；《行宫》诗才四句，读者不觉其短，同样地耐人寻味。

张籍（约766—约830，字文昌）的乐府诗约有七十首，白居易在《读张籍古乐府》中称赞他“张君何为者，业文三十春。尤工乐府诗，举代少其伦”，又夸奖他的诗“风雅比兴外，未尝著空文”，可见张籍乐府诗的水平和成就。他出身寒微，生活贫困，但他写个人愁苦的诗并不多，更多的是写人民的疾苦，如他的《野老歌》：

◎ 张籍《岸花》诗意图

老农家贫在山住，耕种山田三四亩。

苗疏税多不得食，输入官仓化为土。

岁暮锄犁傍空室，呼儿登山收橡实。

西江贾客珠百斛，船中养犬长食肉。

一边是农家老小登山攀摘野果，极度贫困；一边是商贾船中养的狗都常年吃肉，极度奢靡，二者形成一种鲜明对比。人不如狗，揭示出一种极不合理的社会现象。他的诗还写了战争给女性带来的巨大创伤，如《征妇怨》：

九月匈奴杀边将，汉军全没辽水上。
万里无人收白骨，家家城下招魂葬。
妇人依倚子与夫，同居贫贱心亦舒。
夫死战场子在腹，妾身虽存如昼烛。

女人一生依靠的是丈夫和儿子，可现在丈夫从军死在边关，连骨头都见不到，儿子还在腹中，在女性尚不能独立的那个时代，她以后的日子真不知如何度过。此诗写得极为沉痛。

张籍还对凉州的长期失陷而边将无意收复表示了极大的愤慨，如《凉州词》：

凤林关里水东流，白草黄榆六十秋。
边将皆承主恩泽，无人解道取凉州。

本诗表现了诗人强烈的爱国热情。

张籍的名篇《节妇吟》历来为人所称道：

君知妾有夫，赠妾双明珠。
感君缠绵意，系在红罗襦。
妾家高楼连苑起，良人执戟明光里。

知君用心如日月，事夫誓拟同生死。

还君明珠双泪垂，恨不相逢未嫁时。

这是一首具有丰富内涵的唐诗精品。在文字层面上，它描写了一位忠于丈夫的妻子，经过几番思量后拒绝了一位多情男子的追求；在喻义的层面上，它表达了作者忠于朝廷、不被藩镇高官拉拢的决心。

此诗另有一版本，标题下写着“寄东平李司空师道”。李师道是当时的平卢淄青节度使，且有一大堆高官头衔。当时藩镇割据者用各种手段拉拢有名文人，以此扩张自己的势力。这首诗实际上是作者为拒绝李师道的拉拢而写的，只不过用了比兴手法，说得比较委婉、客气。古诗中用夫妇比喻君臣是一个传统用法。

此诗从汉乐府《陌上桑》《羽林郎》脱胎而来，但较前者更委婉含蓄。心理描写细致入微，情感委婉曲折动人。“恨不相逢未嫁时”仍被今天的人们所引用。

王建（766—830，字仲初）是张籍的挚友，其乐府诗与张籍齐名，时称“张王乐府”。他的乐府诗开拓了新的内容，如《水夫谣》：

苦哉生长当驿边，官家使我牵驿船。

辛苦日多乐日少，水宿沙行如海鸟。

◎ 王建《村居即事》诗意图

逆风上水万斛重，前驿迢迢后淼淼。

半夜缘堤雪和雨，受他驱遣还复去。

夜寒衣湿披短蓑，臆穿足裂忍痛何！

到明辛苦无处说，齐声腾踏牵船歌。

一间茅屋何所直，父母之乡去不得。

我愿此水作平田，长使水夫不怨天。

这首诗通过一个驿站纤夫的内心独白，写出了水夫服役不堪忍受的苦痛，对当时不合理的劳役制度进行了控诉。《送衣曲》写妻子给丈夫送征衣时的心情："愿身莫著裹尸归，愿妾不死长送衣。"道前人之所未道。《田家行》中"田家衣食无厚薄，不见县门身即乐"表达了老百姓对官吏的仇视。

王建的《十五夜望月》写中秋望月，颇有意境：

中庭地白树栖鸦，冷露无声湿桂花。
今夜月明人尽望，不知秋思落谁家？

李绅在乐府方面的成就也不可小视。李绅字公垂，是元、白的好友。自创新题虽始于杜甫，但有意识地以"新题乐府"为标榜并和传统的古乐府区别开来的，李绅是第一个。李绅写了《新题乐府》二十首，元稹和了十二首，白居易则扩充到五十首，并改名为《新乐府》。李绅对新乐府运动所起到的重要作用功不可没，可惜他的《新题乐府》今已失传。他的《悯农》二首至今传唱，从中可以想望其乐府诗的风采：

锄禾日当午，汗滴禾下土。
谁知盘中餐，粒粒皆辛苦。

春种一粒粟，秋收万颗子。

四海无闲田，农夫犹饿死。

全国的土地都已开垦，没有一处田地闲置着。春天农民们辛勤劳动，秋天收获了万担粮食，然而结果却是“农夫犹饿死”，这真是令人触目惊心，也是对当时社会现状莫大的讽刺。

中唐的其他诗人也写了不少体现新乐府精神的诗篇。杜甫之后，诗人孟郊（751—814，字东野）又一次用诗歌揭露了社会中贫富不均、苦乐悬殊的矛盾。《寒地百姓吟》中“寒者愿为蛾，烧死彼华膏”句，非泛泛记述民间疾苦的诗句可比。《织妇辞》描写了织妇“如何织纨素，自著蓝缕衣”的反常现象，令人想起张俞的“遍身罗绮者，不是养蚕人”的诗句。《织妇辞》如下：

◎ 孟郊

夫是田中郎，妾是田中女。

当年嫁得君，为君秉机杼。

筋力日已疲，不息窗下机。
如何织纨素，自著蓝缕衣。
官家榜村路，更索栽桑树。

孟郊还有一些诗描写了平凡的人伦之爱，如《结爱》写夫妻之爱，《杏殇》写父子之爱，《游子吟》写母子之爱。《游子吟》传唱至今：

慈母手中线，游子身上衣。
临行密密缝，意恐迟迟归。
谁言寸草心，报得三春晖。

柳宗元（773—819，字子厚）的《田家》诗与杜甫、白居易、张籍的新乐府精神一脉相承：

蓐食徇所务，驱牛向东阡。
鸡鸣村巷白，夜色归暮田。
札札耒耜声，飞飞来乌鸢。
竭兹筋力事，持用穷岁年。
尽输助徭役，聊就空自眠。
子孙日已长，世世还复然。

诗中描绘一个农民从清晨到日落不停息的劳动，可是一年辛勤劳动的果实都交了赋税。子孙们虽然天天在长大，但也逃脱不掉这种一无所有的命运。全诗表达了没有希望的农民生活的严酷现实。

◎ 刘禹锡

刘禹锡（772—842，字梦得）是中唐时期独树一帜的诗歌大家，其诗题材广泛，内容丰富。他现存的百余首乐府诗，无论是旧题拟作，还是新题创制，都在继承传统的基础上，汲取社会生活营养和民歌艺术表现手法，呈现出与前人不同的新特点。特别是在反映民间生活习俗和风物方面，更是超越前人，取得了巨大的成就。

刘禹锡流放巴楚期间学习当时民歌俚调写成的作品，尤其为人称道。在《竹枝词》的序中说，他当时看到了民歌“含思宛转”特色，并有意识地学习屈原作《九歌》的精神，写下了这些民歌体的小诗。

这些诗有的描写农村妇女的爱情，记录当地人民的生活和地方风物：

杨柳青青江水平，闻郎江上唱歌声。
东边日出西边雨，道是无晴却有晴。

这是《竹枝词》之二，用“晴”“情”双关谐音表现爱情，极富民歌意味。又如《竹枝词》之九：

山桃红花满上头，蜀江春水拍山流。
花红易衰似郎意，水流无限似侬愁。

刘禹锡这些仿效民歌的乐府小章尤为著名，胡震亨《唐音癸签》称之“运用似无甚过人，却都惬人意，语语可歌”。白居易曾称他为“诗豪”。

温庭筠（约812—866，字飞卿）也写了不少乐府诗。在他现存的三百多首诗中，乐府诗占了六分之一。他的乐府诗语言华美，意象富丽，开辟了一种新的乐府诗风。如《春愁曲》：

◎ 温庭筠

红丝穿露珠帘冷，百尺哑哑下纤绠。
远翠愁山入卧屏，两重云母空烘影。
凉簪坠发春眠重，玉兔煴香柳如梦。
锦迭空床委堕红，飔飔扫尾双金凤。
蜂喧蝶驻俱悠扬，柳拂赤阑纤草长。
觉后梨花委平绿，春风和雨吹池塘。

诗中写美人独眠，春愁无限，辞藻华美，笔墨浓艳，隐约有齐梁诗风。

中唐的新乐府诗作代表了中国讽喻诗的最高成就，而且这也是我国古代文人用诗歌干预现实的热情最为高涨的一次运动，代表着讽喻诗发展的一个里程碑。遗憾的是，新乐府诗体此后却没有进一步发展，元、白的诗歌创作致使皇帝发怒、权贵切齿，“权豪贵近者相目而变色”，“执政者扼腕”，“握军要者切齿”。他们先后遭贬，白居易本人也放弃了新乐府运动的理论和讽喻诗的创作，转向闲适诗、感伤诗的吟咏。从此，新乐府运动便趋于衰落。同时，整个元和诗坛也进入一个平和时期，几乎没有人再用诗歌进行政治批评了。

4. 新乐府的余响

晚唐后期，统治者和被统治者之间的矛盾极端尖锐，皮日休、陆龟蒙等诗人自觉继承了中唐新乐府“惟歌生民病”的精神，其乐府创作的思想倾向和艺术风格，与元稹、白居易的新乐府声息相通。有论者甚至认为皮、陆就是中唐时的元、白。

推崇儒学的晚唐诗人皮日休（约834—约883，字逸少），在诗歌理论方面，与白居易的讽喻美刺有相通之处，他在《正乐府十篇》的序里，明确地强调乐府诗的政治作用：“乐府，盖古圣王采天下之诗，欲以知国之利病，民之休戚也。……诗之美也，闻之足以观乎功；诗之刺也，闻之足以戒乎政。”这显然是白居易现实主义诗歌理论的继续。他的《正乐府十篇》和《三羞诗》深刻地反映了农民大起义前的社会面貌，是其乐府诗的代表作品。《正乐府十篇》中的《橡媪叹》生动感人：

◎ 皮日休《闲夜酒醒》诗意图

秋深橡子熟，散落榛芜岗。
伛偻黄发媪，拾之践晨霜。
移时始盈掬，尽日方满筐。
几曝复几蒸，用作三冬粮。
山前有熟稻，紫穗袭人香。
细获又精舂，粒粒如玉珰。
持之纳于官，私室无仓箱。
如何一石余，只作五斗量！
狡吏不畏刑，贪官不避赃。
农时作私债，农毕归官仓。
自冬乃于春，橡实诳饥肠。
吾闻田成子，诈仁犹自王。
吁嗟逢橡媪，不觉泪沾裳。

老农妇一年劳作收获的好米全交给官府了，自己只得拾橡实充饥。诗人看到老妇的凄惨状况，不禁泪湿衣裳。这首诗与白居易的《卖炭翁》有异曲同工之妙。但这类题材在皮日休的现存四百多首作品中占了不到十分之一。

陆龟蒙是皮日休的好友，世称“皮陆”。《乐府诗集》录其《乐府杂咏》六首，如第四首《月成弦》：“孤光照还没，转益伤离别。妾若是嫦娥，长圆不教缺。”写闺妇之怨；第六首《孤烛怨》：“前回边使至，闻道交河战。坐想鼓鞞声，寸心攒百箭。”写征妇之怨，皆体贴入微。

陆龟蒙的拟古乐府多有新意，如《筑城曲》二首写士兵筑城的辛苦和将领的严苛：

城上一掊土，手中千万杵。
筑城畏不坚，坚城在何处。

◎ 陆龟蒙

莫叹将军逼，将军要却敌。
城高功亦高，尔命何劳惜。

揭露了将军以士兵生命换取功名的血淋淋的现实。《别离曲》则抒写了丈夫的壮志豪情：

丈夫非无泪，不洒离别间。
仗剑对尊酒，耻为游子颜。
蝮蛇一螫手，壮士即解腕。
所思在功名，离别何足叹。

豪迈之气，溢于言表。

其他诗人也写了一些讽刺现实、反映民生疾苦的作品，如聂夷中（837—约884，字坦之）在《公子行》二首中，讽刺了贵族公子的无知和横行霸道："花树出墙头，花里谁家楼。一行书不读，身封万户侯。美人楼上歌，不是古凉州"；"骑马踏杀人，街吏不敢诘。"他们虽然腹中空空，不学无术，却可以青云直上，过着作威作福的生活。另一主题是同情农民的痛苦，在这方面，他的《伤田家》可以和李绅的《悯农》诗并传千古：

二月卖新丝，五月粜新谷。
医得眼前疮，剜却心头肉。
我愿君王心，化作光明烛。
不照绮罗筵，只照逃亡屋。

聂夷中的诗现存37首，其中用乐府古题和自创新题的就有十几首，可见他是一个有意识地写乐府诗的作家。

五代时期，各地农民起义频发，战乱不断。诗人韦庄目睹黄巢起义军进入长安之后的情形，写成了长篇叙事诗《秦妇吟》，诗中借黄巢部下的一个妇女之口，揭露了官军的腐败和残暴，如"千间仓兮万斯箱，黄巢过后犹残半。自从洛下屯师旅，日夜巡兵入村坞。……入门下马若旋风，罄室倾囊如卷

土”，客观地反映了当时的社会真相。他的《悯耕者》有“如今暴骨多于土，犹点乡兵作戍兵”之句，谴责了战争给百姓带来的痛苦，有一定的现实意义。

晚唐与五代时期边疆战事不断，胡地群雄割据，大漠孤烟、长河落日的壮美风光已激不起诗人的豪情壮志。他们只能浅唱低吟，慢慢回忆昔日边塞山水人情之梦境。如刘禹锡的《杨柳枝词》：“塞北梅花羌笛吹，淮南桂树小山词。请君莫奏前朝曲，听唱新翻杨柳枝。”虽然写的依然是边塞风物，但诗中已没有雄健昂扬之气，盛唐时的英雄情怀淡化为一种美好的回忆，伴随着一缕缕愁怨的《杨柳枝》，渐行渐远渐逝。

陆

感时伤世，乐府余韵

——宋以后乐府

从汉乐府到唐乐府，乐府诗发展壮大的历程已经基本完成。五代至宋元，歌行体虽在延续，文人拟乐府虽然仍不绝如缕，但已经是唐歌行的余波，在诗歌的殿堂里只能屈居次要地位，乐府的兴盛已经成为历史。郭茂倩编撰的《乐府诗集》收录汉至唐的乐府古辞和文人乐府，正是对这一诗歌品种发展历程的完整的总结。

宋元拟乐府的衰落，原因是多方面的，最主要的一个原因是词与曲的相继兴起。因为在文人拟乐府诗的诸种动机中，有一个动机是很基本的，就是在诗乐分流后，通过拟乐府这种形式，在意念上回顾诗乐同源的诗歌原生状态。在词、曲兴盛的宋元时代，拟乐府对文人失去了吸引力，也就是自然的了。

但是，词和曲虽然结束了文人拟乐府的历史，但从其艺术性质来看，词和曲正是乐府这一文学样式在宋元两代的具体表现，它们的发生和发展正是遥应着汉乐府的，甚至可以说它们才是汉乐府的嫡承。例如，词是一种与隋唐燕乐结合而成的新诗体，具有音乐与文学的双重艺术特点，是通过填词听歌等途径来实现的。就诗歌和音乐的关系而言，宋词，就是宋代的乐府。宋代早期晏殊、欧阳修的作品均属于歌辞之词，欧阳修写过十首《采桑子》，他在词前的小序中写道："因翻旧阕之词，写以新声之调，敢陈薄伎，聊佐清欢。"可见这些作品是给人歌唱的。

正是由于这个原因，后人喜欢将词、曲称为乐府。

值得注意的是，在元末和明清时代，又掀起了一个文人拟古乐府的浪潮。拟乐府的再度兴起与新一轮诗歌复古思潮相关，也是中国古典诗歌结束期出现的一种回光返照现象。

(一)咫尺长门闭阿娇，人生失意无南北——宋金元乐府

1. 宋代乐府

(1)宗白诗人王禹偁

北宋初期，白居易得到了诗人们的广泛认同，白诗风格也受到诗人们的群体仿效。宋初的优秀诗人王禹偁（954—1001，字元之）推崇杜甫白居易，借鉴白居易乐府诗的讽喻手法，表达了恤善挞恶的思想感情。王禹偁在诗中写道："本与乐天为后进，敢期杜甫是前身"，意思是说杜甫境界太高，自己不敢以之期许，因为不敢高攀杜甫，所以只好降低要求，转学白诗，"与乐天为后进"了，说明其心性与白居易

◎ 王禹偁

靠得更近些。

淳化二年九月，王禹偁被贬为商州（今陕西商县）团练副使。由于生活遭遇的相似，王禹偁此期对白居易的诗歌更加倾倒，自称“予自谪居，多看白公诗”（《前赋春居杂兴诗二首间半岁不复省视因长男嘉祐读杜工部集见语意颇有相类者咨于予且意予窃之也予喜而作诗聊以自贺》）。反映到创作上，便是转而注意并学习白居易早期任谏官写作讽喻诗时的诗风。于是不少反映社会现实、关心民间疾苦的作品开始涌现，诸如《感流亡》《金吾》《竹鼬》《秋霖二首》《畬田词》《乌啄疮驴歌》《对雪示嘉祐》等诗作，都具有较强的思想性和批判性。

王禹偁《乌啄疮驴歌》：

商山老乌何惨酷，喙长于钉利于镞。
拾虫啄卵从尔为，安得残我负疮畜。
我从去岁谪商於，行李惟存一蹇驴。
来登秦岭又巉岩，为我驮背百卷书。
穿皮露脊痕连腹，半年治疗将平复。
老乌昨日忽下来，啄破旧疮取新肉。
驴号仆叫乌已飞，劘嘴振毛坐吾屋。
我驴我仆奈尔何，悔不挟弹更张罗。
赖是商山多鸷鸟，便问邻家借秋鹞。
铁尔拳兮钩尔爪，折乌颈兮食乌脑。

岂唯取尔饥肠饱，亦与疮驴复雠了。

《乌啄疮驴歌》作于诗人被贬商州时。诗的开头谴责商山老乌残害疮驴，寥寥数语，便描绘出了一个嘴比钉子长、比箭头锋利的老乌的形象，诗人对啄疮驴的老乌的愤恨之情溢于言表。王禹偁的这首《乌啄疮驴歌》与白居易的《秦吉了》一样采用了比喻的手法。诗中，以老乌残害疮驴来比喻贪官污吏残酷压榨老百姓，以借秋鹞灭老乌，为疮驴复仇来比喻诗人希冀借助正义的力量铲除贪官污吏，为受尽贪官污吏残酷压榨的百姓复仇。这与白居易的《秦吉了》以长爪鸢扑翻燕巢、啄食燕卵和大嘴乌啄瞎鸡眼、抓去鸡雏的暴行，比喻暴吏欺压、残害弱小百姓，可谓同出一辙。

《畬田词》五首是民歌山歌与诗人创作的完美结合，其三云：

谷声猎猎酒醺醺，斫上高山入乱云。
自收自种还自足，不知尧舜是吾君。

其四：

北山种了种南山，相助力耕岂有偏。
愿得人间皆似我，也应四海少荒田。

其五：

畬田鼓笛乐熙熙，空有歌声未有词。
从此商於为故事，满山皆唱舍人诗。

商州属地丰阳流行的畬田调有曲无词，王禹偁来到这里后，为山民们劳动时所唱的号子所吸引和感染，为畬田调作了词，从此，漫山遍野都回响着畬田词的歌声。

（2）宰相诗人王安石

北宋中期，王安石（1021—1086，字介甫）的乐府诗也取得了较高的成就，他的代表作《明妃曲》（其一）：

明妃初出汉宫时，泪湿春风鬓脚垂。
低徊顾影无颜色，尚得君王不自持。
归来却怪丹青手，入眼平生未曾有。
意态由来画不成，当时枉杀毛延寿。
一去心知更不归，可怜着尽汉宫衣。
寄声欲问塞南事，只见年年鸿雁飞。
家人万里传消息，好在毡城莫相忆。
君不见咫尺长门闭阿娇，人生失意无南北。

◎《明妃出塞图》

这首诗作于嘉祐四年（1059），原作二首，这是其一。

有关王昭君的故事流传很广，自汉代以来以此为题材的作品颇多，但主旨不是悲叹王昭君之流落塞外，就是指责毛延寿之贪赃弄奸。王安石的想法与众不同。他认为杀毛延寿实属冤枉，因为像明妃这样的绝代佳人其美妙意态是画不出的。这一观点并不是简单地为毛延寿开脱罪责，而是含蓄地揭示明妃的不幸实际上是由于皇帝的昏庸造成的。同样，关于其思念汉室，王安石借家人之口表达了这样的意思：你在塞北好好地生活吧，不要再思念故园，曾经被宠的阿娇不是也被关在冷宫里了吗？如果人生不得意，在哪里都是一样的。言外之意，则又由美女的失宠联系到才士的不遇，揭示了封建时代“人生失意”的普遍性与无可奈何。

这首诗推陈出新，表面看来是咏古，其实暗含着对君王不察、衷心难达的寄托。表现了一位有作为的政治家对人生独立思考的深度。

王安石还善于向古乐府学习，并有所创新，如古乐府有诗：“庭前一树梅，寒多不觉开。只言花似雪，不悟有香来。”王安石有《梅花》诗：

墙角数枝梅，凌寒独自开。
遥知不是雪，为有暗香来。

古乐府诗只不过就梅花而咏梅花，而王安石诗的“凌寒独自开”，显示了诗人对梅花的感情，表达了不惧险恶严寒的心境，所咏的是“有我之境”，表达了作者对梅花的赞美和喜爱。

◎ 范成大

（3）田园新篇范成大

南宋诗人中，范成大（1126—1193，字致能）继承了白居易、王建等新乐府运动的精神，写出了许多反映现实的乐府诗篇。如《乐神曲》等四首，即明言“效王建”。他年轻时即写了一些揭露残酷剥削、同情农民疾苦的诗，如著名的《催租行》：

输租得钞官更催，踉跄里正敲门来。
手持文书杂嗔喜：我亦来营醉归耳。
床头悭囊大如拳，扑破正有三百钱。
不堪供君成一醉，聊复偿君草鞋费。

全诗没有一点主观议论，只是截取了里正催租的特写镜头，通过行动尤其是人物对话的描写，活灵活现地写出了里正的滑头无赖及农夫的无奈酸楚。

《后催租行》更写出了农民被迫出卖女儿以交租的惨状：

老父田荒秋雨里，旧时高岸今江水。
佣耕犹自抱长饥，的知无力输租米。
自从乡官新上来，黄纸放尽白纸催。
卖衣得钱都纳却，病骨虽寒聊免缚。
去年衣尽到家口，大女临歧两分首。
今年次女已行媒，亦复驱将换升斗。
室中更有第三女，明年不怕催租苦。

这是农民的血泪控诉。末句是反语，含有无穷仇恨。

范成大将传统的田园诗加以改造，把中唐以来的新乐府精神移植到田园诗中，全面而深刻地反映了农家的风物、劳作和喜怒哀乐，提高了田园诗的价值。在他笔下，田园诗不再仅仅是诗人自得其乐的归隐生活和优美宁静的乡村风光，农民的喜怒哀乐在其中得到了表现。《四时田园杂兴》六十首，表现了范成大对农村和农民的深厚感情，如《四时田园杂兴》其一：

昼出耘田夜绩麻，村庄儿女各当家。
童孙未解供耕织，也傍桑阴学种瓜。

写出了农家和谐快乐的劳动生活。

其二：

梅子金黄杏子肥，麦花雪白菜花稀。
日长篱落无人过，惟有蜻蜓蛱蝶飞。

这首诗写初夏江南梅黄杏肥的优美田园景色。

另外一首：

采菱辛苦废犁鉏，血指流丹鬼质枯。
无力买田聊种水，近来湖面亦收租。

直接揭露了残酷的剥削给人民带来的苦难，立意深刻。范成大的《腊月村田乐府》，像一幅江南农村生活的风俗长卷，展示了丰富多彩的宋代风土人情，富有浓郁的乡土气息，这是以前的诗人很少着墨的。

（4）爱国诗人陆游

南宋时期民族矛盾异常尖锐，和战问题成为当时的头等大事。在国土分裂、生灵涂炭的严酷现实面前，以陆游（1125—1210，字务观，号放翁）为代表的诗人们写出了一些主战反和、渴望祖国统一的爱国主义诗篇。这些洋溢着激昂悲壮的爱国激情的诗篇，今天读来仍令人心潮澎湃、振奋不已。

陆游爱国诗作最鲜明的特色，就是那种“铁马横戈”“气吞残虏”的英雄气概和“一身报国有万死”的牺牲精神。他在《前有樽酒行》中写道：“丈夫可为酒色死？战场横尸胜床第！”

◎ 陆游

可是，由于南宋统治者一意对敌屈膝求和，尽管诗人抱着万死不辞的报国之志，然而现实却是“报国欲死无战场”，他在《陇头水》中这样写道：

> 陇头十月天雨霜，壮士夜挽绿沉枪。
> 卧闻陇水思故乡，三更起坐泪数行。
> 我语壮士勉自强，男儿堕地志四方。
> 裹尸马革固其常，岂若妇女不下堂。
> 生逢和亲最可伤，岁辇金絮输胡羌。
> 夜视太白收光芒，报国欲死无战场。

前四句写前方战士思念故乡，中间四句勉励战士为国立功，后四句则写南宋统治者对敌妥协投降，而自己决心牺牲生命，报效国家，只是苦于没有杀敌的战场。

他的《金错刀行》托物起兴，通过对宝刀的描绘和赞美，曲折表达了宝刀无用武之地、英雄无报国之门的痛苦：

> 黄金错刀白玉装，夜穿窗扉出光芒。
> 丈夫五十功未立，提刀独立顾八荒。
> 京华结交尽奇士，意气相期共生死。
> 千年史册耻无名，一片丹心报天子。
> 尔来从军天汉滨，南山晓雪玉嶙峋。
> 呜呼！楚虽三户能亡秦，岂有堂堂中国空无人。

“提刀独立顾八荒”写提刀人急欲上阵杀敌，而“顾八荒”写提刀人的神态，既有英雄无用武之地的落寞惆怅，更具顾盼自雄的豪迈气概；“丈夫五十功未立”则慷慨直陈，向天浩叹，更显出了提刀人的胸怀大志。结句引用战国时“楚虽三户，亡秦必楚”的楚国民谣作比，用反诘句表明：堂堂中国定有英雄人物收复中原。

诗人对和议的恶果也作了集中而全面的揭露，如《关山月》：

和戎诏下十五年，将军不战空临边。
朱门沉沉按歌舞，厩马肥死弓断弦。
戍楼刁斗催落月，三十从军今白发。
笛里谁知壮士心，沙头空照征人骨。
中原干戈古亦闻，岂有逆胡传子孙。
遗民忍死望恢复，几处今宵垂泪痕。

孝宗淳熙三年（1766），陆游以“燕饮颓放”的罪名被免官，他满怀报国热忱，却没有用武之地，眼看着统治阶级醉生梦死，置国家与民族的利益于不顾，一味地妥协投降，苟且偷安，内心十分愤慨。次年，他用乐府旧题写了三首诗：《关山月》《出塞曲》《战城南》，三首古诗自成一组，集中表现了作者谴责和议，要求恢复中原的爱国精神。

这首《关山月》写得沉痛悲怆，是陆游乐府诗中的名作。他在诗中如实地描写了由南宋朝廷长期执行投降政策造成的恶果，表达了对外族侵略者的无比仇视，对统治集团的愤怒谴责和对要求抗战的爱国战士、遗民的同情。借着月光的照射，诗人从历史到现实，把长期和戎不战的政治局面作了鲜明真切的艺术概括，沉痛悲愤之情充溢于字里行间。诗的语言也晓畅平易，精练自然，没有剑拔弩张惊人的句子，但在客观事实的描述中，却更显出一种催人泪下、惊心动魄的力量。

虽然报国之心屡遭挫败，但诗人的内心一直燃烧着不灭的爱国激情，在他八十二岁的时候，诗人还唱出了“一闻战鼓意气生，犹能为国平燕赵”（《老马行》）的壮志豪情。可悲的是，南宋当权者始终是投降派，陆游生不逢时，他在《长歌行》中这样描述英雄无用武之地的悲愤：“国仇未报壮士老，匣中宝剑夜有声。”嘉定二年，八十五岁的陆游，抱憾长辞。临终时，留下了这样一首《示儿》诗：

死去元知万事空，但悲不见九州同。
王师北定中原日，家祭无忘告乃翁。

读之令人泣下。陆游的爱国主义精神感召着一代又一代的人们。清末华夏大地被帝国主义的铁蹄践踏，人们对陆游的诗有了更深切的体会，梁启超在《读陆放翁集》诗中这样热烈地赞扬陆游：

> 诗界千年靡靡风，兵魂销尽国魂空。
> 集中十九从军乐，自古男儿一放翁。

直到今天，陆游的爱国主义精神仍然激励着中华儿女在新征途中前进的脚步。

2. 金代乐府

受唐代诗人与宋代诗人的双重影响，金代诗人也创作了不少乐府诗。如元好问（1190—1257，字裕之，号遗山）所编《中州集》中的《淮安行》《修城行》《河防行》《摧车行》《春日行》《寄远吟》《伤别曲》等，就是一些极具典型性的例子。

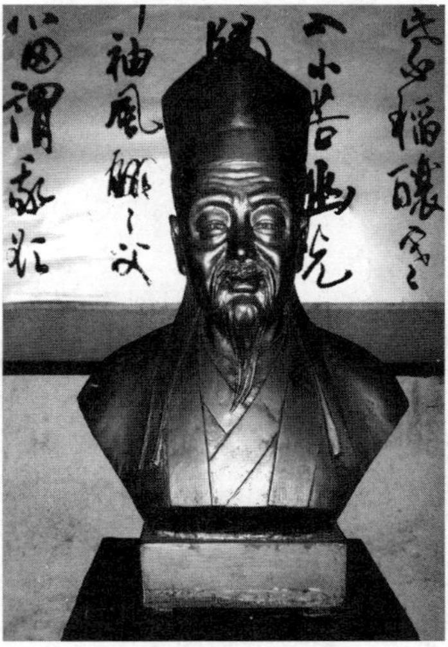

◎ 元好问

元好问是金代杰出的诗人。年轻时曾作《并州少年行》（并州即今之太原），表达了自己的高远志向：

北风动地起，天际浮云多。
登高一长啸，六龙忽蹉跎。
我欲横江斗蛟鼍，万弩迸射阳侯波。
或当大猎燕赵间，黄熊朱豹皆遮罗。
男儿万马随扮诃，朝发细柳暮朝那，
归云黑山布阳和。
归来明堂见天子，黄金横带冠峨峨。
人生只作张骞傅介子，远胜僵死空山阿。
君不见并州少年夜枕戈，破屋耿耿天垂河，
欲眠不眠泪滂沱。
着鞭忽记刘越石，拔剑起舞鸡鸣歌，
东方未明兮奈夜何！

诗人表述他的抱负是率领千军万马驰骋疆场，抗击入侵者，像张骞、傅介子那样为国家建立功勋，而不是僵死在空山阿。全诗洋溢着斗志昂扬的英雄气概。

元好问还有一些诗表现了战争的空前残酷，令人触目惊心。汴京陷落后，诗人悲愤难抑，写下了《癸巳五月三日北渡》三首、《续小娘歌》等诗，写他被蒙古军队驱赶到山东聊城时沿途的所见所闻。当时，诗人已成阶下之囚，蒙古军队步步逼近。元好问奋笔疾书，愤怒控诉蒙古统治者的暴虐行径：

“白骨纵横似乱麻，几年桑梓变龙沙。只知河朔生灵尽，破屋疏烟却数家。”（《癸巳五月三日北渡》其三）

他的《续小娘歌》采用民歌形式，一咏三叹，反复吟唱，控诉了蒙古侵略军掳掠劫夺妇女“却将沙漠换牛羊”的暴行：

山无洞穴水无船，单骑驱人动数千。
直使今年留得在，更教何处过明年。

太平婚嫁不离乡，楚楚儿郎小小娘。
三百年来涵养出，却将沙漠换牛羊。

雁雁相送过河来，人歌人哭雁声哀。
雁到秋来却南去，南人北渡几时回？

在太平盛世里，新婚的少年夫妇打扮得漂漂亮亮，根本不用离开家乡。可如今这些可爱的儿女们，却要被送往沙漠，去换取那里的牛羊。这是何等惨痛的景象！这组民歌体的诗歌，记述了战争中人民经受的灾难，具有典型的社会意义，是元好问诗中的佳作。

诗人把亡国之恨进一步发为慷慨悲歌，《蛟龙引》借咏剑发出救国无门、生不逢时的感慨：

世上元无倚天手，匣中谁解不平鸣？

割城恨不逢相如，佐酒恨不逢朱虚。

他因自己不能像蔺相如那样外御强秦，像朱虚侯刘章那样内安汉室而感到深深的遗恨。

在元好问现存诗作中，有一些直接表现现实、反映民生苦难的诗作，从中可以看出他对白居易讽喻诗精神的继承。如《虎害》通过对山虎食人而官府无人过问的描写，真实地表现了“哀哀太山妇，叫断秋空云”的凄凉场景，发出“可怜封使君，生不治民死食民。世上无复裴将军，北平太守今何人”的

◎ 元好问任职南阳县令期间重视农桑图

悲愤呼喊。《驱猪行》则具体描述了黄台张氏庄豪猪毁庄稼、飞蝗害粮田、“天明垄亩见狼藉，妇子相看空泪流”的惨景，并由此拓展视线，对“旱干水溢年年有，会计收成才什一。资身百备粟豆中，儋石都能几钱直”的苦难民生作了真实的展示。《宿菊潭》云：

田父立马前，来赴长官期。
父老且勿往，问汝我所疑：
民事古所难，令才又非宜。
到官已三月，惠利无毫厘。
汝乡之单贫，宁为豪右欺？
聚讼几何人，健斗复是谁？
官人一耳目，百里安能知？
东州长官清，白直下村稀。
我虽禁吏出，将无夜叩扉？
教汝子若孙，努力逃寒饥。
军租星火急，期会切莫违。
期会不可违，鞭扑伤汝肌。
伤肌尚云可，夭阏令人悲。

诗借作者与田父对话形式表现官民关系，既有对“到官已三月，惠利无毫厘”之官宰的指斥，又有对“军租星火急”“鞭扑伤汝肌”等重压下百姓苦难的同情，其中嘘寒问暖，谆谆告诫，而其最终目的便是“教汝子若孙，努力逃寒饥”。字里行间充满同情和关爱。

与上诸作相比，《雁门道中书所见》所展示的民生痛苦更为沉重，其批判精神也更为强烈：

金城留旬浃，兀兀醉歌舞。
出门览民风，惨惨愁肺腑。
去年夏秋旱，七月黍穗吐。
一昔营幕来，天明但平土。
调度急星火，逋负迫捶楚。
网罗方高悬，乐国果何所？
食禾有百螣，择肉非一虎。
呼天天不闻，感讽复何补？
单衣者谁子，贩籴就南府。
倾身营一饱，岂乐远服贾。
盘盘雁门道，雪涧深以阻。
半岭逢驱车，人牛一何苦！

一面是城中的“醉歌舞”，一面是出城后的“愁肺腑”，两相比照，开篇即已显出社会的不公和诗人心理的落差。而从“去年夏秋旱”开始，作者历述了百姓经受的旱灾、战火、逋负、捶楚等有如身陷罗网、难以逃脱的苦难，深刻指出其根源在于“食禾有百螣，择肉非一虎”。诗的后半部分描写了一位万般无奈只好外出贩粮、身着单衣的雪地驱车者，并以“人牛一何苦”作结，从而将百姓的苦难做了更具体化的呈现。

元好问这些诗作，反映现实的深度并不亚于白居易的《新乐府》，其所使用的语言和表现方法，也与白的讽喻诗一脉相承。

3. 元代乐府

元代是乐府诗史上较为发达的一个时期。这一时期乐府诗的创作队伍主要由少数民族诗人与汉民族诗人组成，二者的人数之众、作品数量之多，在乐府诗史上均值得称道。元末，杨维桢等人掀起了一次规模巨大的古乐府创作高潮，在这一创作高潮中，杨维桢以1227首的乐府诗数量成为乐府诗史上产量最高的一位诗人，同时也形成了其“铁崖乐府”的鲜明特征。

元代乐府诗创作数量最多的诗人是杨维祯、刘基。

刘基（1311–1375，字伯温）是浙江青田人，有274首乐府诗传世。他常借乐府古题来针砭时政，如《君马黄》：“吾闻良骥称以德，不闻矜此骊黄色。世无伯乐识者谁？有德无色空自知。”讽刺元朝统治者种族歧视的用人政策。《野田黄雀行》以“飞飞却落稻田中，众口齐啄稻为空”的群雀影射蒙元官吏残害百姓、搜刮民脂的行径。《北风行》中“城外萧萧北风

◎ 刘基

起，城上健儿吹落耳。将军玉帐貂鼠衣，手持酒杯看雪飞”则是揭露元季动乱之际，将帅不以国事为念以及不与士兵同甘共苦的现实。

他的《乌生八九子》耐人寻味，其诗云：

树上乌，一生八九子，相呼哑哑枯人耳。
何不学衔泥燕，和鸣集桃李；
又不学鹰与隼，奋翅高飞碧云里。
胡为巢此庭树间，啄腐吞腥饕吻觜？
少年挟弹如流星，祸机潜发不见形。
翅翎摧折身首磔，蝼蚁伤残谁女惜？

此诗是诗人有感于元代朝廷内讧不断、骨肉相残的现象而作。他还有许多是宫怨、闺怨题材的作品，大多以香草美人的比兴手法寄托诗人的哀怨，如《妾安所居》：

忆昔嫁君时，红颜艳春华。

今与君别离，明珠化为沙。
女儿嫁夫愿偕老，何异青菘缠蔓草？
一枝一叶俱有心，生死长当两萦抱。
谁言妾心君不知？芳兰委弃同蒺藜。
妾欲有言君不见，君车遥遥妾空恋。
君家犬宅荒路隅，可怜弃妾安所居。

诗人以弃妇自比，说自己为时代所弃，就像妇人被夫家所休一样的没有安身之地。被弃的寂寞充溢于字里行间。

刘基的民歌体乐府诗具有鲜明的地方色彩，带有浓郁的乡土气息，如《采莲歌九首》其一，宛如一幅色彩明丽的水乡风情画。

鉴湖湖上画船多，红袖相呼入艾荷。
荡里花深看不见，湖边好听采莲歌。

少数民族诗人萨都剌以艳情乐府著名，他的乐府名作《芙蓉曲》《燕姬曲》浓艳细腻，有些景物描写生动自然。

元末，当时的文坛领袖杨维桢（1296—1370，字铁崖）倡导了古乐府思潮，其声势、影响及其成果堪比白居易的新乐府运动。这一思潮的倡导者杨维桢几乎是终生致力于斯，并以他为首形成了一个颇具规模的铁崖诗派，从而把元代乐府诗的发

◎ 杨维桢

展推向了高潮。

杨维桢在《潇湘集序》中写道："余在吴下时，与永嘉李孝光论古人意。余曰：'梅一于酸，盐一于咸，饮食盐梅，而味常得于酸咸之外，此古诗人意也。后之得此意者，惟古乐府而已耳。'孝光以余言为韪，遂相与唱和古乐府辞。好事者传于海内，馆阁诸老以为李、杨乐府出而后始补元诗之缺，泰定文风为之一变。"

元末古乐府运动是元后期社会矛盾日益尖锐的反映，也是元前期以来诗歌"宗唐复古"思潮继续发展的产物。元末农民大起义全面爆发，战火连天，杨维桢正是在这样的社会背景下成为文坛盟主，他所倡导的古乐府，继承了"感于哀乐，缘事而发"的传统，反映衰乱之世的社会现实，同时进行人生思考，加之体裁多样，形式自由，适应了时代的要求，也产生了很大的影响。

杨维桢和李孝光作为元末古乐府运动的倡导者，虽然也关注汉魏乐府的风雅比兴之义，但其根本宗旨却是为了恢复诗歌“吟咏情性”的传统，摆脱后世思想观念和诗歌形式上诸多束缚，从而达到振衰起弊、革新诗风的目的。他们认为古乐府本于情性，不受体裁格律的束缚，可称为对乐府诗的一大发现。《铁崖古乐府》中的大部分作品，在题材内容、立题名篇等方面，既前无古人，又少来者。以“歌”为例，《铁崖古乐府》中即有《城西美人歌》《奔月卮歌》《箫杖歌》《修月匠歌》《苕山水歌》《奉使歌》等，而以“行”为题的，则有《杀虎行》《斗鸡行》《冶师行》《花门行》《盐商行》《虞美人行》等。《铁崖古乐府》十卷中，新题的数量大概是古题的三倍。这说明杨维桢更倾向于较少受传统束缚的中唐新乐府，由此可见杨维桢乐府歌行的“自创新题”之一斑。

杨维桢虽然也重视诗歌的社会作用，并且写过一些反映现实的诗作，如《盐商行》写出了盐商飞扬跋扈的气焰，《海乡竹枝词》描绘了在官府、盐商压迫下盐亭工人的生活：

潮来潮退白洋沙，白洋女儿把锄耙。
苦海熬干是何日，免得侬来爬雪沙。

颜面似墨双脚赪，当官脱裤受黄荆。
生女宁当嫁盘瓠，誓莫近嫁东家亭。

但他倡导古乐府的根本宗旨是为了表现情性，对人性和人生进行思考，要求诗歌保持独立的文学品位，得其神气和韵味，而不愿意让它成为政治（或理学或禅学）的附庸，因此曾在《风月福人序》等文中赞赏白居易晚年与美人诗酒相伴的闲适生活，却绝口不提他倡导的新乐府。

杨维桢的《花游曲》曾一度“流播吴中”并“传为佳话”：

三月十日春濛濛，满江花语湿东风。
美人盈盈烟雨里，唱彻湖烟与湖水。
水天虹女忽当门，午光穿漏海霞裙。
美人凌空蹑飞步，步上山头小真墓。
华阳老仙海上来，五湖吐纳掌中杯。
宝山枯禅开茗碗，木鲸吼罢催花板。
老仙醉笔石栏西，一片飞花落粉题。
蓬莱宫中花报使，花信明朝二十四。
老仙更试蜀麻笺，写尽春愁子夜篇。

这是《铁崖古乐府》中的一首最具典型性的七言歌行，写“老仙”（即作者）与“美人”于春日烟雨迷蒙之际，游山玩水的情景与乐趣，是一篇想象丰富、词采妍丽优秀之作。由此也可见出其与白居易新乐府“惟歌生民病”的不同之处。

杨维桢倡导的古乐府运动，旨在抒发情性，不拘格律，因而获得了比唐代新乐府运动更广泛的社会各阶层诗人的认同和响应。

杨维桢的《竹枝词》也很著名。清人翁方纲在《石洲诗话》说："廉夫自负五言小乐府在七言绝句之上。然七言《竹枝》诸篇，当与小乐府俱为绝唱。刘梦得（即刘禹锡）以后，罕有伦比。而《竹枝》尤妙。"如《西湖竹枝词》：

劝郎莫上南高峰，劝侬莫上北高峰。
南高峰云北高雨，云雨相催愁杀侬。

湖口楼船湖日阴，湖中断桥湖水深。
楼船无柁是郎意，断桥有柱是侬心。

石新妇下水连空，飞来峰前山万重。
妾死甘为石新妇，望郎忽似飞来峰。

又如《西湖竹枝歌九首》之二：

鹿头湖船唱赧郎，船头不宿野鸳鸯。
为郎歌舞为郎死，不惜真珠成斗量。

构思新巧，语言清新，民歌韵味浓厚。

（二）人间何处无流水，偏到陇头愁入耳——明清乐府

1. 明朝乐府

明朝时期，文学史上发生了一场拟古与反拟古主义的思潮，乐府诗的创作也深受影响。明代乐府诗创作主要集中在两个时期：正德年间及其前后，以“前七子”为主体；嘉靖、万历年间，以“后七子”为主体。

◎ 高启

（1）明初乐府

明初最优秀的乐府诗人当属高启（1336—1374，字季迪），现存乐府诗两卷，计183首。他的乐府诗既善于继承传统又富有创新性。如《关山月》采用乐府古题，写边塞战士的思乡之情：

月出辽海东，朔云卷胡风。

才升榆塞远，复照柳城空。
影满雕弧外，光沈金柝中。
思家举头望，今夜一军同。

高启的代表作《陇头水》风格极像唐朝的边塞诗：

人间何处无流水，偏到陇头愁入耳。
夜杂羌歌明月中，秋惊汉梦空山里。
陇阪崎岖九回折，声随到处长鸣咽。
欲照愁颜畏水浑，前军曾洗金创血。
回头千里是长安，征人泪枯流不干。

诗写征人在途中所见所感，战争的创伤历历在目，表达了征人对故土强烈的思念之情。而《门有车马客行》更是写了一个与老乡相遇的感人故事：

门有车马客，乃是故乡士。
昔别各壮颜，今见不相似。
上堂叙情亲，拜跪出妻子。
对案未能食，历历问桑梓。
当时同游人，十有八九死。
松柏长新坟，荆棘生故址。

欢言方未终，悲感还复始。

因思兴谢端，叹息不能止。

诗中说在异乡遇到一个老乡，所谓“老乡见老乡，两眼泪汪汪”，寻问故乡情景，两人忍不住唏嘘不已。

高启的《班婕妤》亦用古题，却在传统的框架中显示了诗人的独创性：

微诚虽可守，妙舞却难工。

已别增成舍，初来长信宫。

扇归秋箧里，烛灭夜帷中。

莫忌争新宠，曾辞玉辇同。

据《后汉书·外戚传》载：“成帝游于后庭，尝欲与婕妤同辇载，婕妤曰：‘观古图画，圣贤之君，皆有名臣在侧，三代末主乃有嬖女，今欲同辇，得毋近似之乎！’上善其言而止。”高启此诗似乎是在对班婕妤说，当初正是你自己为了帮助成帝成为“圣贤之君”而非“三代末主”，因而拒绝成帝的宠爱，现在既然已经失宠，就不要再抱怨了，还不如体面地守住原本的“微诚”。一反前人在这一古题下普遍表达的悲伤情绪和同情态度。

高启做官只有三年，长期居于乡里，故其部分诗歌描写了农民的劳动生活，如《牧牛词》《捕鱼词》《养蚕词》《射鸭词》《伐木词》《打麦词》《采茶词》《田家行》《看刈禾》等。这些诗没有把田园生活理想化，如《湖州歌送陈太守》写："草茫茫，水汩汩。上田芜，下田没，中田有麦牛尾稀，种成未足输官物。侯来桑下摇玉珂，听侬试唱湖州歌。湖州歌，悄终阕，几家愁苦荒村月。"在一定程度上反映了统治者的剥削和人民疾苦。他的《养蚕词》描写了农民的生活，朴素、自然、真实：

东家西家罢来往，晴日深窗风雨响。
三眠蚕起食叶多，陌头桑树空枝柯。
新妇守箔女执筐，头发不梳一月忙。
三姑祭后今年好，满簇如云茧成早。
檐前缲车急作丝，又是夏税相催时。

诗中写田家因收蚕而忙碌，见茧成而高兴，又因夏税而担忧的生活情景，很有生活气息。其他如《打麦词》《采茶词》写江南农民的劳动场景，《田家行》写遭水灾农民的痛苦心情，均真切感人。《子夜四时歌》之二："红妆何草草，晚出南湖道。不忍便回舟，荷花似郎好。"明白如话，亲切动人。这些诗的创作，与他乡居时多与下层人民接近有关。

高启的诗对明代诗歌影响较广。他的《梅花》九首之一，

“琼姿只合在瑶台，谁向江南处处栽？雪满山中高士卧，月明林下美人来”，深得一代伟人毛泽东的喜爱。

◎ 李东阳

明前期的茶陵诗派领袖李东阳（1447—1516，字宾之，湖南茶陵人）是从元末明初“台阁体”到前后七子的过渡人物。李东阳在《古乐府引》中追溯乐府创作的流脉，认为元末之后，“延至于今，此学之废，盖亦久矣”（《李东阳集》卷一，岳麓书社1984年版），说明在台阁体笼罩文坛的整个明前期，乐府创作处于荒废状态。于是，他写了多篇拟乐府，拟作问世后，立即受到了其追随者的赞赏，对扩大乐府诗的影响起到了一定的作用。

李东阳的诗作以拟古乐府较著名，咏怀史实、抒己感慨，或指斥暴君虐政，或同情人民疾苦。如《筑城怨》，写秦始皇时事：

筑城苦，筑城苦。

城上丁夫死城下，长号一声天为怒，

长城忽崩复为土。

长城崩，妇休哭，丁夫往日劳寸筑。

又如《三字狱》，指斥秦桧以“莫须有”三个字害岳飞：“三字狱，天不服，服不服，杀武穆。奸臣败国不畏天，区区物论真无权！”其他如《挂剑曲》抒发了作者的一片报国之心：

长剑许烈士，寸心报知己。

死者岂必知，我心元不死。

平生让国心，耿耿方在此。

李东阳的《明妃怨》也颇有新意：

莫倚朱颜好，妍媸无定形。

莫惜黄金贵，能为身重轻。

一生不识君王面，不是丹青谁引荐。

空将艳质恼君怀，何似当时不相见。

君王幸顾苦不早，不及春风与秋草。

却羡苏郎男子身，犹能仗节长安道。

休翻胡语入汉宫，只恐伶人如画工。

画工形貌尚可改，何况依稀曲调中。

诗中的明妃既不怨将自己画丑了的画工毛延寿，也不怨皇帝，而是希望自己能是男儿身，像苏武那样为国立功。此诗比起此前的同类题材作品，大出新意。其他写古人的诗如《易水行》《淮阴叹》《五丈原》《马嵬曲》《金字牌》等，笔涉荆轲、韩信、诸葛亮、杨贵妃、岳飞等众多古人古事，所论皆中肯深刻且正气凛然。

李东阳共有乐府诗107首。这些作品不管是诗歌体式、艺术风格，还是题材、主题，都带有很大的创造性，因而引起了时人与后人的高度关注。

（2）前后七子的乐府

前七子是指李梦阳、何景明、徐祯卿、王廷相、王九思、边贡等七人，他们同时并起，试图冲破当时占统治地位的八股文和台阁体文风，使文学更有效地为政治服务，因而被称为“前七子”。以李梦阳和何景明最为著名。

前七子中有些乐府诗或描写个人生活遭遇，或直言政治弊端与民生忧苦，有较浓厚的危机感与批判意识。如李梦阳（1472—1527，字献吉）的《述愤》《离愤》诗，便以作者因纵论时政得失而被捕下狱的经历作背景，抒写自己不幸的遭遇。

李梦阳的拟古乐府中有不少富有现实意义的作品，寄寓了作者力求有所改革的政治理想。如《君马黄》刻画宦官的骄横，坐车的宦官由于“前径狭以斜，曲卷不容车”，竟然下令拆房毁屋，于是“大兵拆屋梁，中兵摇楣栌，小兵无所为，张势骂蛮奴”，揭露了封建统治集团的罪恶。《空城雀》通过对群雀啄麦、坐享其成的描绘，表示了对既无利弹、又无网罗的贫苦翁妪的同情。《玄明宫行》则抨击了宦官的穷奢极欲，更嘲讽了他们顷刻间烟消云灭的下场。

他的《叫天歌》《时命篇》《自从行》等篇，也属感时纪事之作。如《自从行》：

自从天倾西北头，天下之水皆东流。
若言世事无颠倒，窃钩者诛窃国侯。
君不见，奸雄恶少椎肥牛，董生著书翻见收。
鸿鹄不如黄雀啅，撼树往往遭蚍蜉，我今何言君且休！

此诗针对现实中的弊政有感而发，尤其对“窃钩者诛窃国侯”这样一种颠倒的世情，更是疑惑不平。不难看出作者内心蕴含的愤懑之情。

类似的主题在前七子另一代表人物何景明（1483—1521）的作品中也时有所见。他的《点兵行》以犀利的笔调揭露了朝廷征兵丁中存在的“富豪输钱脱籍伍，贫者驱之充介胄”的现象，并且认为“肉食者谋无远虑，杀将覆军不知数”，指责那些缺乏深谋远虑而致使损兵折将的当政者。此外，如王九思的《马嵬废庙行》、边贡的《运夫谣送方文玉督运》、王廷相的《赭袍将军谣》等，也都为反映时政的作品。前七子中还有一些民歌风格的作品。如何景明的《罗女曲》，诗中所述的“罗女年十五，自矜好颜色。山叶杂山花，插髻当首饰，……裙短衬袖长，不惜双脚露。夜行山道中，何处吹芦笙。我歌连臂曲，曲罢动郎情”，吟诵了一位未识礼教规范、处于粗朴原生状态的山野女子的审美观与情感诉求。

何景明的反映社会下层生活的作品均达到了较高的水平，如《津市打鱼歌》：

大船峨峨系江岸，鲇鲂鱍鱍收百万。
小船取速不取多，往来抛网如掷梭。
野人无船住水浒，织竹为梁数如罟。
夜来水长没沙背，津市家家有鱼卖。
江边酒楼燕估客，割鬐砍鲙不论百。
楚姬玉手挥霜刀，雪花错落金盘高。
邻家思妇清晨起，买得兰江一双鲤。
簁簁红尾三尺长，操刀具案不忍伤。
呼童放鲤潎波去，寄我素书向郎处。

全诗以鱼市作为生活背景，交织着打鱼、卖鱼、买鱼的画面及估客、楚姬、思妇等人物形象，语言质朴活泼，富有浓郁的生活气息。

何景明《关山月》所吟诵的意象："关山月，夜照青海头。白骨征人怨，红颜少妇愁。……岁暮机中缣素出，夜寒灯下剪刀催，年年捣衣明月秋。"写征妇对离人的思念，在前七子同类诗中十分典型，多为在对古乐府情景的再现中注入了时代的元素。

继前七子的活动，乐府诗创作在后七子手中呈现有增无减之势。嘉靖中期，以李攀龙、王世贞为首的后七子重新在文坛举起了复古的大旗，声势赫然，为众人所瞩目。其成员除李、王外，还有谢榛、吴国伦、宗臣、徐中行、梁有誉，他们均有数量相当多的乐府诗作。后七子中以王世贞作品最多，声望最显，影响最大。

李攀龙（1514—1570，字于鳞）提倡诗文复古，他的诗以模拟前人为主要特点，如其《古乐府》，几乎篇篇模拟，句句模拟。如拟乐府《有所思》：

有所思，乃在燕山隅。
何用问遗君？大秦明月珠。
结以连理带，荐以合欢襦。
又问何遗君，青丝系玉环。
可直千万余，翠羽绍缭之，黄金错其间。

闻君有他心，拉杂其珠摧其环。

摧其环，临高台，

反袂以障之，当风扬其灰。

从今以往，勿复相思。

和汉乐府《有所思》相比，不仅字摹句拟，甚至照搬原句。

◎ 王世贞

李攀龙去世后，王世贞（1526—1590）主宰文坛二十多年，影响颇大。他的一些拟古乐府气味雄浑，富于变化。如《战城南》描写古战场“黄尘合匝，日为青，天模糊”，“戈甲委积，血淹头颅”，基调苍凉悲壮，笔法老练娴熟。《袁江流钤山冈当庐江小吏行》体仿乐府《孔雀东南飞》，内容则描写权相严嵩父子把持朝政淫威显扬的行径，寄寓作者对时世的慨叹，寓意深邃。

王世贞有些诗揭露时事，有一定现实意义。如《太保歌》：

北山虎而翼，南溟鲸而爪。
生世不谐，锦衣帅，作太保。
太保入朝门，缇骑若云屯。
进见中贵人，人人若弟昆。
太保从东来，一步一风雷。
行者阑入室，居者颔其颏。
太保赐颜色，黄金立四壁。
一言忤太保，中堂生荆棘。
缇骑走四方，方方俱太保。
太保百亿身，所到倏如扫。

对权贵太保的揭露淋漓尽致。王世贞的长篇歌行往往涉及当朝时事，如《将军行》《钧州变》等，均有这样的特点。

总的来说，前后七子复古活动的弊端是明显的。他们在复古过程中寻求消除文学旧误区的办法，却又陷入新的误区——在拟古的圈子中徘徊。在前后七子文集中不难发现一些蹈袭的篇章，如王世贞拟古乐府《上邪》中“上邪，与君相知，譬彼结发而盟，山摧海枯志不移”几句，显然套用汉乐府“上邪，我欲与君相知，长命无绝衰。山无陵，江水竭，……乃敢与君绝”的意蕴与句式。而李攀龙的拟《陌上桑》，除个别字句更改外，几乎是照抄汉乐府《陌上桑》。其中原作“来归相怨怒，但坐观罗敷”，他改成“来归但怨怒，且复坐斯须”。王世贞也承认，李攀龙的乐府诗“不堪与古乐府并看，看则似临摹帖耳”（《艺苑卮言》）。

2. 清代乐府

清代是中国历史上最后一个封建王朝，在清兵入关后长达二百六十多年的时光里，清代诗人把中国诗歌的传统精神再度发扬光大，清代乐府无论从内容到形式、从数量到质量，都超过了元明。乐府诗的叙事功能较前代有了较大的开拓，大量的新型乐府体、五七言体等长篇叙事诗的出现，在一定程度上弥补了诗歌偏尚抒情而叙事相对薄弱的缺陷。

（1）清初乐府

清初遗民诗人吴嘉纪（1618—1684，字野人）的诗内容充实，反映社会矛盾，同情人民疾苦，如《挽船行》《过兵行》，继承了乐府民歌和杜甫、白居易诗歌的优良传统，以深厚的功力、质朴的语言、白描的手法、遒劲的风格，形成了自己诗歌的艺术特色。

《去岁行》：

去岁岁除夜，籴米十五斗。
门外终朝谋食途，竟能旬日不趋走。
北风暮起颓屋寒，老人欲眠眠何难。

风集木，声益烈，吹下皑皑一天雪。
痴儿对雪舞且悦，那知烟火来日厨头绝。

这类作品不但反映他的穷困生活的实际情况，而且艺术性也很高。

《过兵行》：

扬州城外遗民哭，遗民一半无手足。
贪延残息过十年，蔽寒始有数椽屋。
大兵忽说征南去，万里驰来如疾雨。
东邻踏死可怜儿，西邻掳去双鬟女。
女泣母泣难相亲，城里城外皆飞尘。
鼓角声闻魂已断，谁能去见管兵人？
令下养马二十日，官吏出遏寒栗栗。
入即沸腾曾几时，十家已烧九家室。
一时草死木皆枯，昨日有家今又无。
白发归来地上坐，夜深同羡有巢乌。

扬州屠城十年后的社会面貌尚且如此悲惨，屠城时的情况可想而知。吴嘉纪反映社会矛盾、同情人民疾苦的作品，大都采用乐府体的形式，如《风潮行》《凄风行》《邻翁行》等，堪称佳作。

钱澄之（1612—1693，字饮光）的乐府诗题材宽广，富于社会内容和故国之情。《获稻词》《水夫谣》《乞儿行》《捉船行》《空仓雀》《田家苦》等，描写农民疾苦，真切感人。

如其代表作《获稻词》：

女蹋碓，儿扫仓，我家今日稻登场。
获稻上扬打稻毕，拂还租稻叉手立。
往时入仓缠输官，今年只在场上看。
晚禾干死田无膏，又下官符催马草。
买草纳官官不收，千堆万堆城南头。
风吹雨打烂欲尽，饿杀栏中子母牛。

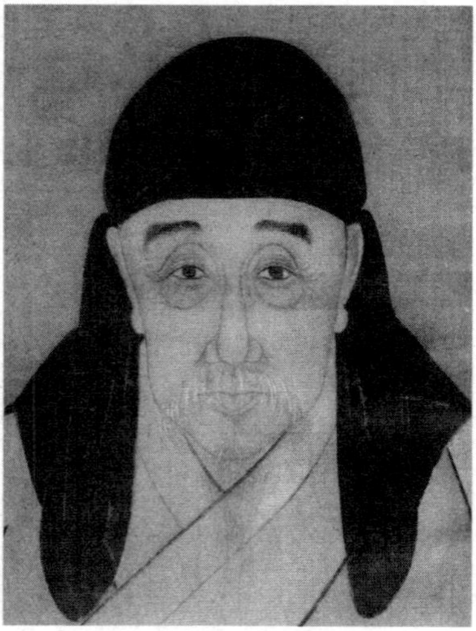
◎ 吴伟业

深刻地揭露了官吏的惨无人道和农家的悲惨生活，写得极为沉痛。

吴伟业（1609—1671，字骏公，号梅村）的诗多以明清易代的史实为题材，反映社会变故，感慨朝代兴亡。艺术上吸取白居易《长恨歌》《琵琶行》、元稹《连昌宫词》等歌行的写法，侧重叙事写人，辞藻缤纷，故事曲折变化。代表作是脍炙人口的《圆圆曲》《永和宫词》等。

《四库全书总目提要》称吴伟业诗“其中歌行一体，尤所擅长。格律本乎四杰而情韵为深，叙述类乎香山而风华为胜。韵协宫商，感均顽艳，一时尤称绝调”。如《圆圆曲》：

鼎湖当日弃人间，破敌收京下玉关，
恸哭六军俱缟素，冲冠一怒为红颜。
红颜流落非吾恋，逆贼天亡自荒宴。
电扫黄巾定黑山，哭罢君亲再相见。
相见初经田窦家，侯门歌舞出如花。
许将戚里箜篌伎，等取将军油壁车。
家本姑苏浣花里，圆圆小字娇罗绮。
梦向夫差苑里游，宫娥拥入君王起。
前身合是采莲人，门前一片横塘水。
横塘双桨去如飞，何处豪家强载归。
此际岂知非薄命，此时唯有泪沾衣。
薰天意气连宫掖，明眸皓齿无人惜。
夺归永巷闭良家，教就新声倾坐客。
坐客飞觞红日暮，一曲哀弦向谁诉？
白皙通侯最少年，拣取花枝屡回顾。
早携娇鸟出樊笼，待得银河几时渡？

恨杀军书抵死催，苦留后约将人误。
相约恩深相见难，一朝蚁贼满长安。
可怜思妇楼头柳，认作天边粉絮看。
遍索绿珠围内第，强呼绛树出雕阑。
若非壮士全师胜，争得蛾眉匹马还？
蛾眉马上传呼进，云鬟不整惊魂定。
蜡炬迎来在战场，啼妆满面残红印。
专征萧鼓向秦川，金牛道上车千乘。
斜谷云深起画楼，散关月落开妆镜。
传来消息满江乡，乌桕红经十度霜。
教曲伎师怜尚在，浣纱女伴忆同行。
旧巢共是衔泥燕，飞上枝头变凤凰。
长向尊前悲老大，有人夫婿擅侯王。
当时只受声名累，贵戚名豪竞延致。
一斛明珠万斛愁，关山漂泊腰肢细。
错怨狂风飏落花，无边春色来天地。
尝闻倾国与倾城，翻使周郎受重名。
妻子岂应关大计，英雄无奈是多情。
全家白骨成灰土，一代红妆照汗青。
君不见，馆娃初起鸳鸯宿，越女如花看不足。
香径尘生乌自啼，屧廊人去苔空绿。
换羽移宫万里愁，珠歌翠舞古梁州。

为君别唱吴宫曲，汉水东南日夜流！

◎ 吴三桂

鼎湖是传说中轩辕黄帝升天处，这里代指崇祯皇帝之死。开头是说崇祯帝死去的当天，吴三桂便引清兵由山海关进发，击败李自成，收复了北京城。明朝军队都在为崇祯之死而服丧志哀，吴三桂却为美女陈圆圆而怒发冲冠。指出吴三桂表面打着复明旗号，实际上却是为了陈圆圆这个歌妓而投降清朝。全诗以陈圆圆与吴三桂的悲欢离合故事为线索，展现明末清初的广阔历史画卷，寄托兴亡之感。

诗人先回顾吴三桂当年初见陈圆圆“侯门歌舞出如花”；接着依次描述陈圆圆的家世、身份及半生遭遇，以“妻子岂应关大计？英雄无奈是多情。全家白骨成灰土，一代红颜照汗青”——即吴三桂不惜包括老父亲在内的全家38口死掉，使陈圆圆名垂史册，作为整个故事的结束。最后，用“君不见”展现古代吴国灭亡的历史镜头，暗示吴三桂的结局，寓意深刻，耐人寻味。

吴伟业还有不少反映现实的诗篇，如《芦洲行》写当时官府的酷虐，《捉船行》《堇山儿》等诗，关怀民生疾苦，反映社会生活，现实性较强。

◎ 朱彝尊

吴伟业的歌诗多伤世感慨之作，有强烈的时代特质，史称“诗史”。他的长篇歌行是“元白”之后的又一个高峰，在继承发展“元白体”的基础上有所创新，后人称为“梅村体”。

朱彝尊（1629—1709）的乐府诗《捉人行》《马草行》，反映人民疾苦，颇为优秀。如《马草行》：

阴风萧萧边马鸣，健儿十万来空城。
角声呜呜满街道，县官张灯征马草。
阶前野老七十馀，身上鞭扑无完肤。
里胥扬扬出官署，未明已到田家去。
横行叫骂呼盘飧，兰牢四顾搜鸡豚。
归来输官仍不足，挥金夜就倡楼宿。

查慎行（1651—1728）早年从军西南，又遍游南北，写了不少反映现实、描写时事的诗篇，如《偏桥田家行》《麻阳运船行》《养蚕行》《麦无秋行》等诗，都是优秀之作。《麻阳运船行》："麻阳县西催转粟，人少山空闻鬼哭。一家丁庄尽从军，老稚扶携出茅屋。朝行派米暮俱船，吏胥点名还索钱。"揭露了官吏的穷兵黩武和不顾人民死活的暴行。

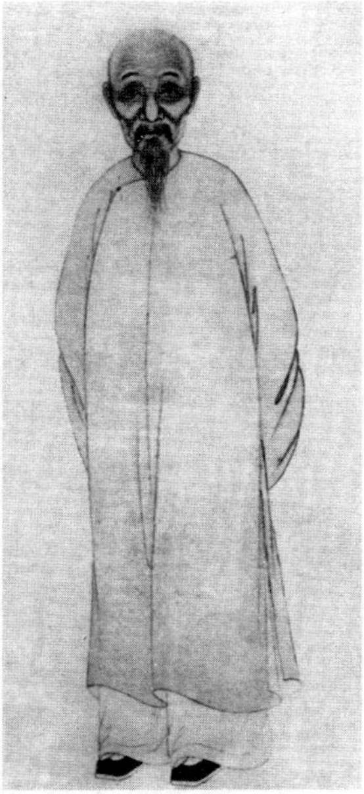
◎ 郑燮

（2）清中叶以后乐府

清中叶，郑燮（1693—1765，字克柔，号板桥）在诗坛独树一帜，他出身贫苦，久居民间，深知人民被压迫剥削的痛苦，其诗多暴露社会黑暗，同情人民疾苦，如《私刑怨》《逃荒行》等。《偶然作》将"才子"的华贵与"民瘼"对照来写，令人印象深刻：

文章动天地，百族相绸缪。
天地不能言，圣贤为咙喉。
奈何纤小夫，雕饰金翠稠。
口读子虚赋，身著貂锦裘。

佳人二八侍，明星灿高楼。
名酒黄羊羹，华灯水晶球。
偶然一命笔，币帛千金收。
歌钟连戚里，诗句钦王侯。
浪膺才子称，何与民瘼求？
所以杜少陵，痛哭何时休！
秋寒室无絮，春日耕无牛。
娇儿乐岁饥，病妇长夜愁。
…………

“才子”骄奢淫逸的生活和人民饥寒交迫的痛苦形成了鲜明的对比。

彭兆荪（1769—1821，字湘涵）早年曾接触过较广的社会生活，对现实政治社会的腐朽面貌也有一定的认识。他的乐府作品《拟新乐府六首》《田家》等反映了当时的现实。如《拟新乐府六首》其一的《输租乐》：

输租乐，农人不乐士人乐。
二顷不须田负郭，却向太仓充鼠雀。
…………
某乙租庸移某甲，势与县吏相倾压。
长吏无如何，逋布累累多。

公私各有利，逭复相谯诃！

独不见农夫担负官仓口，颗粒何能角升斗？

多寡一任量人手。

遗秉滞穗皆入官，鸠形妇子吞声还！

诗中揭露了官绅互相勾结、残酷剥削农民的事实，反映了尖锐的阶级矛盾。其他诗人如蒋士铨的《京师乐府词》，反映当时北京的都市生活，也有现实意义。

晚清时期，最著名的乐府诗人要数黄遵宪、姚燮等。

鸦片战争时期，英侵略军骚扰浙东一带，姚燮（1805—1864，字梅伯，号复庄）身受其苦，全家从北仑逃难到宁波。而宁波官员率先逃走，英军未用一枪一弹就占领了宁波。姚燮

◎ 清人吸食鸦片的情形

目击人民所受的苦难、敌军的残暴以及清军的腐败无能，义愤填膺，他写了许多诗篇，表现了爱国热情，歌颂了抗敌牺牲的民族英雄，对清军和官吏中的各种黑暗现象进行了讽刺。如《惊风行》五章、《无米行》《冒雨行》等，《捉夫谣》揭露了官军对农夫的残暴：

江头白鸦拍烟起，飞飞呀呀入城里。
城鬼捉夫如捉囚，手裂大布蒙夫头。
锒铛锁禁钉室幽，铁钉插壁夫难逃。
板床尘腻牛血臊，碧灯射隙闻鬼嗥。
当官当夫给钱粟，鬼来捉夫要钱赎。
朝出担水三千斤，暮缚囚床一杯粥。
夫家无钱来赎夫，囚门顿首号妻孥。
阴风掠衣头发乱，飞虫啮领刀割肤，谁来怜尔喉涎枯！

诗中描写侵略者的残暴，被捉农夫的悲惨，若非亲眼所见，不会写得如此具体、深刻。

（3）爱国诗人黄遵宪

黄遵宪（1848—1905，字公度，别号人境庐主人）是“诗界革命”的最早倡导者。年轻时即写诗反对拟古主义，务求写出“有我之诗”。黄遵宪运用现实主义方法，反映晚清历史的重大事变，有“诗史”之称。梁启超称赞他：“近世诗人，能熔铸新思想入旧风格者，当推黄公度”；“公度之诗，独辟境界，卓然自立于二十世纪诗界中，群推为大家”。

◎ 黄遵宪

黄遵宪的诗洋溢着强烈的爱国主义精神。1894年中日甲午战争爆发，清军节节败退，清廷签订丧权辱国的《马关条约》。黄遵宪以极为愤懑的心情写下《东沟行》《哀旅顺》《哭威海》《降将军歌》《马关纪事》等爱国诗篇。他痛心疾首地说：“一朝瓦解成劫灰，闻道敌军蹈背来！”（《哀旅顺》）在《台湾行》《香港感怀》等诗中，他对清廷一再割地赔款的屈辱外交，使祖国的土地沦丧、人民遭受蹂躏感到无比悲痛：“城头蓬蓬擂大鼓，苍天苍天泪如雨。……眈眈无厌彼硕

◎ 冯子材

鼠，民则何辜罹此苦？”（《台湾行》）在这类诗歌中，他还描写了人民反抗侵略者的斗争：“万众一心谁敢侮，一声拔剑起击柱”（《台湾行》），表现了一种爱国不屈的精神。

在《冯将军歌》《降将军歌》和《度辽将军歌》中，黄遵宪塑造了不同类型的将军形象。他热情歌颂了抗敌爱国将领冯子材的英雄业绩：“得如将军十数人，制梃能挞虎狼秦，能兴灭国柔强邻，呜呼安得如将军！”《度辽将军歌》写湖南巡抚吴大澂腰悬“汉印”，做着“万户侯”的美梦，未战时夸口：“待彼三战三北余，试我七纵七擒计”，可刚一交战即全师溃败：“八千子弟半摧折，白衣迎拜悲风哀。幕僚步卒皆云散，将军归来犹善饭。”全诗对这位败军将领进行辛辣的讽刺，把吴大澂狂妄自大而又懦弱无能的性格特点表现得淋漓尽致。

他还用通俗的形式写出《出军歌》等二十四首，每首的最后一字连接起来读是“鼓勇同行，敢战必胜，死战向前，纵横莫抗，旋师定约，强我国权”二十四字，如《军中歌》：

堂堂堂堂好男子，最好沙场死。
艾炙眉头瓜喷鼻，谁实能逃死？
死只一回毋浪死，死死死！

阿娘牵裾密缝线，语我毋恋恋。
我妻拥髻代盘辫，濒行手指面：

败归何颜再相见，战战战！

戟门乍开雷鼓响，杀贼神先王。
前敌鸣笳呼斩将，擒王手更痒。
千人万人吾直往，向向向！

探穴直探虎穴先，何物是险艰！
攻城直攻金城坚，谁能漫俄延！
马磨马耳人摩肩，前前前！
…………

梁启超曾给予这组诗高度评价："读此诗而不起舞者，必非男子。"此诗大大鼓舞了抗敌士气。

黄遵宪还善于将新事物、新思想入诗，开拓了诗歌的新领域。如著名的《今别离》四首分别咏轮船、火车、电报、相片及东西两半球昼夜相反，颇有新意，如写电线寓意含蓄："门前两行树，离离到天际，中央亦有丝，有丝两头系。"写电报生动传神："安得如电光，一闪至君前。"《今别离》其一：

别肠转如轮，一刻既万周。
眼见双轮驰，益增中心忧。
古亦有山川，古亦有车舟。

车舟载离别，行止犹自由。
今日舟与车，并力生离愁。
明知须臾景，不许稍绸缪。
钟声一及时，顷刻不少留。
虽有万钧柁，动如绕指柔。
岂无打头风？亦不畏石尤。
送者未及返，君在天尽头。
望影倏不见，烟波杳悠悠。
去矣一何速，归定留滞不？
所愿君归时，快乘轻气球。

写出了新时代的新变化，读来别有情趣。

在诗的创作上，黄遵宪主张要“取《离骚》乐府之神理而不袭其貌”，继承和发扬前人诗歌中积极的浪漫主义与现实主义的传统；诗歌要成为时代的镜子，要有诗人的独特风格。黄遵宪的乐府诗在思想和艺术上都取得较大的成就，对后人有较大的影响。

参考书目

1. 郭茂倩：《乐府诗集》，中华书局1979年版。
2. 萧涤非：《汉魏六朝乐府文学史》，人民文学出版社1984年版。
3. 陆侃如、冯沅君：《中国诗史》，人民文学出版社1983年版。
4. 刘大杰：《中国文学发展史》，上海古籍出版社1983年版。
5. 游国恩等：《中国文学史》，人民文学出版社1978年版。
6. 朱东润编：《中国历代文学作品选》，上海古籍出版社1980年版。
7. 袁行霈：《中国文学史》，高等教育出版社2006年版。
8. 罗根泽：《中国文学批评史》，上海古籍出版社1984年版。
9. 余冠英：《乐府诗选》，人民文学出版社2003年版。
10.《玉台新咏笺注》，中华书局2004年版。
11.《卢照邻集 杨炯集》，中华书局1980年版。
12.《杜甫诗选》，人民文学出版社1980年版。
13. 金圣叹：《杜诗解》，上海古籍出版社1984年版。
14. 屠岸等：《汉魏六朝诗歌鉴赏集》，人民文学出版社1985

年版。

15. 宗白华：《美学散步》，上海人民出版社1981年版。
16. 姚奠中：《姚奠中讲习文集》，研究出版社2006年版。
17. 刘毓庆：《朦胧的文学》，北岳文艺出版社1991年版。
18. 刘毓庆：《国学概论》，北京师范大学出版社2009年版。
19. 赵敏俐等：《中国古代歌诗研究》，北京大学出版社2005年版。
20. 《元好问全集》，山西人民出版社1990年版。
21. 叶嘉莹：《汉魏六朝诗讲录》，河北教育出版社1997年版。
22. 王运熙等：《乐府诗集导读》，中国国际广播出版社2009年版。

本书在写作过程中，学习和吸收了许多学者的研究成果，恕不能一一列出，在此一并表示衷心的感谢。